岩波現代文庫／社会 317

全盲の弁護士 竹下義樹

小林照幸

岩波書店

目　次

第1章　全盲はハンディキャップか？

1　音で事実を〝発見〟する

全盲の弁護士がいる。

司法試験の点字受験を実現させ、日本初の全盲の弁護士として活動を続けている男が京都にいる。

名前を竹下義樹《よしき》という。

一九五一（昭和二六）年二月、石川県輪島市に竹下は生まれている。中学三年生時の一九六六（昭和四一）年に両眼の視力を失い、失明した。

石川県立盲学校（金沢市）、京都府立盲学校（京都市）を経て、龍谷大学法学部（京都市）を卒業。三〇歳の一九八一（昭和五六）年一〇月、九回目の受験で司法試験に合格を果たした。合格後、二年間の司法修習生を経て、一九八四（昭和五九）年より弁護士として活動を続けている。

身長一六七センチメートル、体重六五キログラムの体軀にはスーツがフィットする。健康管理と糖尿病の予防のために、友人の伴走の協力も得て行う週二回のジョギングは毎回約一〇キロメートル。その効果もあってか、

「竹下先生、肌の色艶は健康的ですね。幾分、頭に白髪がありますが」

と会う人に言われるが、鏡を見ることができないだけに、竹下にはそれが把握できず、苦笑いしてしまう。

「目が見えなくても、自分は人と話し込むのが好きだったから弁護士を目指しました」

と竹下は堂々と言う。この言葉には、障害者は〝自分がここにいるんだ〟とアピールして、周囲に存在を気づいてもらう必要があるという意味も含まれている。

視力を失っている竹下にとって、他人からどう思われようと、図々しく大きく声を出して周囲に存在をアピールしていかないと伝わるものも伝わらない。周囲が声をかけてくれるのをジッと待っているだけではいつまでたっても状況は変わらない。自分から積極的に話しかけないと伝わるものも絶対に伝わらない、と竹下は強く実感してきた。

竹下にとっての弁護士活動は、視覚を欠いた分だけ、聴覚、触覚、嗅覚をフルに活用することにほかならない。

〝声〟は竹下にとって存在を示すための〝商売道具〟であるが、同時に竹下が弁護士活動をする上で、声を耳で聞くという聴覚も大切な〝商売道具〟である。

竹下は、法廷において証人の言葉に含まれるウソを、証人の顔の微妙な表情から見抜くことは残念ながらできない。しかしながら、〝声色〟ともいわれるように人の声には〝表情〟があることを竹下は誰よりも強く意識している。

竹下は数多くの法廷で場数を踏んできた。経験則として、ウソがないときは証人も顔を上げて、壇上の裁判官に向かって堂々と話しているが、ウソを含めて話すときは大抵、顔の角度を変えるということ――顔を下に向けたり、横にそらして話す――を学んだ。視覚としてウソをつく表情をとらえられなくても、一言一句を聞き漏らすまいと聴覚の神経を集中して聞いていれば、声の表情や声のする角度が話の前後で違うことに竹下ははっきり気づき、「おっ、相手はウソを言っとるぞ！」と心の目で見抜くのである。

声の表情といえば、竹下の声も特徴的だ。竹下の声は大きく、迫力がある。関西弁も交えて話し、笑うときは豪快だ。一度でも向き合って話せば、それが竹下の印象として、強く刻まれる。竹下は相手の声の出ている角度をとらえ、相手の顔を見つめる角度で話をする。このとき、竹下の両目は大きく開いている。時折交ぜる両手のジェスチャー、力強い声……。竹下について「全盲」という予備知識のない人が面会すれば、目が見えないとはまず信じないだろう。

事務所のあるビルの中では、白い杖などつかず小走りで動き回り、階段を駆け上がりもする。不慣れな土地や建物の中以外で白杖《はくじょう》を使うことはない。歩道を歩くときは白杖の先で、歩道の中央付近に設けられた視覚障害者への道標である「点字ブロック」や、足元の感触を確かめながら歩く。

点字ブロックは、進路を示す誘導用の線上ブロック、段差や横断歩道があると注意を促したり、方向転換の位置を表示したりする点状ブロックに大別されるが、竹下が苦笑いしてしまうのは、十数台もの自転車やバイクが点字ブロックを完全に覆いながら並べられていることが多く、行く手を阻まれてしまうことである。

(〝バリアフリー〟とか〝障害者に優しい街づくりを〟とかかまびすしく世では唱えられているけど、なかなか難しいものやな。障害者が介添人なく、一人でも安心して街を歩けるようにするのは、けして大袈裟なものやない。自転車やバイクを点字ブロックを覆わないように停めるだけでもいいのに。そうしたら、〝道〟は開けるのに)

竹下はそう思ってしまうのである。

竹下にとって、聴覚と共に触覚も大切な〝商売道具〟だ。現場を触ることで事実を発見した経験も何度かあった。判事立ち会いの現場検証で、全盲である竹下ゆえに発見できた事実もいくつかある。

一例には、土地の境界線上の問題があった。大正、昭和初期に建てられた京都の家屋は、隣の家屋と庇が重なり合うような場合が少なくない。そこから争いが起こる。

「隣の家の者は三、四年前に庇をノコギリで切り、問題をごまかそうとしている」

と原告が訴えれば、被告は、

「庇を切ったことはあるが、それは三〇年も前の話だ」

と強く言い張った。

見た目では、問題とされている庇はくすんだ色をし、被告の言い分が正しいように思われる、と法廷の場では伝えられていた。

そこで、原告の代理人であった竹下は、現場に連れて行ってもらった。歩ける範囲で建物にあちこち触れてから、脚立を用意させて乗り、件《くだん》の庇を丁寧に触っていった。

そこからは二〇年、三〇年の風雨に曝されてできるはずの手触り感は何ら感じられなかった。

(これは塗料で時間の経過をごまかしとるな……)

と竹下は判断し、「この切り口は新しいものですな」と判事らに伝えた。竹下のこの証言を契機に裁判の流れは逆転し、見事、原告の勝訴となったのである。

〝音〟がポイントになった裁判もある。

京都府内の農村地、といっても、隣家まで車で二〇分は走らないと着けない、という農村地の一軒家で事件は起きた。

「夜中、ユンボ(小型ショベルカー)が盗まれた。盗んだのはアイツに違いない」

と警察に訴えがあった。ユンボはすぐ発見された。犯人と名指しされた方は、

「盗んだ？　とんでもない話や。借金のカタに昼間、アイツの承諾を得て持ち帰ったものや。貰ったんや。盗んだんやないで」

と否定した。原告は、

「ワシが承諾した？　アホ言うな。夜中に盗んだんや」

と主張を崩さなかった。

法廷では「貰った！」「盗んだ！」が争われた。

竹下は被告の弁護人を務めた。竹下は、

(夜中に盗んだ、とすれば、音が聞こえるはずだ。なぜ気がつかなかったのか？)

と気になって仕方がなかった。

持ち帰った、と言う者は、トラックにユンボを乗せて運んだ、と証言している。

「エンジンの音、ユンボを荷台に乗せるときの鈍い金属音は家のそばで発生しているはずです。振動もあるだろうし、熟睡していても起きるはずでは、と思いますが」

法廷における口頭弁論の中で、竹下はこの点を指摘し、さらに、

「私がそう思いますのは、住宅地とは違って、現場が山の中だからです。鳥や獣の鳴き声、風の音ぐらいしか音らしいものはないわけで、機械音が響かないわけがありません」

と主張した。だが、検察側は竹下の言葉を一笑に付した。

「夜中ですよ。寝ていたのですから、気がつくわけがないじゃないですか」

と。

だが、竹下の指摘は、裁判の流れを変えることになる。

深夜の現場で再現してみよう、と相成ったのだ。判事と検事が現場に立ち会った。ユンボ、トラックが運ばれ、家の中で判事と検事、竹下が耳を澄ませる。

果たして、どうなるか——結論は直ぐに出た。睡眠を妨げる、尋常ではない物音だったのだ。裁判では被告の主張が認められ、無罪となった。

竹下が知る限り、判例において〝音〟が判決の決定打になったのは前例がない、という。換言すれば、仮に竹下の指摘がなければ、竹下がこの裁判に関わっていなければ、判決はまったく違うものになっていたのは十分に考えられることであったのだ。

全盲であるハンディも、竹下にすればほかの感覚を総動員することで逆にメリットに変えている、と表現しても決して言い過ぎではあるまい。

2　困っている人の真剣な声の〝表情〟

裁判所という空間ほど、竹下にとって〝自分は弁護士なんだ〟と、聴覚、触覚、嗅覚で強く実感する場はない。

法廷に入るとき、ドアを手で押し開け、弁護士席に着席して机に触れる。この所作で竹下は頭の中で立体的に法廷を描き、気を引き締める。官公庁やホテルという空間は油臭かったり、カビ臭かったりすることが多いと竹下は感じるが、法廷は不思議にも匂いが薄い空間、と感じるのである。

竹下にとって、新聞や雑誌などは周囲に読み聞かせてもらうわけだが、ラジオ、テレビも大切な情報収集源である。

中学三年生での中途失明だっただけに、竹下はテレビの音声を聞くことで、それ以前の経験から場面の展開を頭の中で想像する。野球や大相撲、マラソン、競馬の中継の〝観戦〟は趣味の域である。失明するまでに見た中継の記憶を重ねる。横綱・朝青龍の風貌や体格は、竹下が小学生の頃にテレビで見た栃錦や初代・若乃花のような感じか、と考えている。

裁判所や法廷の風景は、かつてテレビで見た刑事番組などが原風景だ。

もちろん、夢も見る。九回挑戦した司法試験の夢、それも解答に苦戦している姿を。しかし、なぜか試験会場は、郷里の輪島市の出身小学校の講堂となっている。

時折、郷里に帰省し、年老いた母に接する。声や生活の様子を聞き、

（ああ、母ちゃんも年を取ったんだなア……）

としみじみと思うのだが、竹下の頭の中ではというと、母の風貌は、失明する前の若いままなのである。

五感のうちで味覚は、というと、竹下の弁護士の活動に直接関わるものではないが、一日の緊張をときほぐす意味では大切な役割を果たしている。

四〇代の頃は、晩酌にウイスキーのボトルを一本空けることも珍しくなかった。今は、焼酎のお湯割りを三杯か四杯。自分に対する御褒美、と都合よく解釈して飲む。

無論、難しい仕事に取り組み、解決させたときの一杯こそが至福の味をもたらす。

竹下は現在、京都御苑にほど近い京都市中京区に「竹下法律事務所」を構える。竹下法律事務所は、一二人の大所帯。龍谷大学の法学部在学時に知り合い、学生結婚した寿子《としこ》が、竹下の実質的な秘書役であるが、各方面との連絡や資料収集のために、竹下の仕事をサポートするアシスタントの女性職員が八人いる。電話やＦＡＸ、電子メールでの連絡事項は、すべて寿子やアシスタントが口頭で伝える。「イソベン」は二人いる。イソベンとは、法律事務所に所属する勤務弁護士、つまり「居候弁護士」の業界用語である。

一九八四(昭和五九)年四月から竹下は京都弁護士会に所属して、弁護士活動を開始した。弁護士は活動地の場所を登録しておく必要がある。しかし、依頼者は居住地のある場所の所属弁護士会から弁護士を選ぶ義務はなく、所属弁護士会を問わず、自由に選べる。従って、弁護士の活動範囲は全国各地に及ぶことも珍しくはない。独立して、竹下法律事務所を開設したのは一九九四(平成六)年四月からである。

京都、それに全国各地での人脈も多岐にわたっている。「依頼者」となる者の多くは、友人・知人からの紹介も少なくない。あちこちの弁護士に相談したが、引き受けてはもらえず、「全盲の弁護士で竹下という男がいるが……」と紹介される場合も相当数にある。

ほかの弁護士に断られるのは、いくつかの理由が考えられる。

まず、相談を聞き、弁護士が自分では解決が難しいな、と判断した場合だ。医者に内科、外科など専門分野があるように弁護士にも専門分野がある。金融関係を専門とする者もいる。竹下は人権や社会保障制度（健康保険・年金・介護・生活保護など）に関する仕事が多く、必然的にその専門と周囲も見ている。

それもそのはずなのだ。日本の生活保護争訟史において、社会的注目を集め、後に続く裁判に大きな影響を及ぼした画期的な判例というものが存在する。その中において、竹下が弁護団長、あるいは弁護団の一人となり、勝訴に導いた裁判が少なくないのである。

「人間裁判」とも形容され、「人間にとって、生きる権利とは何か？」を問う根源的な意味合いが、「生活保護争訟」にはある……。

竹下は、基本的に頼まれたら断れない性格だ。困っている人の真剣な声の〝表情〟に、儲かるか儲からないかの算盤勘定は頭の中から消えてしまう。裁判の経緯を聞き、「どうやったら、裁判に勝てるか？」と思考は既に動き出している。

竹下は、自分が目が見えないだけに、苦しんでいる人々の気持ちがよくわかる。自分が弁護士として活動していられるのは、多くの人々の支援のお陰で、司法試験の点字受験が実現するなど、〝盲人にも弁護士への道を〟とひとつひとつの高いハードルを越えてきたからである。その恩返し、持ちつ持たれつ、の気持ちが前向きにさせるのだ。

3　指先で法律を学んだ男

裁判に勝つことが弁護士の仕事ではあっても、法律の範囲で、モノを考えていればいいわけではない、と竹下は弁護士活動から痛感させられている。

たとえば、竹下の元に、娘が男女問題のトラブルに巻き込まれて、両親ともども相談にきたとする。弁護士に相談する問題は、当人だけではなく、家族全体の問題だ。娘はトラブルから鬱状態になっている。父親は怒っている。母親は泣いている。そのうちに、父親と母親がケンカを始める。娘はケンカを止めようとして、鬱状態はさらに重くなる。悪循環に陥り、相談することもできない。なだめて、相談できる状況に持っていくのも弁護士の仕事、腕の見せ所となるのだ。

怒鳴ることが必要な場合もある。この場合、父親、母親に対して「こらッ、誰が一番、苦しんどんのか、わかっとんのかー！」と、娘に気持ちを戻してもらわなければ、話もできない。

ここに至って、初めて法律的な相談が可能になる。依頼人が抱えるトラブルの問題点を整理して単純化し、何が法律的な問題なのかを認知する。このとき、アシスタントが竹下の横に同席し、メモを取ってゆく。依頼人と話し込む一方で、依頼人が望む方向での解決は果たして可能なのかを考え、竹下は自分にできるか、できないかを判断して、伝える。

弁護士と依頼人、という関係は、医者と患者の関係に非常によく似ている、と竹下は思う。医者は患者を励まして治療する。患者にしても、病気を克服しようとの気持ちが大切だと言われるようになってきた。医者にすべて任せておけばいい、と考える患者は今や少数だ。

依頼人の中には、弁護士に対して、極度の依存心を持ってしまう場合が少なからずある。自分ではどうにも打開策がなく、藁をもつかむ思いで弁護士を訪れるのだ。自分にできる、という意志を伝えるとき、竹下ははっきりと「あなたは何をするべきか、何ができるか」も付け加える。「あんたが頑張らないと駄目だよ。一緒に頑張るんだよ」とも。じっくりと話し込み、互いに対等ともいうべき関係を構築することが、弁護士活動では一番大切ではないか、とも竹下は思っているのである。

日本初の全盲の弁護士という経歴があるから、ということはあるが、竹下のこんな意気込みを「情熱」とか「エネルギッシュ」という、ありふれた言葉で表現するのはたやすい。

だが、竹下が弁護士を志し、司法試験合格を目指した日々を知れば、なるほど、現在の活動は何ら違和感のないところとなる。違和感のない、と断るのは、様々な経験をしてきたことが、竹下を弁護士として育てたからである。

換言すれば、司法試験合格＝ストイックな猛勉強のイメージが竹下に当てはまる、とは言いがたい。だが、それなくしては、今の竹下が存在しないのも事実なのだ。

妻の寿子とは、大学在学中の学生結婚だった。障害者と健常者の結婚、それも、盲人の司法試験受験が日本では前例のない中、合格するか見当すらつかない状況では当然、反対の声もあった。子供も生まれた中で、司法試験を受け続けながら、一家の主として、竹下はマッサージ(按摩)のアルバイトを継続して家庭を支えた。

病院で赤ちゃんのマッサージもすれば、旅館に呼ばれてお年寄りのマッサージもした。老若男女問わずマッサージをした経験は、その時間、相手とのコミュニケーションも構築できたわけで、弁護士になる上で非常に役立った、と竹下は現在の視点からその意義を認めている。

不思議なのは、マッサージの仕事を病院で行えば「先生」と言われるが、旅館に行けば「按摩さん」になることだった。

（社会って、こんなもんなんやなあ……）

と竹下は考えさせられていた。

弁護士活動では、ボランティアで引き受けたり、交通費だけの仕事だって無数にあったし、今もある。関西近隣だけでなく、北海道や東京でも、そんな仕事をこなしている。

事務所の経営を考えれば、それは歓迎すべきことではないが、竹下本人が弁護士として、好きな活動ができていることにまず充実感を覚える。

「自分が引き受けた訴訟で、自分が望んだ判決が法廷で下されることこそが、自分にとって金銭を超越した最高の報酬である」

という矜持も竹下は持っている。

竹下は、九回目の司法試験の挑戦で合格を果たした。

勉強しているあいだは「とにかく弁護士として仕事がしたい」の一心だけだった。

その日がくるのを待ち侘びた。そして、本当にその日がやってきた。そんな願いが本当にかなったのは、多くの人と出会えて、みんなが自分を支えてくれたおかげ、と今もって竹下はその初心を忘れてはいない。

出会い、という竹下の口から出た言葉をたどると、人との出会いもさることながら、「点字」との出会いが何よりも大きい。竹下は日本で初めて、法律を指先でたどりながら学んだ男である。中学三年生の進級とほぼ同時に失明した竹下は、石川県金沢市にある石川県立盲学校の高等部理療科で「按摩・鍼《はり》・灸」を学ぶ中で、点字を習得した。

もし、目が見えていたら……といった仮定は竹下には意味がない。その代わりに、「点字との出会いが自分の人生を変えた、という方が正しい」と竹下は何ら迷わずに断言している。

司法試験を目指すにあたって必要なものは、何と言っても六法全書だ。

点字、という断りが冠せられる以上、盲人を対象としたものであるのはいうまでもない。点字ではない活字の六法全書は、法学部の大学生や司法試験合格を目指す者たちを中心に広く社会的に活用され、書店でも気軽に入手できる。

六法とは、と問うて、憲法、民法、商法、民事訴訟法、刑法、刑事訴訟法の六つの法律、と答えられる人は少ないであろう。しかしながら、この六法が、法治国家である日本において国民生活の根幹を規定しているものなのである。「法律」という言葉を耳目にするとき、それは六法のいずれかに該当していることがほとんどである。

社会の柱、ともいうべき法律について、興味を抱く人は多い。そうしたニーズに対応すべく、六法には分厚い机上用のもあれば、必要最小限な情報のみで編集した携帯可能なハンディサイズやポケットサイズもある。数万円するもの、一〇〇〇円ほどで買えるものなど価格も本の厚さも、ニーズに合わせ選べる環境が現在は整備されている。さらには憲法は憲法、民法は民法と分野を分け、憲法の何を、民法のどれを、と目的に合わせて引きやすく編集もされている。条文を誰もが一読してわかるようにかみくだいて説明している本も流通している。

この手の本では、一般にはなじみのない法律の専門用語を解説し、図式化する工夫も施されている。六法に点在して見られる「瑕疵《かし》」という言葉も、法律になじみのない人には「物や権利の欠陥、不都合な点」と結びつけるのは難しい。

たとえば、憲法第三十一条の条文はこう規定する。

「何人も、法律の定める手続によらなければ、その生命若しくは自由を奪はれ、又はその他の刑罰を科せられない」

ここでいう「法律の定める手続」とは、「令状→逮捕→裁判→判決といった手続」

を意味するのだが、これすらも一般人が想起するのは楽ではない。条文を提示した上で「手続」の意味を解説し、理解を促すのだ。

では、点字の六法全書とはどんなものになるのか？

点字の六法全書は、一般の書店での取り扱いはない。「(財)日本点字協会」を通じて購入するのだが、机の上に一冊で置ける体裁にはなっていない。一巻A４判五〇頁の冊子で全五一巻、一二万円。家庭の居間を大きく占拠する。

点字は指先でたどることで理解する文字である。活字は一目見ることで、必要な情報にたどり着くまで、わずかの時間で把握できる。必要のない項目は無視することもできる。それが、点字ではかなわない所作なのだ。必要な情報を得るため、索引を指でたどるにしても、途中から指先でたどるというわけにはいかない。

点字の六法全書ならば、背表紙にある点字をまずたどる。必要な情報が収載されたものを見つけるまでに場合によっては二〇冊、三〇冊の背表紙の点字をたどり、見つかれば、目次を開いて、点字の索引を最初からたどる。そして、一頁、一頁にある点字をたどり、該当する箇所にたどり着く。点字の六法全書を利用する者は、膨大な手間と時間を強いられることにもなる。

竹下が司法試験を志した一九七〇年代の初め、点字の六法全書はおろか、点字の法律専門書すら、日本には存在していなかった。盲人用の六法全書、法律書のカセットテープもなかった。

これは需要が少なかったからともいえるが、盲人が司法試験を目指すことはあり得ない、という社会的な観念があったのは見逃せない。

竹下と竹下の支援者が〝盲人にも弁護士への道を〟の活動を展開し、法務省に司法試験の点字受験を求めた。それが実現したのは、一九七三(昭和四八)年のことだった。

盲人が司法試験を受けてはいけない、との取り決めは何もなかったが、

「国家試験として最難関の試験に盲人の受験はあり得ないだろう」

と思われていた。

結果的に竹下が司法試験に合格したとき、点訳本は約二〇〇冊、録音テープは一〇〇〇本になっていた。市販の物はひとつもない。すべてボランティアが作ってくれたものだ。この協力なくして、竹下の司法試験合格はなかった。

全五一巻、一二万円の点字六法は、ボランティアがカンパを募ってくれたことでようやく購入でき、利用できた。六法を学ぶことは法律を学ぶこと。だからこそ、竹下の「日本で初めて指先で法律を学んだ男」という形容も間違いないものとなるわけだ。

点字は時間がかかる点で効率が悪い、と第三者的な思考では判断されがちだ。しか

し、竹下の言葉を借りると、指先でたどっているとき、頭の中では〝これは、どういうことなのか？〟と懸命に理解しようとしている、ある情報を探そうとするとき、そこにたどり着くまでに既に理解していることを確認したりもしている、という。つまり、この無駄に思える時間も、実は反復学習となって知識が身につく役割を果たしていることになる。竹下の言葉をさらに借りれば、

「指先で覚えたものは忘れにくいんですよ」

となる。

パソコンが普及した現在、活字のデータを音声にする盲人向けのサービスも年々、高度化している。竹下はそうした環境の整備を好ましくは思うが、点字の必要性や重要性は盲人にとって今後も変わらない、と考えている。音声による学習だけでは勉強できない、というのが竹下の経験に基づく持論だ。

人の名前や外国の地名など、どんな字をあてるのか、どこにあるのかは音声だけではわからない。点字で確認し、さらに近くにいる人に活字を見てもらって、初めて理解できる、と竹下は意識している。

竹下が司法試験に合格してから、盲人の司法試験受験も珍しくなくなった。だが、二人目の合格者が出るまでには、竹下が合格して一〇年後の一九九一(平成三)年まで

時間を要した。現在まで日本には、盲人弁護士は二人しかいない。司法試験の難しさを表す数字がここにもある。

二〇〇四(平成一六)年四月、法曹(弁護士・裁判官・検察官)の新しい養成制度であるロースクールこと法科大学院が日本で開校した。

現代では、社会の複雑化に伴い、多くの紛争が発生しているが、迅速に紛争を解決する必要性と紛争を事前に防止する必要性も高まっている。そこで、課題とされたのが、現在の法曹人口が国民のニーズに対処するのに不足している点だった。事件の数に対し裁判官の数が少ないために、裁判官一人が複数の事件を抱えてしまい、訴訟遅延も起こる。また、弁護士は仕事の多い都市部に集中し、地方都市や過疎地には少ない、といった地域差も生じている。

法曹人口を増やす作業が進められ、二〇〇二年の司法試験の合格者は一二〇〇人。一九八九(平成元)年の合格者は五〇〇人であったから、実に二倍強だ。さらに二〇〇四年から二〇〇六(平成一八)年までの司法試験の合格者数は、三〇〇人多い年間一五〇〇人に増加される。

ちなみに竹下が合格した一九八一年は、受験者は二万七八一六人で、合格者は四四六人だった。成績は非公表だが、「自分は四四六番目の合格者や」と竹下は今も自嘲する。

法科大学院から生み出される弁護士に対し、社会がどんな印象を持つか、は今はわからない。視覚、聴覚に障害を持ちながらも弁護士を志す者が、全国のいくつかの法科大学院の開校と共に入学したことは、竹下の耳にも届いている。

竹下は、自分が合格し、マスコミに囲まれたとき、

「早く日本で二人目の盲人弁護士が誕生してほしい」

とコメントした。偽りのない気持ちだった。

第一号としての難しさはあったにせよ、第一号だからこそ〝盲人にも弁護士への道を〟と、多くの人が自分を助けてくれた。竹下の合格後、毎年、五、六人の盲人受験者がいたが、その受験者に対して直接、手助けができなかったことが竹下には悔やまれた。

二人目が誕生し、以後、三人目の盲人弁護士は生まれていない。何人の盲人弁護士が生まれれば、日本社会が盲人弁護士に対し違和感を持たない時代となるのか、は竹下にも予想はつかない。

二〇〇四年の七月、法務省はカタカナ文語体の民法の全文を、ひらがな口語・現代語に改め、二〇〇五(平成一七)年の春から施行する方針を決めた。一八九六(明治二

九)年に制定されて以来、現代では使わなくなった用語が多くあることからの改正である。僕婢《ぼくひ》＝家事使用人、疆界《きょうかい》＝境界、囲繞地《いにょうち》＝囲んでいる土地、のように書き換える。

竹下の受験は、指先で、日頃の生活の中では使うことも聞くこともない、これら難解な言葉と格闘した時間の積み重ねでもあった。

今、弁護士として活動する竹下の姿を当たり前のものとして見るとき、同時に弁護士を志した当時を知りたくもなる。

彼の歩みを振り返ると、結論とすれば確かに、盲目のハンディを厭わず、多方面に関心を持ち、情熱を注ぐバイタリティの軌跡であり、日本初の全盲弁護士となったのもうなずける。偶然とか奇跡の言葉で、竹下を語るのは正しくない。すべてが必然、かつ竹下の歩いた道がそのまま、盲人の新たな歴史となったようにも思われてくる。

竹下が、弁護士を志したきっかけ、理由は何だったのか？　現在の竹下の活動を踏まえて考える上で、竹下の郷里である石川県に触れないわけにはいかない。視力が弱まり、失明した一五歳。絶望の中に果たして、竹下はいたのだろうか？

失明するまでの竹下を語るのに、どうしても不可欠なものが存在する。

それは「相撲」である。

第2章　失明の中で抱いた弁護士への夢

1　能登の相撲熱

日本初の全盲の弁護士である竹下義樹の郷里は、日本海に面した能登半島、石川県輪島市である。

輪島といえば、六〇〇年の伝統を持ち、国の重要有形民俗文化財に指定されている輪島塗が有名だ。日本海の豊饒な海の幸が集う「輪島の朝市」は、能登観光の代名詞でもある。

輪島の海岸沿いの道を北上すると、高洲山の急斜面に「白米千枚田《しらよねせんまいだ》」と呼ばれる棚田が現れる。一枚の水田の広さは平均五・六平方メートルといわれる。一〇株の収穫もできない水田もあり、田植えから収穫まで多くが手作業で行われ、収穫される米は、大都市の寿司屋や料亭で高い評価を得ている。その「白米千枚田」の集落を過ぎると、曽々木《そそぎ》海岸が見えてくる。町野川の河口から珠洲《すず》市までの約二キロメートル、波食を受けた断崖岩が独特な景観美を誇る。

約五キロメートルほど町野川に沿い、山側に入った町野町字金蔵で、竹下は一九五一(昭和二六)年二月一五日、生まれた。後に妹が生まれるが、当時の竹下家の家族構成は両親、祖父母、姉、四歳年上の従兄弟がいた。町の人口は五〇〇人ほどで、家業は農業と林業であった。

祖父は働き者で、厳格な性格だった。酒が好きで、一升飲み干しても乱れることはなく、そのまま畑や山に行き、仕事をこなしていた。竹下への躾は孫の中でも、ことのほか厳しかったが、母から、おじいちゃんが初めて膝に乗せた孫が義樹だったのよ、と聞かされ、自分が孫の中では特に目をかけられていたことを後年になって知る。

父も働き者だった。当時の林業は、材木を伐採して、トラックを停車させている山道まで運ぶのが仕事だった。職人を何人か雇う場合が多く、チームワークも要求される。雇う側である父は、何本か木を伐採すれば最も大きな木をかついだものだった。職人が二往復、三往復する場合、父は率先して、それぞれ三往復、四往復した。人を使う、ということはこういうことなのか、と竹下は山で遊ぶ幼少期に幾度となく見ていた。

それだけの仕事を父がこなせたのは、父が並々ならぬ腕力の持ち主であったからだった。一俵六〇キロの米俵を二つも肩にかついで歩く姿が、父の印象として子供の竹下の瞼の裏に記憶された。それだけで尊敬する対象に昇華した。

竹下家の生活は豊かだったか？といえば、そうともいえなかった。父は冬、都市部へ出稼ぎに行った。母も出稼ぎをした。田植えや稲刈りの季節には、家から一、二週間離れて、県内の富農の家で、それらの作業を手伝っていた。

竹下は山で野ウサギを追い、海ではサザエ採りを楽しむ日々を幼少期に送った。自然の中で仲間と遊ぶときには、ケンカも絶えなかった。子供のケンカで典型的なのは、大して強くもないのに、強い奴を見ると食ってかかる、負けん気だけは人一倍というタイプである。小学生の頃の竹下は、まさにそうだった。強い奴にケンカを挑んでは返り討ちに遭い、怪我をし大泣きしても、また懲りずにケンカを挑む。自分より弱い者を引き連れ、ボス然とするときもあった。

竹下がそうなったのには、自らの視力とも無縁ではなかった。

幼少時の竹下は弱視だった。小学生のときは校内でただ一人、メガネをかけていた。教室の机は当然、最前列であった。理科の自然観察の時間に、昆虫を仲間がたやすく採集するのに、竹下はどんなに目を凝らしても、つかまえることができなかった。ソフトボールでは、ボールの動きに思うようについていくことができない。「下手クソ！」「義樹は足手まといい、いらん！」と非難され、竹下はチームになかなか入れてもらえなかった。

輪島市立町野中学校に入ると、視力はさらに落ちた。メガネをかけていながらも、顔を机スレスレに近づけてようやく教科書が読め、ノートも取れる状態だった。テニスや卓球といった縦横の早い動きが求められるスポーツは、お手上げになっていた。

そんな竹下でも、格好のスポーツがあった。

それが相撲だ。

輪島市の隣である七尾市から横綱・輪島を輩出したように、能登半島は相撲が盛んな土地柄である。球技が苦手だから相撲部に入った、のではない。中学一年生のとき、竹下の体格は大柄だった。身長は一六三センチメートルで、体重は七七キログラムもあった。この体格に、相撲部が目をつけないわけがなかったのだ。

だが、いざ入部してみると、自分より大きな仲間が多数いた。相撲が盛んな土地柄でも、相撲部の部員は一〇人ほどだった。クラブ活動では野球はいうまでもなく、テニスや九人制のバレーボールが〝花形〟で、相撲熱の高い土地柄ではあっても、裸になって尻を出す相撲部に入る者は限られていた。

そんな相撲部だが、竹下にすれば、稽古は苦しいというよりも、楽しかった。頭から思いきり相手にぶつかる「ブチかまし」を決めて、押し出すか寄るという相撲でしか勝てなかったが……。立ち合いで変化されたり、カチ上げられれば、もう、竹下に勝目はない。土地柄、小学生の頃から大人と渡り合うようにして相撲を取っている猛者《もさ》も多いだけに、中学に入ってから取り組み始めた竹下が、頭ひとつ抜ける存在になれなかったのは仕方がなかった。

転がされる、投げられる、となかなか稽古でも思うように勝てないものの、勝ち負けがはっきりするのは、何よりもわかりやすい。竹下は相撲の稽古にのめり込んでゆく。

冬、雪が土俵を覆えば、まず雪かきをして、土俵を露出させる。屋根つきの土俵という気の利いたものなど、当時の中学、高校の校庭にあるわけがない。

屋根つきの土俵、と言えば、石川県下で相撲を取る者にとって晴れ舞台である、兼六園にほど近い卯辰山《うだつやま》の頂上にあるスリ鉢状の相撲場を意味した。小学校、中学校、高校、実業団を問わず、強くなれば県大会の決勝大会で卯辰山相撲場の土俵に立てた。それが、相撲を取る者の大きな目標にもなった。

雪かきをしてから褌一丁の姿に着替え、雪の大地で四股を踏み、凍った土俵で稽古をする。カチカチに凍った土俵でスリ足をするのは、足の感覚がなくなるようなものだった。能登半島で相撲を取る者は、それが当然だとも思っていた。というのも、雪の中でも激しい稽古をすれば、いくらでも汗は流れ、体は熱くなり、寒いとは思わなくなる。

相撲への興味は大きかった。クラブ活動のない日曜のテレビやラジオの中継には釘づけとなった。プロの力士の土俵を見て、立ち合いや技の鋭さを自分でもマネするが、それが通用するほど、クラブ活動といえども相撲は甘いスポーツではなかった。

（大相撲の横綱とか大関は一体、どんな人間なんだろうか？　とんでもない強さなんだろうなあ）

と感じたりもしていた。

こんなことを思うのも、毎年六月、石川県全能登中学校相撲大会の輪島予選大会があるからだった。ここに参加しても、個人戦での一回戦突破すら竹下には容易なことではなかったからである。二年生のとき、個人戦でベスト一六になった。ただし、とこれには断りがつく。参加者がたまたま少なく、一回戦を勝っただけで、そこまで進んだに過ぎない。

竹下の日常は小学生時代と同じく、ケンカ好きは変わらなかった。父親の五〇ccバイクを乗り回すこともしょっちゅうだった。派出所に呼ばれ、校長室に呼ばれ、注意も受ける。学業の方は、というと、これこそが目立つ存在ではなかった。国語・英語・数学・理科・社会の五教科において、中学二年生までの成績表で五はひとつとしてない。一学期だけ数学で四がついた。あとは、三か二であった。一度だけの四ながら、「数学は好きな科目」と竹下は自負もしていた。

中学三年生に進級ともなると、どこの高校に行きたいとか、将来何になりたいとか、ぼつぼつ考える。それらを考える前に、竹下の体には重大な異変が起こっていた。

2 相撲と目、どっちが大切なんや！

一九六五(昭和四〇)年、三年生に進級する直前の春休み、石川県の全中学三年生を対象にした予備校主催の高校入試の模擬試験が行われた。

竹下は問題用紙の見出しこそ読めたものの、問題の中身はまったく読めなかった。名前だけ書き、全教科白紙で提出した。当然、担任から叱責されたが、竹下は「目が見えなかったので」とか、何ら視力については口にしなかった。

三年生になって間もない四月のある日だった。たまたまゴムで弾くパチンコをメガネに当てられた。左のレンズが割れ、レンズの破片が左目に刺さった。反射的に左目をふさぐが、このとき右目は開いているのに、まったく見えなかった。光すら見えなかった。

メガネを壊したことに両親は怒った。メガネは直したが、竹下は視力が弱くなっていることは自分でわかっていても、医師に気軽に診てもらうという時代でもなく、放置した。無論、盲目になるなど、考えもしなかった。

視力のさらなる低下に否応なく気づくときがやってきた。

「好きな科目」と自負する数学の時間だった。「はい、竹下」と、数学の教師が竹下に解くよう指名した。最前列の席で、顔を机につけるようにしていた竹下は顔を上げたが、黒板の文字がまったく見えなかった。

答えられずにいると、教師が近づいてきた。竹下の教科書は開かれていない。

「なんだ、竹下、教科書を開いてないのか」

と言った。何頁を開け、と言われても、頁すら読めず、開けない。

「竹下、目が見えないのか？」

とも言われたが、これは半分、揶揄を含めた言葉であった。ここまで視力が落ちていながらも、竹下は両親や担任の教師に目の異常を話さなかった。にもかかわらず、相撲の稽古には熱心に取り組んでいた。細かい文字はともかく、ある程度の距離のあるものならば、ぼんやりとだが、左目はとらえられたのである。

誰にも視力の異常を話さなかったのは、竹下にとって目前の目標があったからだった。六月三〇日に、石川県全能登中学校相撲大会の輪島予選大会が開催される。三年生にとって、この大会で上位に入らぬ限り、クラブ活動は引退だ。おそらく一回戦負けだろうが、何としても出場したい。中学生らしい理由といえば理由だった。

大会まで二週間を切った、夕闇迫る自転車通学の帰り道だった。竹下は自宅前の曲がり角で目測を誤り、溝に自転車ごと落ちた。たまたま父親が家の前におり、溝から引き上げられたが、ここで初めて、竹下の視力が低下していたことを父親は知ったのだ。

翌日、竹下は父親に連れられて輪島市内の眼科医で検査を受けたが、はっきりした病因はわからなかった。その翌日には金沢市の眼科医に、そのまた翌日には国立金沢大学の医学部付属病院での精密検査、と回った。

結果、視力低下の原因が判明する。「外傷性網膜剝離による失明」が診断結果だった。「外傷性」の理由を、医師らは竹下の生活から「相撲のぶつかり稽古によるもの」と判断した。右目は既に失明、現段階での視力検査では左目は〇・〇三。

メガネをかければ、左目で新聞の大きな見出しは読めた。このままではそれも見えなくなり、光の明暗すらわからなくなる可能性もある、と医師らは指摘した。そう言いながらも、今から治療をすればこれ以上の進展をくい止めることはできる、とは断言しない。ただ、入院し、専門医による治療を受けるしかありませんよ、と言うだけだった。

父親は、よもやの失明の宣告に、

「先生、自分の目を取り出しても構いません。どうか、息子の目を治して下さい」

と頭を下げた。そう言うしかなかった。だが、いずれの医師も同じことを言った。

「そう言うのならば、なぜ、これだけ悪化するまで放っておいたのですか！」

専門医の立場から、親の責任を詰問したのだった。

竹下にすれば、このままでは失明する、と言われても、身の周りに盲人がいるわけでもなく、実感すらない。あまりのショックに食事も喉を通らず、話す気力もなくなり……となったのは竹下本人ではなく、父親だった。落胆し、言葉も発しない父親の姿が、くしくも竹下の脳裏に強い記憶となり、盲目となった後でも忘れられない光景となるのだった。

名医はいないか？　父親、母親ら竹下家は必死に求めることになった。名医、といっても、現在のように名医についての本や週刊誌の特集がある時代ではない。大きな病院、大学病院ならば治せる、と信じてやまない時代である。

京都市に在住する父の弟、竹下からすれば叔父が、

「京都には、開業してる有名な目医者がいるで」

と連絡してきた。父は京都行きを決めた。後にわかるが、京都行きは義樹の視力があるうちに古都・京都を見物させておかなければ、という親心も含まれていたのだった。石川県と京都府は距離的には近い。修学旅行は、東京での東京タワーや国会議事堂などの見学と箱根での滞在だった竹下にとって、京都は初めての地である。

京都に行くぞ、と伝えられた竹下は、出発日を聞いて、

「一日延ばしてくれよ」

とためらわずに言った。出発日は六月三〇日。相撲大会の日と重なっていた。

「全能登大会の予選に出たい。一日延ばしてほしいんだ」

竹下とすれば、目も大切だが、三年間打ち込んだ相撲の総決算の方がもっと大事、とすらこのときは思っていた。

「お前、相撲と目、どっちが大切なんや！」

父親は一喝した。ショックのあまり、口もきけない状況に陥っていた父親の姿を思

えば、それ以上は何も言えず、六月三〇日出発を受け入れるしかなかった。

京都に到着して、まず、叔父の言う目医者に行った。後に京都市長にもなる評判の高い医師だが、京都府立医科大学の医師も同席していた。診察した後、

「明日、府立医大にきなさい」

と竹下は父親と共々に命じられた。京都府立医科大学では一日中検査をし、即時入院の手続きが取られた。この入院生活が実に半年間にわたることになろうとは、竹下は当初、思いもしなかった。退院は一二月二〇日であり、期間中、二回、右目の手術をした。京都見物どころの話ではない。視力こそ回復しなかったものの、光の明暗を感じる感覚は失われずに済んだ。

盲人になる不安を感じる以前に、眼帯を当て、おとなしくベッドで安静する入院生活は、毎日、相撲で汗を流してきた竹下にとっては苦痛以外の何物でもなかった。左目の網膜が浮き上がった状態であり、これを平坦に元に戻すためには振動を与えることはできなかった。手足は動かせても、目を天井に向けて、頭を固定した状態で寝なければならなかった。病室にクーラーなどない時代である。京都の夏はいうまでもなく、連日の酷暑。動いてはいけない、と命じられていることもあり、下の世話もベッドに寝たままで行った。こうなると、筋力も格段に低下する。入院時、七八キログラ

ムあった体重は、退院時には五八キログラムになっていた。

半年ぶりにベッドから身を起こし、ベッドの横で起立したとき、膝が上半身を支えられず、竹下はその場で崩れ落ちた。歩くことすらままならなくなっており、肩を借りたりして、まずは歩くことから盲人としての生活は始まった。白杖の突き方を筆頭としたリハビリの指導は一切なかった。

このとき、竹下は盲人となった不安や恐れを実感していなかった。実感したのは、郷里に戻り、半年ぶりに中学校に戻ってからである。

雪の季節の能登では、小学生、中学生は集団登校だ。友人らに付き従って、学校に行けたはいいが、学校側としては、竹下への対処に困惑した。

「あと三カ月で卒業だが、竹下、お前はあまりこなくてもいいぞ。無理するな」

と、教師は声をかける。出席日数が足りず、留年の可能性もあるが、留年させてもどう指導していいかわからなかったのだろう、卒業扱いにして、進路は金沢市にある盲学校の高等部へ、ということになった。その見通しもついたためか、

「竹下、大変だろうから、卒業式もこなくていいぞ」

とすら竹下は言われた。

この期に及んで竹下は目が見えないことが、とんでもないことなのだ、とようやく

理解した。「授業が受けられないから学校にこなくていい」「卒業式にも参加しなくていい」と真っ正面からこう言われても、反論すらできなかった。耳で授業を聞いて、テストが受けられるわけでもない。竹下は、学校側に「はい」「わかりました」とひとつひとつ返事するしかなかった。

一九六六(昭和四一)年三月、竹下は卒業式に参加した。意地にもなっていた。卒業記念アルバムが配布されたが、前年の秋、竹下が入院中に撮影したために、竹下の写真は集合写真の右上の円枠にある、と周囲は教えてくれた。

3　弁護士になります！

春休み。同じ町野町に、竹下と年頃が同じ盲人の女子がいると聞いた母は、竹下を連れ、その女子の家を訪ねた。点字を教えてもらうためだった。

点字は、縦三点、横二点の六つの点の組み合わせから構成される。板に金具を取りつけた点字板を紙に挟み、点筆《てんぴつ》という先端がとがった金属になっているものを差し込むことで、紙に刻印してゆく。

読む場合には、左から右へ凸面を指先で読む。まず、五〇音を覚えることから始まったが、マスターする前に春休みは終わり、金沢市にある兼六園にほど近い、石川県立盲学校高等部理療科に入学した。高等部の専攻科には「按摩・鍼・灸」を修学する理療科しかなく、「按摩・マッサージ・指圧師」の免許を取得する。生徒の卒業後の進路は「按摩さん」しかなかった。

竹下の属する一学年の生徒は二三人。先天的な盲目者、後天的な盲目者と半々で、糖尿病が悪化して失明し、入学してきた年配者もいた。

寄宿舎における竹下の部屋は六人。一〇代の竹下、二〇代が一人、三〇代が一人、四〇代が二人、六〇代が一人であった。父親より年齢が上の者とも、同部屋になったのである。彼らが猥談をしていても、竹下は何を言っているか、皆目、見当もつかなかった。掃除は順番制、洗濯は個人個人で、食堂での食事はセルフサービス、と家にいたときとは異なる、自分から動かねばならない生活に入った。

買い物は白杖を突いて買いに行く。中途失明で盲人となって日が浅い竹下は、白杖による歩行訓練も受けておらず、方向感覚がつかめない。「竹下義樹君は中途失明者だから」と、学校側が竹下を特別扱いすることもなかった。白杖の先で〝何があるか〟を確かめるのだが、それすらもつかめない有り様である。手探りもして出入口を目指していたのに、部屋の奥に行ってしまったり、壁にぶつかったりはしょっちゅうのことだった。同部屋の者は手助けするでもなく、そんな様子を竹下の声やぶつかる音で嘲笑した。どこに何がある、と校舎や寄宿舎の建物の構造がおおまかに頭の中に描ければ、白杖もなく歩けるが、そこまで慣れるには竹下は相当の時間を要した。

同部屋の二〇代の仲間が、そんな竹下をよくからかった。ある日、竹下は我慢できず、相手と取っ組み合いのケンカになった。あいだに人が入ったことで収まったが、竹下は教訓を得た。失明して間もない自分はビクビクするばかりで前向きになっていない、と。消極的であることに気がついたのだった。風呂場はこっちなのか？　トイレはどっちにあるのか？　わからないときは積極的に周囲に話しかけて、恥ずかしがらずに助けを求める必要性を仲間とのいさかいの中から見出したのだった。

点字についても、学校側は特別指導もしなかった。教室には小学校、中学校時代から盲学校で過ごした者が多く、点字を教えることなどない。教師は点字の一覧表を渡して、「早く自分で覚えなさい」と言うぐらいだった。

読めないし、書けない。授業時間こそ、友人に助けを求めて凌げても、いつまでもこんな状態では立ち行かない。幸いにも放課後の部活動に「点字クラブ」があった。必要に迫られて、駆け込むように竹下は入部した。

「晴眼者が読み書きする文字をなんていうか、知ってるか？」

こう竹下は先輩に言われたが、晴眼者の言葉自体がわからない。

「晴眼者はな、目が見える人のこと。盲人から見て、晴眼者が使う文字は〝墨字《すみじ》〟って言うんだ」

書く、読み取る、の競争を毎日行うことで、点字の何たるかが、竹下にはわかってきた。

授業は、理療科らしく解剖学、生理学などの人体のしくみを学ぶ専門科目、そして、「按摩・鍼・灸」の実技があった。「按摩・鍼・灸」は、それぞれ一文字ずつ取って、「あはき」といわれていた。盲学校で得る「あはき」こと「按摩・鍼・灸」の職業訓練は、盲人といえども社会的・経済的な自立を達成し、かつ社会的な需要に支えられた生活手段でもある。このほか、数学や英語、国語、理科、社会などの五教科の基礎科目もある。内容は、普通高校と同じものである。

教室で誰もが初めて習う専門科目は、竹下でもついていけたが、愕然としたのは、基礎科目がまったくついていけないことだった。中学三年生時の半年間にもわたる入院生活の影響だった。得意科目、と自分では思い込んでいた数学ですらわからなくなっていた。遅れを取り戻さないと留年にもなる。盲学校入学後の一学期は、点字や授業と格闘し、二学期以後はなんとか支障がない程度になった。

点字を習得するのに、大きな力となった人がいる。「点字クラブ」に四歳年上の女生徒がおり、彼女がいろいろと手ほどきをしてくれた。互いに点字による手紙をやりとりし――交換日記にも等しいが――点字の打ちまちがいである「誤字」の指摘などもしてもらい、それが竹下の点字習得の向上につながった。

この女性が竹下にとっては、初恋、生まれて初めてのデートの相手になった。

金沢駅からバスで二〇分ほどの距離に、金沢市街、日本海を展望できる標高一四一メートルの卯辰山がある。石川県の相撲の晴れ舞台である卯辰山相撲場もあれば、泉鏡花の文学碑、当時は動物園や水族館、ミニ遊園地や演芸場を有するレジャー施設であるヘルスセンターなどを擁していた。市民の憩いの場だ。現在でこそヘルスセンターはないが、当時のヘルスセンターは格好のデートスポットだった。

動物園、水族館を回り、ヘルスセンターの演芸場で催し物を楽しんで、寄宿舎に帰ってきた。竹下は初デートが嬉しかった。つい周囲に漏らしたところ、翌日には教師の耳に誤解を伴って伝わり、職員室に呼び出されることになった。彼女は翌年三月に卒業したので、交際はそこで終わることになる。

視覚を失った竹下にとって、音や言葉といった聴覚はひときわ大切なものになっていた。音のする方向に何があるか、白杖が触れた物音から何があるのか、を推測する。

音楽の世界にも関心が向いた。盲学校の学生にとって、最も身近な楽器はギターだった。「教えて下さい」と竹下は積極的になり、夢中でギターに取り組み始めた。先輩たちに追いつくのは早かったが、それでは飽き足らず、金沢市内のギター教室に通うほど凝った。

点字をマスターし、ギターも楽しくひけることは、盲学校の生活にそれだけ馴れたことを意味していた。ただし、理療科の専門科目の成績は教室でも上位だったが、基礎科目の成績は下から数えた方が早かった。

市内の普通高校の生徒が盲学校にボランティアや交流会でくると、竹下は積極的に話し、友人となった。盲学校の生徒の多くが、普通高校の生徒と話すことを敬遠しがちだった。コンプレックスを持つのも、ある意味で仕方ない面はある。竹下は臆せず、大きな声で話すだけに、何かと人が集まる得なキャラクターであった。石川県内で有数の進学校で知られる学校の生徒と話もするが、学力的に自分と大きな差があるのは承知でも、竹下はそれを苦にすることはまったくなかった。

普通高校の生徒との交流で、竹下は、ひとつの大きな発見をする。

「盲学校の生徒の生活の方が、普通高校の生活よりも充実しているのじゃないか?」

受験勉強が大変だ、そのために灰色の高校生活だ、と普通高校の生徒は口々に言っていた。自分たちは、「按摩・鍼・灸」と人の健康や疲れを癒すための勉強をしている。寄宿舎生活では、ギターを存分にひいたりもしている。たとえ目が見えなくても、人間的な生活をしているんじゃないか、と。

一年生の秋、ある教師が「弁論大会に出てみないか」と竹下に言った。「ベンロンって何？」と竹下はたずねた。説明を受けて、竹下は参加を決めた。いきなりの全国大会だった。盲学校の全国弁論大会が東京で行われるので、そこに参加と相成った。

盲学校での生活について点字で原稿を書くのだが、支離滅裂な文章は教師の手直しを全面的に受けた。原稿の内容を丸暗記して、練習を毎日したが、本番では緊張のあまり、暗記した内容とは違うことをしゃべり、入選には至らなかった。

しかし、自分をアピールする場に立てたことに竹下は心地よさを覚えた。盲学校に自ら「弁論部」を創設し、部長に収まった。

卒業までの三年間、参加できる弁論大会にはでき得る限り参加するが、弁論部創設早々に開催された石川県高等学校文化連盟主催の弁論大会では、優勝を果たす。普通高校の友人らは受験戦争を嘆くが、自分たちは人を癒すための勉強をしており、盲学校での生活はけして暗いものではない、といった趣旨を伝えたのだった。

二年生のときには、NHK主催の「青年の主張」にも出場する。盲人も晴眼者も関係なく、まさに弁論の能力が試された。

　NHK金沢放送局での予選で優勝し、東海・北陸大会に駒を進めたが、ここでは惜しくも二位。全国大会には進めなかった。それも納得できた。一位となった女子の弁論は、米国の施政権下にあった当時の沖縄をテーマとしていた。

「核兵器すら配備されていると言われる沖縄問題を、私たちは同じ日本人として静観していていいのでしょうか！」

と訴えていた。竹下本人が、この弁論に感心し、

（すごい人だなあ。自分はとても及ばないな。立派な人だ）

と拍手すらしたほどだった。

　普通高校の生徒との交流も一年を過ぎた頃、竹下は、

「なんで、みんなは受験戦争から抜けられないの？」

とよくたずねた。返ってくる答えはというと、

「将来の夢を実現させるためだよ。それには、まず大学に行かなくてはならないから」

と異口同音に答えるのだった。

「自分は医学部に行って医者になりたい。地元の金沢大学の医学部が志望だよ」

「私は学校の先生になりたいから、教育学部へ行くの」

「自分は柔道二段。いつかは道場を開いて、子供たちに柔道を教えたい。大学へ行って何をするかは決めてないが、とにかく大学で目標を見つけたい」

などと言う。そして、こうした夢を語った後で、必ず、

「ねえ、竹下君は何をやるの？」

と言われた。盲学校を卒業すれば、そのまま「按摩・鍼・灸」の国家資格を得るわけで、

「そうだなあ、按摩さんをやるんだろうな」

と答えてはいた。

ただ、それが本当に自分がやりたいこととは竹下には感じられなかった。そもそも、将来何になりたいとの夢など、これまで考えたこともない。「按摩・鍼・灸」をやる、とはいっても、それは盲学校で学んでいるからに過ぎないのだ。普通高校の生徒の意識の高さに、竹下はいささか悔しくなった。

（このまま、按摩さんをやるのもいいけど、自分も大学に行けば、夢とか何かやりたいことが見えてくるんじゃなかろうか？）

竹下は早速、二五歳の国語の担任教師に伝えた。

「先生、自分は大学に行きたいと思います。鍼・灸・マッサージの道に進むのもいいですが、それ以外の道を見つけるためにも大学で勉強してみたいと思います」

担任は、突然の竹下の言葉に、

「そんな曖昧な気持ちで大学に行っても、何にもならないよ。これをやりたいから、これを学びたいから、と明確な目標もなくて大学に行くのは大変だよ」

と温和な口調で諭した。

担任は竹下の希望を完全に否定したわけではない。が、目の見える一般学生と比べて、何かとハンディの多い盲人の学生は、時間の有効利用と効率性を考えれば、明確な目標を持っていない限り学生生活は流されるだけ、と判断しても不思議ではない。

こう担任に言われたから、と易々と引っ込むような竹下ではなかった。弁論部を創設しただけあって、考え、自分の方向性を探った。目が見えていた時代に印象深かったことは何か？　と竹下は脳裏の記憶をたどる。記憶をたどることで、そこに自分がやりたいことがあるのでは？　と思考した。

あれこれと思い出す中で、これだ！　と結びついたものがあった。

テレビドラマで見た「弁護士」の颯爽とした、カッコ良さだった。法廷で意見を述べたり、依頼者の相談に親身に接する、カッコいい弁護士の姿のみが頭には映し出されていた。

（自分は話すのが得意だ。テレビドラマに出てくるような、あのくらいの仕事ならば、自分にもできるはずだ。収入だって良さそうだしな。あのくらいの仕事なら）

弁護士になるには、司法試験なる国家試験がある、と耳にしたことはあった。だが、司法試験の内容など、当時の竹下は知るわけがない。無論、この時点で司法試験について調べるわけもなかった。難しさなど知る由もない。あのくらいなら自分にもできる、と判断した理由は、大学の法学部に行けば弁護士になることなど何の問題でもない、と竹下は思い込んでいたからだ。

医学部に行けば、卒業生のほとんどが医者になる――。

教育学部を卒業すれば、先生になる――。

ならば、法学部を卒業すれば弁護士になれる――。

こう信じて疑わなかったのである。

高校二年生の冬、竹下の将来の〝夢〟は決定した。

夢を持つことは気分を高揚させた。足取りも軽く、竹下は改めて担任のところに出向いた。

「先生、自分は大学に行きます。自分のやりたい夢と仕事に向かって、大学で勉強します」

こう決意表明したのだった。言葉は澱みがなく、何のためらいもない。

「そうか。で、大学で何を勉強するんだ？」

「法律です。法学部に行きたいと思います」

「法学部？　法学部に行って何の仕事をやりたいんだ？」

竹下は臆することなく言った。

「はい、自分は弁護士になります」

担任が思わず、呆れて口を開けたかどうか、は竹下にはわからない。だが、そんな状態になっていたであろうことは、担任の言葉からも十分に察しがついた。

「アホッ！　夢みたいな話を言うんじゃない」

まさかの答えに担任も受け身が取れない。

「お前の考えることは地に足が着いていない、っていうやつだよ」

とも言った。竹下にすれば、予想した反応だったが、この時点では弁論部で鍛えた竹下の方が一枚上だった。

「先生、僕は〝夢〟について語っているんですよ」

こう言い返してやったのである。この言葉を用意していたのは、担任にそう指摘されても仕方のない理由があったからだ。竹下の基礎科目の成績は悪いのだ。専門科目は優秀でも、五教科は出来が悪い。中でも、英語は中学卒業程度にも及ばない、と言われていた。

竹下が「弁護士になりたい」と担任に伝えた一九六八(昭和四三)年には、バリアフリーとかノーマライゼーションとかの、後に身障者との共生を社会目標とする言葉は存在していなかった。盲人に対する「めくら」という言葉も、活字や放送では禁止用語の扱いは受けておらず、身障者が生きていくのには厳しい時代でもあった。

そんな当時、盲人の大学入試に門戸を開いている大学では二つのタイプの試験があった。ひとつは面接試験のみ。もうひとつは、点字での試験である。

文系は英語、国語、社会、理系は英語、数学、理科が課せられる。試験問題の内容は一般の受験生と同じだが、試験時間は約一・五倍と長く設定されていた。大学によっては、竹下が課外活動に積極的なことを評価して、面接で合格できなくもなかろうが、優秀とはいえない基礎科目の成績がこれでは、学力のあるほかの盲目の受験生には及ばない可能性が高い。

とすれば、受験に際しては、学力をつける方法しかない。

「まあ、竹下、お前が夢を持ったことはいいことだよ。頑張って勉強しろよ。できることは協力するからな」

担任は激励もしてくれた。

三年生になったら一生懸命に勉強しなくては、と竹下は決めた。勉強に専念するためには、寄宿舎の集団生活では集中できない、とも思った。環境を整えるため、輪島の実家に頼み込み、四月から下宿生活を始めることにした。

学校側でも、大学進学を応援し、放課後に英語、国語の補習授業をしてくれた。英語は中学一年生のものからやり直しであった。放課後の補習はするものの、その反動が日頃の授業に現れた。ときどき抜け出しては、兼六園で昼寝をしたりもしていた。

そんな生活でも、弁護士になるぞ！という意欲はますます強くなっていた。弁論部での活動を続ける中、新潟県高田市で開催された全国盲学校弁論大会で、竹下は「盲学校の青春」と題して力強く語った。点字を学び、ギターもひけるようになり、「あはき」を習得する生活の中で考えたことを話し、

「夢をつかむためには、自分で階段を昇るしかありません。私は法学部のある大学に行き、司法試験に合格して、弁護士になります！　夢に向かって前進する努力を大切にしたいと思います！」

などと堂々と将来の夢を伝えたのである。

日々前進する大切さはわかっているが、思うように学力が伸びないことには、いらだちもした。大学受験の願書提出が近づく中、竹下の場合、志望校云々の前に、合格するのに最低限必要、と思われる学力にも到達していなかった。盲人受験生として、竹下は現役での大学合格は断念せざるを得なくなったのである。

4　受験勉強は灰色じゃない

一九六九(昭和四四)年三月、竹下は「按摩・マッサージ・指圧師」の免許を取得し、盲学校を卒業した。盲学校の高等部には竹下が所属したように理療科があれば、一般高校と同様の普通科もあった。

現在はほぼすべての盲学校にあるが、普通科を有する盲学校は当時、全国七五校のうち、東京、大阪の各二校、千葉、名古屋、京都の各一校の合計七校しかなかった。

また、盲学校出身の生徒が進学できる最高峰の大学は、東京教育大学(現・筑波大学)の教育学部と言われていた。盲人が鍼・灸・マッサージ以外の仕事に携わるとすれば、東京教育大学の教育学部を卒業し、教員か福祉施設の職員になること、とすら言われていた。

竹下は担任、実家と相談の上、京都市にある京都府立盲学校の高等部普通科専攻科に、大学受験に必要な学力を補うために編入学することにした。京都を選択したのは、条件が合致したからだった。同校の高等部普通科専攻科は盲高校生の学力不足を補い、大学進学を目指すために設置されていた。

（まあ、一年間勉強すれば大学に入れるな）

と竹下は思った。

輪島の実家から京都の盲学校の寄宿舎までは、祖父が付き添ってくれた。入学したクラスは、竹下を含めて七人。ここで早々に竹下は、

（大学受験はえらく厳しいものだぞ。冗談じゃない）

と焦りにも似た思いを抱いた。自分を除けば、全員がエリートの盲高校生だったのだ。大阪から二人、埼玉から一人、山口から一人、高知から一人、宮崎から一人、と全員が進学を希望して京都にきていたのだ。竹下のクラスでの成績は最下位であった。

（これが全国レベルなのか。朝から晩まで勉強しなきゃ、追いつかんぞ）

竹下は素直に脱帽した。京都にきた以上、勉強しないわけにはいかなかった。手術以来、実家の金銭的負担も大きくなっていることぐらいはわかってもいた。弁論大会はしばしお預けである。放課後は補習や、ボランティアがきて「対面朗読」で参考書

を読み上げたりしてくれる。参考書の内容を聞いて、点字でそれを書き取り、自分のノートで参考書を作る作業に明け暮れた。

ボランティアの学生らと竹下は直ぐに親しくなった。京都見物もしたことがない竹下は方々に連れて行かれた。名刹などを訪ねると、踏み締めている足から独特の雰囲気が伝わってくるのがわかる。勉強に疲れたときは、近間にある今宮神社によく散歩に出た。何度も通ったことで、白杖は不要となり、天気のよい日は白杖なしで散歩していた。

自分が勉強して学力は少しずつ上がってきても、仲間たちはさらに勉強を積み重ねるので、なかなか追いつけない。金沢時代と同じく、いらだってくる。だが、いい気分転換があった。市内の病院の看護学生が「対面朗読」のボランティアにきていたが、竹下はじめ盲学校の生徒たちは、彼女たちとよくおしゃべりしていた。いつもうるさくなるので「ハチの巣」と形容されていた。そこで「ハチの巣会」という名前のサークルを作り、演劇活動もしてみた。

しかしながら、そんな活動があっても毎日、毎日の受験勉強の辛さは変わりなかった。放課後の「対面朗読」は出席するものの、授業をサボったりするようになる。こうなるとラクしよう、ラクしよう、となってくる。寄宿舎にいることも億劫になってくる。

志望校を決めて、願書を提出する季節、竹下はというと、なんと京都市内で住み込みで働ける按摩治療院を調べていた。寄宿舎を出て、そこに住み込みで働き始めたのだった。

治療時間は、朝一〇時から夜中の二時まで。常に客が入るとは限らないが、最大一六時間連続で働いたこともあった。竹下の収入は客からもらう料金の七割であった。夜中まで働けば、親方が近くのホルモン焼き屋で酒も飲ませてくれた。飲み代も親方が払ってくれる。毎日、金がおもしろいように貯まったのだった。

（働くというのは楽しいなあ。本当に楽しい）

と竹下は、受験勉強から解放されたことを働き始めた当初は喜んでいた。

それでも、一カ月、二カ月と経過すると、弁護士になるために、受験勉強するために京都にきていたことを思い出した。勝手に飛び出してきたことで、盲学校としても簡単に受け入れてくれるとは思われない。しかも、受験シーズンは終わりであり、戻るにしても実質二浪目の生活となる。しかし、大学進学を志す以上、もう一度、頭を下げねばならない。竹下は担任の教師に、真面目に勉強します、と言うしかない。担任は、授業をサボらなければ、という条件つきで復学を許した。

二浪目の生活も、真面目に勉強を継続するのは苦痛だったが、「弁護士になりたい」という夢だけは忘れていなかった。

サボリ癖は、やはり抜けていなかった。ブランクを自分で作ってしまったこともあるが、そんな簡単に成績が伸びるなら苦労はしない。テストの点数は点字でわかるし、クラスでの順位も点字でわかる。全国から新しく集まった仲間の中での順位も変わりばえしない。

住み込みで得た金が手元にあったことで、竹下はパチンコ屋に入り浸った。当時のパチンコはカード式ではなく、一〇〇円でパチンコ玉を五〇個買って始める時代だった。指で弾いて、チューリップを目がけてパッと開かせる機種が最もポピュラーだった。

通ううちに、竹下はひとつの発見をした。目が見えないといっても、顔をガラスとスレスレまで近づければ、左目の奥で一瞬だがチューリップが開く、閉じるのが、おぼろげな陰影でわかるのだ。チューリップの開閉には、チューリップの図頭の四本クギを通過させなければならない。玉こそは見えないが、一発一発を丁寧に打つことで、四本クギを通過して、チューリップが開くときの指の力加減がわかってきた。

こうなると強い。こうなるとヤミつきになる。一日に二台、同じ店で打ち止めにしたこともある。換金できるとは知らなかったが、タバコやチョコレートを箱で盲学校に持ち帰り、仲間に分け与えた。寄宿舎の理療科にいた友人を引き連れて、パチンコの手ほどきをし、喫茶店に入り込んではコーヒーを飲み、タバコをふかして、大人を気取っていた。

寄宿舎に戻ると、勉強よりも夜中の一時過ぎ、二時過ぎまで騒ぎ、勉強する仲間や寮長からは「うるさいぞ！」と何度も注意される有り様だった。

夏のこと。対面朗読にくる、同志社大学の学生ボランティアが、日本史の教科書を朗読しているとき、緊張感のない竹下はうたた寝をしてしまった。何分寝たのかはわからないが、目が覚めたとき、竹下は怒られるか、と覚悟した。だが、相手は大人だった。

「竹下君は勉強がおもしろくないのだろう。けどな、勉強しないと大学には行けへんで。今、頑張らんと、いつ頑張るんや？　竹下君が頑張るのなら、僕はいくらでも応援する。頑張れないなら、応援のしようがあらへんよ」

一瞬で目が覚めた。眠気だけではなく、怠けようとする気持ちも消滅した気がした。授業をサボることはしなくなり、コツコツと継続して勉強するようになった。

京都大学の医学部、教育学部の学生ボランティアが竹下の家庭教師になってくれ、あれこれと指導してくれた。京大の現役学生を家庭教師として雇えば、時給どのくらいになるかぐらいは、竹下も承知していた。

秋になって、さすがに竹下も受験勉強にそれなりに気合が入ってきた。一年前、いや、二年前とは違う心境があった。

（受験勉強はけして灰色じゃない。将来の夢をつかむためのものなんだな）

と悟ったのだった。金沢の盲学校在学時の弁論大会で、普通高校の生徒は受験勉強で灰色の生活を送っている、と述べたが、それはまちがいだったと反省する思いになっていた。

一九七一（昭和四六）年二月。

竹下は明治学院大学法学部、立命館大学法学部の一部、二部、そして、龍谷大学法学部を受験した。明治学院大学のみ面接試験だったが、ほかはすべて英語、国語、社会の点字による筆記試験だった。

結果、龍谷大学法学部のみ合格となった。第一志望でなかったことは確かであるが、それでも竹下にすれば、念願の法学部の合格である。

（これで弁護士になれるんだな）

と何ら信じて疑わない。

四月の入学式。クラスでの自己紹介で、竹下は自らは盲人であることにも触れた上で、こう言った。

「私は将来、司法試験を受けて、弁護士になりたいと思います」

法学部に入学したのだから、もうこれで弁護士になれる、という高揚感は入学式でさらに大きなものになっており、そこから出た言葉でもあった。周囲がどんな顔になったか、竹下にはわからない。だが、後日、親しくなった友人が竹下にこう言った。

「お前のこと、アホや、とみんな言うとったで。何も知らんやっちゃなあって」

こう言われるのも、ある意味では仕方なかった。

龍谷大学の校舎は、国鉄京都駅(現・JR)から徒歩五分ほどの西本願寺に隣接する大宮学舎と伏見区の深草学舎があり、法学部は深草学舎であった。西本願寺の隣が示すように、龍谷大学のルーツは一六三九(寛永一六)年、西本願寺に設けられた「学寮」に始まる。大学令による大学として龍谷大学と改称されたのは、一九二二(大正一一)年のことだった。

当時まで、龍谷大学の法学部から司法試験の合格者は一人もいなかった。龍谷大学には経済学部、文学部、短期大学部はあったが、法学部が設置されたのは、竹下が入学する三年前の一九六八(昭和四三)年だった。つまり、竹下が入学したときは、一期生が四年生であり、卒業生がまだいなかった。

とはいえ、龍谷大学から司法試験の合格者がいないわけではない。ただし、純粋な龍谷大学の卒業生として数えるには難しいものがある。

龍谷大学の司法試験合格者は、龍谷大学の文学部を卒業後、司法試験合格で定評のある中央大学法学部に進学し、司法試験合格を果たしていた。出身大学は当然、中央大学となるわけで、龍谷大学とはならない。つまり、龍谷大学は開学以来、司法試験合格者をまだ自力では輩出していない、ということになる。

京都大学や同志社大学、立命館大学といった京都の名門大学の学生にですら、司法試験は難関であることを周囲は知っていたわけで、竹下はそれすらわかっていなかった。

（卒業すれば弁護士なんだなあ――）

そう何ら疑わず、竹下の大学生活は始まった。

第3章　盲人にも弁護士への道を

1　大学生活の始まり

入学式後のクラスでの自己紹介で「将来は弁護士になります」と堂々と公言して大学生活を始めたものの、早々に竹下はこれまでの環境との差異を感じたのだった。

中学卒業後から大学入学まで、竹下は盲学校にいた。職員らも、盲人を対象に指導していた。今度は違う。健常者の集団の中に視覚障害者が入るわけである。

法学部の一年生は約一五〇人、一クラス五〇音による名簿順に五〇人前後で、三クラス編成だった。竹下は「た」行のあるクラスには入らなかった。名簿は健常者を対象としており、竹下は「や」行、「わ」行の後に、もう一人の全盲の者と共に「竹下義樹」と付記されていた。現在ならば人権問題として非難されるのは必至であろうが、当時はそれが何ら問題にはならなかった。竹下にも不服はなかった。

当時、龍谷大学には二〇〇〇人近い学生の中に、竹下も含めて五人の視覚障害者がいた。だが、一人は同じクラスでも、ほかの四人は学部も違えば年齢も異なる。

大学のキャンパスは広く、どこに何があるかを把握するには時間がかかる。ある程度慣れるまでは白杖をつき、困ったらその場で助けを求める方法はあるが、竹下はキャンパスの位置関係、どんな建物があるか、を早く頭の中で立体感をつかみたかった。それには、白杖なしで歩き回るのに限る。コンクリートの壁に頭をぶつけ、額にコブができるわ、溝に落ちるわ、痛い思いを重ねれば重ねるほど、その周囲の立体感が早く頭に描けてゆくのである。

下宿先は、龍谷大学の学生専門の民間寮だった。全盲でも快く受け入れてくれた。

キャンパスライフにおいて、当座の悩みは授業であった。目の見える「晴眼者」である一般学生は黒板を見てノートに書く。竹下は集中して要点を聞き絞り、鉛筆代わりの携帯用の点字板に紙を挟んで、点筆で点字を刻印し、ノートを作る。そこまではいいのだが、視覚障害者として入学が許可されたとはいえ、授業で使う教科書や参考書の点訳本の用意がないのが困るのだ。

これらを自らが点字に翻訳する必要がある。点字翻訳は、誰かに対面朗読してもらわねばできない。その点をどうするか？　幸いにして、龍谷大学には「点訳サークル」があった。竹下は必要にも迫られて直ぐに入部した。

視覚障害者の学生同士が交流する目的もあるが、ボランティアとして参加した点字に興味のある一般学生に、視覚障害者の学生が点字を教える意義もあった。また、視覚障害者の学生が不便さを覚えないように大学生活をサポートする意味合いもサークルには反映されていた。「点訳サークル」を利用すれば、教科書や参考書の点字翻訳の問題は何とかなりそうだ。ただし、過度な期待はできないかも、と竹下は冷静にもなり、こんな善後策を考え出した。積極的にクラス、大教室で一緒になる学生らに自分から声をかけ、友人になることを心がけたのである。

(健常者にすれば、視覚障害者の自分に対し、話しかけるのはためらいもあるはず。自分から話しかければ、仲良くなれるはず)

と竹下は疑わなかった。図々しい、と見られても、大学生活を送るには必要不可欠な手段なのである。

竹下は、隣に座っている者、あるいは前後の者に「こんにちは。竹下と言いますねん」などと積極的に話しかけて、友人づくりを始めた。きっかけができると後は早い。向こうから話しかけられたり、周囲も話の輪に加わり、と友人との交流は広がり、授業においても竹下が困れば、彼らが何かと力を貸してくれた。

法学部ゆえ、憲法や民法、刑法など六法に関する勉強も始まった。健常者の学生は六法全書で勉強しているが、この時代には点字の六法全書は日本に存在しなかった。竹下は、授業で必要となった法律を音読してもらい、点訳した。

「六法全書を点訳すれば、大変な量になるだろうなあ」

点字の英和辞書の膨大さを感じていたからだった。竹下も受験で使っていたが、三省堂から刊行されている『コンサイス英和辞典』というハンディサイズとして一般に使われている辞書がある。この辞書の点字翻訳本は、一冊あたりA4判五〇〇頁で、実に七〇冊ぐらいの分量となる。価格にしても一〇万円以上で、個人での所有は経済的にもスペース的にもまず不可能であった。盲学校にあるものを利用するしかなかった。

六法全書の点訳本がないのは不便だ。そうはいっても、日本のどこにも市販による点字の六法全書の取り扱いはない。「(財)日本点字協会」という組織は、一般図書を点字に翻訳した「点字図書」の販促を行っているが、六法全書はない。

勉強するとき、竹下は不便さを感じるものの、

(まあ、法学部に入ったのだから、それなりに勉強すれば弁護士になれるはずや)

と何ら疑いもしていなかった。

だが、授業を真面目に受けていたのは、入学から一カ月ほどだった。当初は新鮮な

印象を覚えた授業も、徐々に退屈になってくる。友人もできてくると、互いに「喫茶店に行って、一服しよか?」「パチンコせえへん?」とサボるようにもなってゆく。

当時の大学生を揶揄する表現として、

「立てばパチンコ、座ればマージャン、歩く姿は馬券買い(あるいは、歩く姿は千鳥足)」

というのがあったが、竹下はマージャンにも興味の範囲を広げた。マージャン牌は指先で覚えることができた。牌の扱いに慣れれば、メンツの一人として十分に闘えたのだった。

京都も蒸し暑さが感じられてくる五月。竹下は、京都市内の按摩治療院でアルバイトを始めた。夕方五時から夜の一〇時までマッサージをした。京都府立盲学校時代のように、勉強に嫌気がさして……という理由からではない。

石川県輪島市の実家の経済事情があった。定期的な仕送りが期待できなくなりつつあったのだ。竹下が失明してから早いもので丸五年になろうとしていた。手術代や入院費、盲学校時代の仕送りなどで竹下家の貯金も減ったのである。父親の冬場の都会への出稼ぎは続いていたが、若いときと体力も同じではない。林業に見切りをつけて山を売却し、農業に専念していた。

実家がこんな状況であるから、竹下は仕送りを断り、「生活費は自分で賄うから」と伝えた。「按摩・マッサージ・指圧師」の資格を有している強みを実感した。「授業費も自分で賄うから」と竹下は伝えたが、父親は「それは俺が払う。父親としての責任だ」と言い、折れなかった。

昼間は大学、夕方からは按摩治療院へ、と二足のワラジの生活。当時、京都の大学生は贅沢さえしなければ、家賃も含めて月に三万五〇〇〇円あれば生活できる、とされた。竹下はアルバイトだけで月に三万円を稼いだ。家庭からの仕送りがないことから、奨学金を三つ、竹下は得ていた。合計五万円余りが一カ月の収入となった。

点訳サークルの中で、竹下は何でも気軽に話せる女子学生と親しくなった。文学部社会福祉学科一年生の若宮寿子という、奈良県出身の学生であった。寿子は片道一時間半の電車通学をしていた。点字を習いたい、ということで入学早々に点訳サークルに入ってきた。些細な出会いだが、寿子が将来妻になる、しかも、翌年の秋に学生結婚することなど、このとき竹下は無論考えられるわけがない。

何でも気軽に話せることで、竹下は自ら、

「忘れられない女性がいてね」

と失恋話も包み隠さずに話していたほどであった。

竹下が京都府立盲学校で、一年目の生活を送っていたときのこと——。

対面朗読のボランティアを務めてくれる、京都第一赤十字病院の看護学生と親しくなった。「ハチの巣会」のサークルもあって顔を頻繁に合わせることで、「交際」という強い意識こそなかったものの、竹下はその看護学生となら、何でも話すことができた。彼女も点字を覚え、竹下は点字で手紙をやり取りもした。彼女は文学好きで、自分の気に入った作品を点訳して、竹下に教えてくれたものだった。

本来ならば、受験勉強に専念しなければいけないが、思うように成績が伸びなかった中で、竹下は彼女に甘えていた感があった。彼女も国家試験を控えての勉強がある。一九七〇(昭和四五)年の一月のことだった。京都第一赤十字病院にほど近い東福寺のバス停で、

「互いに今、頑張らないといけないのは勉強だから」

彼女の方が、交際に区切りをつけた。

それから一年後の二月二七日。竹下は龍谷大学に合格。実家や盲学校など方々に合格を電話で報告したが、その中には、その看護学生もいた。

「合格した日のうちに京都駅で会って、お茶を一緒に飲んだんや。それから三条大橋まで歩いて、別れた。それからは一度も会っていない。忘れようと意識しても、簡

単に忘れるものやないね」

竹下は、寿子にいささかの配慮もせず、話していた。寿子はどうか、といえば、黙って竹下の思い出話に耳を傾けていたのだった。

そんな二人ではあったが、竹下は寿子を「恋人」として意識し始め、夏休み明けから交際を重ねることになる。

寿子とはよく書店に行った。「どんな本が今、売れているか？」「今、手にした本は？」、さらに竹下が本を手にして「表紙の色合いや装丁は？」と、横にいる寿子から説明を聞き、想像を膨らませるのは楽しかった。大型書店では二時間、三時間過ごしても飽きない。単行本、文庫本、雑誌を買い込み、竹下は寿子に読んでもらう「読書」が趣味にもなった。

寿子は竹下を両親にも紹介した。サークルで出会った若い二人が付き合うことに、寿子の両親は反対しなかった。寿子の父親は、当時、京都中央郵便局の管理職にあり、母親は自宅で簡易郵便局を営んでいた。父親は、シベリア抑留の経験も持つ。労働組合活動をしていたこともあり、マルクス経済学にはとりわけ造詣が深く、読書家で、法律にも詳しかった。自らの経歴や心に残った本を語る父親の話を、竹下は夢中になって聞き、また快活に自らの意見を述べた。

（お父さんにすれば、実の娘とそんな会話ができないのが、もどかしいのかな。だから、盲人の自分に快く接してくれているのかも）

と竹下には思うところがあった。

夏休み明けからは、マッサージの仕事も、大学により近い伏見区にある総合病院に移った。総合病院でのアルバイトは、竹下にとってこれ以上ない条件だった。全盲の大学生に配慮してくれたのか、病院側は従業員寮が空いてるから、と入寮させてくれた。そこから竹下は、徒歩で大学に通う。金銭的にも従業員寮への入寮は、ありがたかった。従業員寮の家賃は無料なのだ。昼食は大学生協の学生食堂、夕食は病院の従業員寮で、と食と住の心配がないのは大きかった。

夕方の五時から九時前までが、病院での勤務時間であった。病院でのマッサージの仕事は、一日で三〇人、四〇人ほど。按摩治療院のように一人三〇分、四〇分とじっくりと時間をかけるのではなく、医療マッサージは長くても一〇分ほどだった。

生まれて間もない赤ん坊の股関節を伸ばしたり、リハビリ中のお年寄りまで、様々な世代の人のマッサージに携わったことは、それだけ会話力を必要ともした。しゃべるのが好きな竹下にすれば、数をこなすことはそれだけ、新たな出会いになった。様々な職業の話を聞き、自分が知らないことを教えられ、視野と関心は広がった。また長期入院患者が退院にあたり、「テレビやるわ」「冷蔵庫、持っていきや」と言う。竹下はありがたくもらい、家財道具を増やしたりもした。

伏見区といえば、兵庫県の灘に次ぎ、全国第二位の醸造量を誇る酒どころ。桃山時代には、豊臣秀吉の築城した伏見城の城下町として知られ、江戸時代には京都と大坂(大阪)を結ぶ淀川水運の三〇石船の中継地として栄えた。幕末に坂本龍馬が隠れ家にしていた船宿「寺田屋」が、伏見名所として残されている。実際にこの目で伏見の風景を見ることはかなわなくとも、酒造りの甘い匂いを嗅ぎながら伏見を歩き、佇むだけで、足元から京都の歴史を体験する気持ちになれた。

視力を失い、目の治療をするために縁ができた京都だが、こんなかたちで京都と自分がつながるとは数年前には考えられなかった。

弁護士になりたい——という気持ちが、なによりもそれに先立つわけでもある。だが、そんな流れも、二年生を前にして大きく変化するのだった。

2　法務省からの回答

弁護士になる、と決めていたはずの竹下ではあったが、

「司法試験にはどんな科目があるか？」

「司法試験は毎年、何月に開催されるのか？」

などを入学早々に調べることはしなかった。

「法学部に入ったのだから、少し勉強すれば司法試験はパスできる」

と楽観的な考えが頭の中を占めていた。法学部の卒業生がまだ学内にいない環境から、司法試験が話題にならないことも、竹下に進んで調べよう、という気持ちにさせなかった。


一九七一(昭和四六)年一二月、入学してから九カ月後、竹下は寿子と書店に行き、司法試験に関する本をようやく探し始めた。司法試験の合格で定評のある中央大学の、とある教授が執筆した『法曹を志す人たち』と題した本があった。

「司法試験の科目は、学習方法は、参考書は、出願先は、などが書かれてるわ」

と寿子は竹下に言う。それを含め何冊かを買い、竹下は病院の寮で寿子に読んでもらい、点字で書き取る。竹下は「いよいよ弁護士への道を歩むのか……」と、気持ちが高ぶった。


司法試験には、一次試験と二次試験がある。一次試験は、四年制大学において外国語を含む一般教養科目の単位を取得していれば免除される。従って、司法試験とは二次試験を指す。その二次試験は、短答式試験、論文式試験、口述式試験と三段階に分かれ、なかなか大変なようだ。短答式試験は、憲法、民法、刑法の三科目九〇問を三時間で解答する。一日で終わるが、短答式試験に合格しないと、後日に四日間で行われる論文式試験には進めない。これは全七科目を一日二科目、各二時間で答える。この論文式試験に合格すれば、約一〇日間、七科目について答える口述式試験となる。

短答式試験に合格しても、論文式試験に落ちたとすれば、翌年も短答式試験から受けねばならないことも知った。必要な参考書も点字で書き取る中、竹下は一点、気になった。

「寿子、点字受験について書かれているところを読んでくれ」

本のすみずみまで見たが、寿子は、

「どこにも書いてないわよ」

と何度も目次を眺め、頁をめくって伝えた。

「点字受験はどないなってるんや？　聞いてみないとアカンな」

大学は冬休みである。ようやく、その気になった竹下の行動は早かった。

京都には松葉杖をついた弁護士がいる、と竹下は聞いたことがあった。名は夏目文夫。五〇代で、足の障害をものともせず仕事に取り組む姿勢が真摯で誠実な人柄は、京都では広く知られていた。だからこそ、一学生でもある竹下の耳にも「夏目文夫」の名前が届いていた。

年明け早々、京都弁護士会に電話連絡し、司法試験に関する点字受験についてうかがいたい、つきましては夏目先生にお目にかかりたいのですが、と面会希望の趣旨を伝えると、夏目は快く、時間を取ってくれた。大学生、しかも盲目の司法試験の受験希望者だからこそ、夏目も多忙な中、面会時間を作ってくれたようだった。

一月一一日、竹下は、京都弁護士会で、夏目から話を聞く機会を得る。

自分は盲目だが弁護士になりたい、モノの本には司法試験における点字受験については記載されておらず、点字受験の様子について先生におうかがいしたい、と竹下は一通りの話をした。夏目はあらかじめ、盲人が司法試験を受験できるか、について調べていた。

「竹下君、点字について私は詳しい知識は持ち合わせていないが、司法試験法という法律を見る限りでは、盲人は受験できないという〝欠格対象〟にはなっていない。君から是非一度、法務省に問い合わせてみなさい」

竹下は話のスケールが突如、大きくなった感がした。竹下は参考書など要点を書き取った点字ノートを指でたどり、

「法務省の法務大臣官房人事課の司法試験管理委員会へ問い合わせればいいのですね？」

夏目に確認した。しかしながら、そこで早速、竹下は法務省に……とはならなかった。大学の後期試験が目の前に迫っていた。教養課程の単位を漏らさず取得しなければ、司法試験も受けられないわけであり、約一カ月間は試験勉強に費やす。そのあいだも、生活費を捻出するために、マッサージのアルバイトは続けた。後期試験が終わり、二月早々に春休みに入る。だが、試験の結果が気になり、法務省への問い合わせにまで気が回らなかった。

結局、竹下が法務省に問い合わせをしたのは、五月だった。

(来年の今頃は、自分も司法試験を受けているかもなあ)

竹下は何ら疑わず、寿子に口述筆記してもらった手紙には、どういう準備をすべきか？　と問い合わせる意味が含まれていた。

法務省　司法試験管理委員会様

私は、点字を使用している盲人です。現在、京都の龍谷大学法学部に学び、来年以降、司法試験を受験しようとしている一学生です。

さて、司法試験を点字で受験するには、いかなる処置、あるいは方法によって、受験が実施されているのか、を前もって確認させて頂きたいと思います。

その具体的な方法を即時お教え願います。

昭和四十七年五月十七日

龍谷大学法学部二年　竹下義樹

無粋な尋ね方に思えなくもないが、竹下にすれば、そうと感じたりはしなかった。切手を添付した封書も同封した。返事は早かった。一週間後、竹下の住む病院寮に届いた。寿子が開封した。返事は公文書扱いで活字で書かれていたが、用紙は一枚だけ。一枚で済む意味が、寿子に返事を読んでもらうまで竹下にはわからなかった。わずかな文面だが、読み進むにつれ、寿子の声は小さくなる。寿子の方が、竹下よりも否応なく先に驚いていた。

法務省人試第一、二二八号

昭和四十七年五月二十四日

司法試験管理委員会印

竹下義樹　殿

五月十七日付書面にてご照会のありました件について、左記のとおり回答致します。

司法試験の受験については、年齢、性別その他の資格には特に制限がありませんので誰でも受験できるわけですが、盲人の方の受験については、実施方法その他諸般の事情から、事実上実施は不可能な状態でありますから、悪しからずご了承下さい。

これだけであった。

「そんなアホな！」

竹下は思わず口にした。

「盲人だからというて、受験資格がないわけやない。でも、点字受験は行っていないからあきらめろ、は矛盾や！　受験資格に法務省が制限を加えてるやないか！」

竹下の言葉には怒気がこもっていた。大学で友人らにこの手紙を見せた。自分の意見を述べた後、彼らの意見を聞く。彼らも竹下に賛同した。

「盲人でも受験資格はあるんやろ？　点字受験も行われていいはずや。法務省は全然考慮してへんのや。盲人の受験なんて前提にしてへんのや」

ここでも竹下は興奮して、怒りの口調で言った。怒りは友人らに伝染した。

「法務省は、点字についてはまるっきり知らんのとちゃうか？」

「知らんのやろうな。竹下、点字での大学受験はごく当たり前になっとるのやろ？この龍大ですら点字受験をしているんや。国ができへんなんて怠慢やで」

点訳サークルでも同様の声が上がった。

「法務省に点字とは何か、点字による大学入試はどんなものか、を教えてやろうやないか」

「法務省だけやない。京都の大学生にも知ってもらうんや」

翌日、竹下は京都大学教育学部の友人に連絡を取った。竹下が京都府立盲学校時代、彼はボランティアで家庭教師をしてくれた。同学部内には「障害児教育研究会」がある。竹下が龍谷大学入学後は点訳サークルを通しての交流もあったが、手紙を読んだ友人は、

「こういうことなら、法学部のやつの方がええわ」

と即座に言った。そして、S・I（裁判官を歴任）という法学部の五回生を紹介してくれた。Iは司法試験の合格を目指し、勉強している身でもあった。

Iは、法務省からの手紙を読むや、

「竹下君、これは大変な問題や。仲間を集めるから、そこで話してくれへんか」

法務省から回答の手紙がきてから三日目。竹下は京都大学法学部の教室で、Iが集めた法学部の学生二〇人あまりを前に経緯を話した。

正直、学力や偏差値で考えれば、龍谷大学と京都大学には大きな格差がある。とはいえ、Iはじめ法学部の学生が真剣に自分の話を聞いてくれ、意見を述べてくれたことを竹下は場の雰囲気、熱を帯びた言葉の数々から察し、「さすが京大やなあ」と脱帽する思いだった。

学生らは「状況を打開するには何が必要か？」と意見を交換するが、方向は明快だった。その中から「パンフレットを作ってはどうだろうか？」とIが提案した。パンフレットを携えて法務省に出向き、直接、今回の手紙を送付してきた者から、手紙にある「諸般の事情」の説明を求めるものだった。

パンフレットといっても、学生が作るものなので、鉄筆でガリを切り、輪転機を回して藁半紙に印刷し、ホチキスで止めたものだ。竹下本人の気持ち、今回の経緯、点字による五〇音の書き方などを紹介する。パンフレットは随時発行し、点字による大学入試の状況、点字受験を認めている公的機関、点字受験が可能な試験なども調べて掲載しよう、ということになった。

「ホチキスで止めてパンフレットはできるが、パンフレットにはタイトルが必要やで。どうやろ、今、考えたんやけど〝盲人にも弁護士への道を〟は」

教室の中で誰かが言った。竹下は、耳にするなり、自分の今の気持ちを一言で表現した最高のキャッチフレーズだ、と気に入った。

回答がきてから五日目。パンフレットは龍谷大学の点訳サークルで製作された。京都大学のアドバイスがあったことから、作業は速く、サークルにある輪転機はフル回転した。コピー機などない時代だけに、手間はかかるが、自分のために周囲が一致団結して動いていることを、竹下は聴覚と皮膚感覚で感じた。「盲人にも弁護士への道を」と書かれた表紙がホチキスで止められ、パンフレットはまず五〇部できあがった。

東京に乗り込む準備はできた。だが、勢いでここまできたものの、不思議にも周囲には法務省に連絡して、面会を求め、日時を決めることを提案する者はいなかった。面会を求めても会ってくれない、回答済みだ、と言われるのがオチだという意識もあるが、竹下本人も「行けば何とかなる」と考えていた。Ｉはそんな竹下を見越してか、

「銀座に「裁判の独立を考える全東京連絡会」という会の事務所がある。東京に着いたら、まずはそこに寄るんやで。法務省に行く前に寄るんやで」

とアドバイスした。

同会は、弁護士個人の学生時代の活動や思想などを理由に裁判所への任官が拒否されたりする事例が相次いだりしたことから、その不当処置を世に訴える会だった。

東京でも応援する者が必要だ。だが、Ｉとすれば竹下の件は突然のことで、司法試験を控えるＩ自身としては付き添って東京に行くことはできない。それゆえのアドバイスでもあった。つい一〇日前は思いもつかぬほど、展開は速くなっていた。

五月二九日の深夜、竹下は、京都から夜行高速バスで東京に向かう。龍谷大学法学部のクラスメイト二人が随行する。夜行高速バスの通常料金は、新幹線の半額。ただし、竹下の場合は、全盲ということで「障害者割引」が適用され、さらに半額となる。随行者一人にもそれが適用される。

翌朝、東京駅の八重洲口に到着した。宿泊する場所もなく、上京して、いつ法務省に行くかも決めてはいない。まずは午前一〇時前にＩが言った銀座の事務所を訪ねた。そこに東京大学法学部の学生が数名いた。Ｉが事前に連絡しておいてくれたのかどうか、竹下にはわからないが、東大の学生は竹下から上京の理由を聞き、法務省からの回答を見るや、

「東大の仲間を紹介するよ」

と言った。東大法学部の学生が主宰する「社会問題研究会」というサークルがあるので、今夜招集しよう、と言い、その場から仲間に電話をした。

「夜八時に駒場寮に集まれ、と連絡してくれないか。頼むよ」

などと話していた。彼は、

「その前に都内のいくつかの大学にある、同様のサークルを回ろう。仲間を増やさないと」

とも言ってくれた。

早稲田大学、青山学院大学、法政大学を昼食抜きで回った。夜の駒場寮では、三〇人ほどの学生が竹下を迎えた。竹下は持参したパンフレットの残部をここで渡した。二〇部残っていた。明日三一日の午前、このパンフレットを持参して法務省に行き、回答を送付してきた担当者に面会を求め、「諸般の事情」に即した説明が与えられるまでは引き下がらないことを確認した。面会を申し入れても会ってくれないだろうし、突然押しかけるしか手段はない、と意見の一致を見た。法務省には二〇人ほどで出向く。守衛と小競り合いになるだろうが、これこれこういう理由できた、司法試験管理委員会の誰かに会うまで帰らないぞ、と掛け合えば、あっちも折れざるを得まい、と考えたのだった。

誰かが言った。

「パンフレットの数が足りない。竹下君を支援するとすれば、もっと多くの人に知ってもらわねば」

打ち合わせが一通り済んだのは、日付が変わろうか、という頃だった。それから、学生が分担して、パンフレットを急遽一〇〇部、複製することに取りかかる。鉄筆によるガリを切る鋭い音が竹下の耳に入り、輪転機も回り始める。龍谷大学の点訳サークルで始まったパンフレットづくりが今、東大でも行われている。

今朝、東京に着いたとき、東大の学生と話し合う展開はまったく考えていなかった。竹下は自分を応援してくれる者たちのエネルギーを周囲の音と空気から強く感じていた。

その夜、竹下らは東大の駒場寮に宿泊させてもらった。〝盲人にも弁護士への道を〟――盲人に堅く閉ざされた〝扉〟をこじ開ける大きな入口に立っていた。

3　法務省に乗り込む

「竹下君、日本の司法試験は約一〇〇年の歴史があるけれど、その歴史を変えることになるかもしれないよ」

地下鉄・千代田線の霞ヶ関駅から法務省に向かう路上で、東大生が竹下に言った。

五月三一日。竹下が法務省からの回答の手紙を受け取って、ちょうど一週間。手紙を寿子に読んでもらった直後は、強い怒りは覚えたものの、急に〝盲人にも弁護士への道を〟という活動が始まり、法務省に出向くことになるとは一週間前には思いもしなかった。

小細工を弄するのではなく、自分が一週間前に感じた怒りを、そのままぶつけるしかない、と竹下はこの期に及んで覚悟した。面会を申し入れていないことは非礼、とは考えてもいなかった。

二〇人近い集団は、いやが上にも目立つ。法務省の門に差しかかるや、案の定、守衛が「コラコラ！」と呼び止めた。「何しにきたんだ君たちは！」と問う。かくかくしかじかで、と竹下が話すが、面会の許可を取っていないと伝えると、呆れた口調で「ほら、帰りなさい。面会は無理だから」と追い返そうとする。省庁には暴漢や不審者が入り込む危険性が常にある。守衛が通そうとしないのも、当然のことだった。

先方の事情は考えもせず、竹下らは、

「〝諸般の事情〟について直接聞きたいから出向いたのです」

と繰り返す。そんなやり取りが三〇分も続き、守衛も根負けしたのか、内線電話で官房人事課司法試験管理委員会に問い合わせた。先方も突然の来訪に驚き、守衛に追い返せ、と言ったかどうかはわからぬが、一〇分後、竹下らに守衛が「面会の許可は取れたが、中に入れるのは五人までだ。残りはここで待っていなさい」と伝えた。

伊藤という名前の官房人事課の課長補佐が応対する。「盲人にも弁護士への道を」のパンフレットを手渡してから、竹下は一週間前に手にした手紙を取り出した。

課長補佐と竹下ら学生五人がソファーで差し向かいとなる。点訳した回答の手紙を竹下は指先で読みながら、

「頂いたお手紙には、点字受験は〝実施方法その他諸般の事情から事実上、実施は不可能な状態〟とありますが、諸般の事情とはいかなるものか、教えて下さいませんか？」

「……」

点訳したパンフレットを竹下は読みながら、

「大学受験でも点字受験は一般的になっています。どうして、司法試験では点字受験が無理なのか。納得のいく説明を聞かせて下さい」

課長補佐は、竹下の話を一通り聞いてから、こう言った。

「〝諸般の事情〟と書きましたが、そうとしか答えることはできません」

この一言で、面会を切り上げようとした。

「私は〝諸般の事情〟の内容を知りたいのです。そのために京都から出てきたのです」

「ですから、〝諸般の事情ゆえにできない〟としか、私には答えられません」

にべもなく、同じ言葉で逃げようとした。

確かに、課長補佐にすれば、そうとしか答えられないのも致し方はない。だが、学生たちも竹下の言葉に続くため、多勢に無勢だった。遂に課長補佐も理由を話さねばならない立場に置かれた。

「二つのケースが考えられます」

理路整然とした口調で答えた。

「ひとつは、点字受験は過去に実施した例がないことです。点字受験を行う場合、一般受験者向けの問題を作成した後、それを点字に翻訳することが必要になる。問題文の翻訳は委託することになりますが、このとき、問題文が漏洩する危険性が考えられます。この二点が〝諸般の事情〟となるわけです」

過去に実施した例がないから、「それでは準備に取りかかりましょう」となるほど甘いものではなかった。

二つのケースを教えられた以上の話し合いはできず、一行は法務省を後にする。交渉が思うようにいかなかったことは、逆に学生らの絆を強くすることになった。

東大に戻り、竹下は一同に頭を下げた。学生らから、これからどうするかの声が上がり、必然的に作戦会議が行われた。要するに「このような方法に則れば、問題の漏洩もないのではないか」と点字受験の可能性を自分たちが法務省に提言するしかない、と意見は一致した。そのためには、それを可能ならしめる、裏づけとなるものを自分たちで調べ上げて、資料としてまとめてそれを法務省に送ることで、ひとつひとつ〝重い扉〟を開けるしかない。

「このまま引き下がったら負けだ。実施されないままに終わってしまう」

誰かの声に一同は、「そうだ！」と同調した。

東京では東大、早稲田、法政、青学が、京都では龍谷大の点訳サークル、京大、福祉学部のある華頂短期大学らがそれぞれに資料作成を分担した。

具体的に動いていくと、竹下の耳に「実はこんなことがあった」と情報も入る。大学の文学部を卒業している視覚障害者から二年前、法務省に「視覚障害者でも、司法試験が受けられるかどうか？」の問い合わせがあった、という。答えはノーであった。

さらに、一九七〇(昭和四五)年五月に刊行された受験雑誌『受験新報』の六月号に、盲人の父親が「息子は司法試験の受験を希望しているが……」の質問に対して、前例なしと一蹴されている記事を見つけてきた者もいた。

こうした例を聞き、竹下は、

(なんだ、そういうことなのか。前例がない、ということで諦めたのだろうけど、全国の視覚障害者の中で、何も自分だけが司法試験の受験を希望しているわけじゃなかったんだ)

と、教えられた気持ちになった。竹下は、法務省との闘いは自分だけの問題ではない、と意識が高揚していくのを感じていた。勢いとは大したものだった。

法務省が指摘した二点について、七月四日の消印で京都から法務省司法試験管理委員会の課長補佐宛てに文書で送付した。漏洩については、

「視覚障害者を支援している国立視力障害者福祉センターで問題を作成することをまず提案します。それが無理であれば、試験会場の別室で第三者または本人が点訳し、点訳してから何時までの規定の時間で解答する方法が考えられます」

と提唱した。盲人受験者の前例がないことについては、自分の友人の例、受験雑誌の例を出し、自分一人だけの問題ではない、と強調しながら、

「点字受験システムを導入することは、全国の同様の希望を持つ視覚障害者の受験の普遍化につながります」

と結論づけた。

一〇日後の日付で回答が届いた。それは検討が行われ、一歩前進を示唆するものだった。

「点訳と答案の作成については、文部省特殊教育課などと連絡し、現在検討しております。つきましては、司法試験に合格した場合の司法修習所での採用との関係もありますので、最高裁判所の人事局にも事情の説明をして下さい」

といった趣旨だった。最高裁人事局に説明せよ、などは法務省の方からすればいいものを、と竹下、そして周囲は思った。だが、そうするようにせよ、と言われたのであれば、従うほかはない。最高裁人事局に、今回の経緯と双方の考え方を列挙して、七月二一日付けで手紙を送った。

二七日付けで届いた手紙は「確かに、こう回答するしかないよな」と竹下はじめ周囲の誰もが納得する回答だった。それは、
ご照会のことについて回答いたします。

承りますと、あなたが将来司法試験に合格し、司法修習生として修習を受けることになった場合予想される問題点の解決策を説明するため、来庁されたいとのことでありますが、司法試験受験の可否について法務省において検討中とのことでありますから、その結論を得たのちにしていただきたいと存じます。
以上の次第ですので、あしからずご了承ください。
昭和四十七年七月二十七日
最高裁判所事務総局人事局任用課　試験係
竹下義樹　殿

何が何でも司法試験を通ってやる、と意欲はあれども、具体的な勉強にも手をつけられず、竹下は点字受験を可能ならしめるための交渉や打ち合わせに時間をさかねばならなかった。マッサージのアルバイトも、続けなければならない。

法務省と交渉をしてからというもの、マッサージのアルバイトについて竹下は一点考えるものがあった。

（視覚障害者の司法試験の受験が現在は不可能、ということは、言い換えれば、この国は盲人に対して、按摩さん以外の仕事はするな、と言ってるに等しいやないか）

と。全国各地にある盲学校で普通科を取り入れているのは、当時一〇校にも満たないという事実も、竹下にはそう思えてならなかった。

法務省も動き出したことで、京都府内での動きも活発化してゆく。龍谷大学の点訳サークル、京都大学、同志社大学、華頂短期大学の有志は、盲人への理解、支援の広がりを求めるため「竹下義樹君を支援する会」を九月二三日に発足させる。毎月一回、京都市内の喫茶店で会合を開き、近況の報告、パンフレットの原稿の授受を行った。

学生だけの支援組織も、会合を重ねると福祉施設の職員、会社員、主婦らも加わって、広がりを持つようになってゆく。「竹下義樹君を支援する会」の連絡先は、竹下の病院の寮となっていた。

4　福祉の街としての京都

龍谷大学はもとより、京都大学はじめ京都の多くの大学の学生が参加して、「竹下義樹君を支援する会」は立ち上がり、以後、力強くも地道な活動を展開していくことになる。

この学生の活動の源を、単に社会や既存の権力に対し「果たして、これでよいのか？」と問いかける「若さ」に基づく行動力のみで解釈するのは妥当とはいえない。むしろ、「京都の学生だからこそ」、あるいは「京都なればこそ」の表現を当てはめる方が正しい。

古都・京都の悠久なる歴史とは、つまるところ、新しいものを創造し、それを積み重ねることによって伝統にならしめた点にある。京都では多岐の分野にわたる文化（伝統工芸や祭礼など）が生まれ育まれてきたが、同時に教育や交通、殖産、利水など人々が生活するにあたって、必要不可欠な社会整備にも取り組んできた。

その必要不可欠な社会整備を語る中で、特筆すべきものは、社会福祉の分野である。社会福祉といっても、総論としての地域福祉があれば、児童福祉、障害者福祉など各論もある。福祉の源ともされるものは、仏教者や仏教寺院による「仏教福祉」に帰するところが大だ。

この意味において、浄土真宗の祖である親鸞の中心思想を現代風に解釈すると、「社会福祉活動に参画することこそ真宗人としての社会的使命である」となる。親鸞の興した本願寺は、宗派の相違から西本願寺と東本願寺に大別されるが、西本願寺の学寮をルーツとするのが龍谷大学であり、東本願寺の学寮をルーツとするのが大谷大学である。龍谷大学、大谷大学は多くの社会福祉の人材を養成し、社会に送り出してもきた。

地域福祉でいえば、日本において「社協」こと、社会福祉協議会を、最も早く発足させたのが京都であった。それは、一九四八(昭和二三)年九月のことである。

それより遡ること一二〇〇年前。平安京は官費を捻出して、病気で働くことができない者、身寄りのない孤児を、加茂川西岸に設置した悲田院、九条に設置した施薬院に収容し、療養や養育を支援した歴史がある。時間の経過と共に、当時の貴族からの志もあって両院は維持され、一〇一七(寛仁元)年頃には両院合わせて一〇〇〇人前後の人々が収容されていた、とされる。

子育ての側面から京都の児童福祉を語るとき、真っ先に上げられるのは左京区の「だん王保育園」である。だん王保育園は、日本で初めて夜間保育を始めた保育園だった。だん王保育園を有するのは、一七世紀初めに開かれた浄土宗・檀王法林寺だ。一九四七(昭和二二)年の夏、地域の児童活動を支える「だん王子供の家」が開設された。朝鮮戦争が勃発、朝鮮特需が起こった一九五〇(昭和二五)年、共働きの家庭の希望に応えて、だん王保育園が開設され、開設当時から保育時間は、午前七時から午後六時と当時としては画期的な時間帯を確保していた。そして、母子家庭からの要請により午後一〇時までの夜間保育が実現する。京都市は一九五六(昭和三一)年五月から午後一〇時までの夜間保育に対し、公費の助成も始めた。

障害者福祉の分野では、特筆すべきものは多々あれど、筆頭に紹介する意義があるのは、京都こそが日本で初めて、盲啞、盲聾《ろう》の障害児の教育に取り組んだことであろう。

盲啞の障害児への教育が始まったのは一八七五(明治八)年のことであり、現在の京都市中京区、二条城の北側にある小学校の中に「いん啞教場」が設けられ、三年後の一八七八年五月に日本初の「盲啞院開業式」が執り行われた。一九五八(昭和三三)年には、その地に京都府立盲学校、同聾学校の両校の同窓会が創立八〇周年を記念して「日本最初盲啞院開学之地」の記念碑が建立された。

そして、京都において盲人教育の集大成となったのは、〝盲人の父〟と称され、「盲目は不自由なれど不幸にあらず」の言葉を遺した鳥居篤次郎《とくじろう》による、視覚障害者福祉総合施設である「京都ライトハウス」の創設であった。

鳥居は一八九四(明治二七)年に京都府与謝郡に生まれ、四歳のとき、熱病を原因として失明。東京盲学校で学び、三重県立盲学校に教員として赴任し、一九三〇(昭和五)年から京都府立盲学校に勤務となった。

一九五一(昭和二六)年に京都市内で点字図書館の建設計画が持ち上がり、鳥居は私有地八六坪を提供した。資金集めとして京都府内で「愛の鉛筆活動」が行われて一五〇万円の純益が上がり、各種の募金も集まり、計画から一〇年の時間を経て、当時の建築費三五〇万円で京都ライトハウスが誕生した。鳥居は一九七〇(昭和四五)年に七六歳で永眠するまでアジア、世界の視覚障害者福祉の充実に心血を注いだのである。

鳥居篤次郎と共に、京都の障害者福祉を語るときに不可欠な人物が脇田良吉だ。一八七五(明治八)年に京都府加佐郡に生まれた脇田は、小学校教員を務める中、知的障害児と出会い、京都においても彼らを対象とした教育環境の創出の必要性を痛感した。

脇田は三〇歳のとき上京して、一九〇六(明治三九)年に日本で初めて誕生した知的障害児施設「滝野川学園」を視察。一九〇九(明治四二)年七月に、京都府教育会の付属事業として、京都府北白川(現在の北区)に日本で二番目の知的障害児施設「白川学園」を設立した。

三年後、脇田は白川学園を独立経営に転換させ、鷹峯(現在の北区鷹峯)に移転する。一九五一(昭和二六)年、白川学園内に「鷹ケ峯保育所」が併設された。これは障害があるために、幼稚園や保育園に入園できなかった子供たちのための保育所であった。鷹ケ峯保育所は、一九五五(昭和三〇)年には、市の全面協力を受けることになり、一九六〇(昭和三五)年に「ひなどり園」と改められた。

日本初の身体障害者療養施設も京都から始まった。一九五八(昭和三三)年、京都市の重度身体障害者グループ「子羊の会」が「寝たきり障害者に愛のホームを！」と地域社会に設立を訴えたことが、京都新聞などに取り上げられた。各方面からの寄付や協力が集まったが、船井郡園部町に定員五〇人、常時介護が必要な一八歳以上の身体障害者を療護する施設「こひつじの苑」が設立されたのは一九七二(昭和四七)年五月だった。この年は、日本で身体障害者療護施設が制度化された年で、社会福祉制度が現実に沿った施策として注目されることになった。

京都の大学の法律や福祉関係の学部に在籍する者、さらには福祉関係のサークル活動をする者は、前述の京都の福祉に関する歴史を、足元にあるひとつの文化として学ぶわけであり、身近な話題として耳目に接する機会も多い。

修学旅行では学ぶことはない歴史だが、大学生になって京都に住み始めた学生にすれば、「さすがは古都・京都だ」と感心し、「困っている人、苦しんでいる人がいたら手を取り合う――」といった相互扶助の観念が個人の中でも芽生えてゆく。

従って、である。竹下が「盲人だからといって、司法試験が受けられないのはおかしい」と声を上げたのに対して、多くの学生が「そうや、おかしい！」と共鳴したのも当然のことであったのだ。京都大学、同志社大学、立命館大学など司法試験合格者を毎年当たり前のように輩出する環境にある学生が、「たかが龍谷大学の法学部のくせに」と一笑に付す態度を何ら取らなかったのも、そんな京都の社会背景に育まれていたからにほかならなかった。

この点からすれば、目の治療で初めて竹下が京都の地を訪れ、京都に住み始めたのも、単に偶然ととらえることはできないとすら感じられる。

さて、竹下は病院でアルバイトは続けていたが、いつまでも無料で病院寮を借り続けるのも心苦しく、夏に伏見区の市営住宅に移った。

学生が市営住宅を借りられるのは異例だが、竹下は頭を使った。家族との同居が前提だけに、竹下は輪島市の実家の母親の名前も書いて申請した。全盲は考慮されるわけではないため、母子家庭を演出したのだ。

抽選はすんなり通った。部屋は2DKで、家賃は月七一〇〇円。竹下の収入は、マッサージのアルバイトに加えて、身体障害者の福祉年金が三四〇〇円で、毎月およそ五万五〇〇〇円近くの収入があった。当選後は、母親が輪島市から来京し、二カ月ほど生活した。申請書に偽りはなかったのである。

寿子が奈良の実家のご近所からもらってきた、室内犬(狆《ちん》)も市営住宅で飼った。メス犬で名前は「袮袮《ねね》」と名づけた。今、住んでいる伏見区は秀吉ゆかりの地。北政所への敬意を表して、その名前となった。慣れた道をリードをつけて散歩するのは、竹下には楽しかった。

第４章　司法試験の点字受験の実現を目指す

1　障害者問題に取り組む弁護士に

市営住宅に移るや、竹下は寿子の協力を得て、〝盲人にも弁護士への道を〟を支援してくれる仲間に新住所を知らせるハガキを送った。

東京から電話がかかってきた。法務省に乗り込んだあのとき、あれこれと協力してくれた東大生からだった。

「なあ、竹下君、君はどんな弁護士になりたいの？」

「は？　どんな弁護士？」

不意の質問に、竹下は聞き返した。

「実は今日ね、……」

彼は、たまたま身障者との交流会に参加し、生活保護や身障者の福祉関連の法律についての勉強会をしていた。席上、全盲ながら弁護士を目指している竹下義樹という大学生が京都にいる、と話したのだった。たまたま持参していた「盲人にも弁護士への道を」のパンフレットを披露し、目下のところ、法務省との交渉を進めているなどの話を一通りすると、会場はその話題でおおいに盛り上がった。

話も一通り済んだ後、車椅子に乗った三〇代の身障者が、東大生に問いただした。

「京都の全盲の大学生が弁護士になりたいのはわかった。でも、わからない点がひとつある。司法試験に合格して弁護士になったら、その人はどんな仕事をしたいのか？　どんな弁護士になりたいのか？　単に難しい司法試験に合格したいだけじゃないのか？」

この話を聞いて、竹下はハッとさせられた。

正直なところ、竹下は「弁護士になりたい」「点字受験の実施を」という二つのことしか、今は考えていなかった。弁護士になることが目標で、弁護士になってから何をやるかまでは考えられなかったのである。

点字受験による司法試験を実現させ、その司法試験を乗り越えることが、物の順序からすれば、まず肝要ではあろう。だが、確かに指摘されたように「こういう弁護士になりたい」と明確な目標があれば、勉強にも身が入るだろうし、九月二三日に立ち上げ、活動していく「竹下義樹君を支援する会」の仲間も活動しやすいのではないか、と竹下は初めてわかった思いだった。

京都市内の三条河原町での喫茶店における「竹下義樹君を支援する会」の立ち上げの打ち合わせの中で、集まった仲間を前にして竹下は、東大生からの電話のやり取りを話した。

京大の学生が言った。

「弁護士、と一口にいうてもな、竹下君、専門があるんやで。会社や個人の金融のトラブルを専門にしたり、離婚とか男女の関係を専門にしている人もおる。公害を専門にしている弁護士もおるで」

前年の一九七一(昭和四六)年六月三〇日に京都地方裁判所において、富山イタイイタイ病の原告側、勝訴の判決が出たばかりである。イタイイタイ病に苦しむ人たちだけでは裁判は進められない。弁護士が彼らと共に闘うことで、裁判が行われるのだ。

「正直な話、今の法務省の応対を打開するためにも、やっぱり〝竹下義樹はこういう弁護士になりたい。だから、点字受験の実施を〟と訴えれば、支援運動も広がっていくと期待するのが正しい方向性やろうな」

竹下は、やはりそういうものだろうな、とうなずく。

「どんな弁護士になりたいか？」

と胸中で考える中、金沢市の盲学校時代を必然的に竹下は思い出していた。

「将来の夢は？」と普通高校の生徒に問われて、「按摩さんになるのかな」と答えつつも、それが本当にやりたいことなのか？　と自問自答して、弁護士になりたい、との答えを導いたあのときを……。あのときの漠然とした思いが今、新たな局面を迎えていた。

支援活動を広げるためには、「全盲の弁護士・竹下義樹はこんな活動をしていく」という公約、ビジョンは確かに必要だな、と竹下は納得し、「自分はどんな弁護士になるか？」と考え、仲間もあれこれ考えるようになる。そして、竹下は法務省から突き放された悔しさや、竹下を支援してくれる若手弁護士の姿を見ることによって、「障害者の問題を受け止めることのできる弁護士に自分はなりたい」と思うようになった。

再び、三条河原町での喫茶店での打ち合わせにおいて、

「自分は目が見えへん障害者や。世間一般は障害者に対して、目が見えへん、耳が聞こえへん、足が動かへん、で認識しとる。でも、目が見えへん、耳が聞こえへんことで、日常の生活の中でどんな苦労をしとるのか、はわからんはずや。司法試験の点

字受験は認められん、と言われて、自分が〝龍谷大ですら入試で点字受験をしとるのに、なんでや！〟と怒ったように、日頃、障害者は怒ったり、屈辱を感じたりすることが多いと思うんや。自分は耳が聞こえへん、足が悪い人たちの気持ちはわからん。でも、自分が弁護士になれたら、障害者の立場になって、仕事をすることに意義があるとちゃうやろか？　障害者も、障害者の気持ちを理解してくれる弁護士に相談したい、と実は思ってるのとちゃうやろか？　障害者の正直な気持ちを行政や裁判所につなげるパイプのような役割が自分にはできるんやなかろうか？」

思うままに竹下が一気に述べると、周囲は、それや！と一致した。周囲が共感したのは、竹下が障害を持ちながらも、そのハンディに屈することなく、社会で働いている人たちに実際に会い、話も聞いていたからであった。そもそも「点字受験」について最初に話を聞きに行ったのは、松葉杖をつきながら京都で弁護士活動をしている夏目文夫であった。

障害者問題に取り組む弁護士になりたい、法廷も見学したい、との希望を抱いた竹下は、何かと力になってくれるＩにそれを伝えてみた。Ｉは、

「竹下君、それはいいことや。障害者問題は法学部の学習では社会政策の一環として扱われる。まずは社会政策について、しっかり基礎を勉強しておくことや。特に社

会保障の分野は」

とアドバイスした。

社会政策は、大きく二つの分野に分けられる。ひとつは労働経済であり、もうひとつは社会保障である。

労働経済では賃金政策、失業政策、雇用政策、労働時間政策、労使関係政策などを学び、社会保障では社会保障制度、公的年金制度、医療保障制度、社会福祉政策などを学習する。

「障害者問題に取り組む弁護士になりたい、と竹下君は希望しているけれど、それは言い換えれば、障害者が原告となった裁判で弁護団長、あるいは弁護団の一人として、その裁判に携わることを意味する。外国の社会保障制度を勉強するのも重要だけど、日本の社会保障制度を学部学生のうちにじっくり腰を据えて勉強しておくことや。そうすることで、竹下君の目指す弁護士像も固まってくるはずや」

こう指摘され、竹下は納得すると共に、やや気恥ずかしくなった。

大学の授業では、既に社会政策についても行われていた。試験対策でそれなりに勉強したはずだが、記憶にしっかり残っているか、というとこれが心もとない。

Iにアドバイスされた竹下はその日の夜、社会政策の教科書、授業をまとめた点字ノートを指先でたどり、読み直してゆく。試験のために一度は学習している分野だが、試験のための学習とは違い、明確な目標を伴った学習だけに、竹下の頭の中は年代順に整理され、理解も進んだ。

「社会保障」という言葉は、世間一般によく通っているが、その言葉の意味を説明せよ、と言われたら、これが難しい。竹下の点字ノートには、

「社会保障とは洋の東西を問わず、国が国民に対して、病気や老齢、死亡、出産などの事項に当てはまったとき、現金や各種のサービスを提供することにより、国民の生活の安定を保障する政策。社会保障には公的扶助と社会保険の二つがある」

と書かれていた。

公的扶助とは、生活に困っている国民全員を対象とし、無差別に行われ、最低生活を保障するものである。ゆえに「救貧」ともいわれる。国民が公的扶助を受ける場合、保険料を徴収されるようなことはない。これを「無拠出制」といい、代表的な公的扶助の給付としてあげられるのは「生活保護」である。生活保護を受ける場合は、給付を受ける者が一定の所得以下であるか、贅沢はしていないか、資産はどれくらいあるか、などを調べるが、こうした調査をミーンズテスト(資産調査)と呼ぶ。

社会保険は、法律が規定する保険事故(傷病・障害・老齢・死亡・失業・労災など)

が発生したときに、その保険事故によって起こる所得の減額を補塡するものだ。ゆえに「防貧」ともいわれる。公的扶助と異なるのは、社会保険は保険料を徴収し、保険料を支払っていることを条件として給付を行う「拠出制」である。健康保険、厚生年金保険、雇用保険などがあげられる。

社会保障は、欧米諸国で日本よりも約二七〇年早く始まっていた。一六〇一年(和暦では慶長六年)にイギリスで始まった「エリザベス救貧法」である。毛織物需要の急増により、羊の飼育を国策として推進する中、農地を失った農民も相次いだ。そうした農民を救済するために「エリザベス救貧法」が設けられた。地区の自治体に救貧税を課することで、貧農を保護して、強制的に加入させた施策だった。

日本の社会保障は、一八七四(明治七)年、明治政府が定めた「恤救《じゅっきゅう》規則」から始まる。七〇歳以上の病人、一三歳未満の孤児と労働能力のない極貧層に対し、米代を一時的に支給する公的扶助対策だった。ただし、恩恵的な意味合いが強く、対象者は限られていたと伝わっている。

一九二二(大正一一)年には、日本初の「健康保険法」が制定され、五年後の一九二七(昭和二)年から施行された。一九二九(昭和四)年には「恤救規則」が改正され、労働能力のない貧困者にも適用を拡大した「救護法」が始まっている。

一九三八(昭和一三)年には「国民健康保険法」が任意加入を原則として制定され、一九四一(昭和一六)年には「厚生年金保険法」が制定された。

一九四五(昭和二〇)年に敗戦となり、一九四六(昭和二一)年に日本国憲法が公布され、翌年の五月三日に施行された。

日本国憲法には、社会保障を規定する第二十五条「生存権」が盛り込まれた。

第二十五条一項「すべて国民は、健康で文化的な最低限度の生活を営む権利を有する」

第二十五条二項「国は、すべての生活部面について、社会福祉、社会保障及び公衆衛生の向上及び増進に努めなければならない」

これらをわかりやすく言えば、一項は「国民はみな人間らしく幸せに生きる権利を持っている」となり、二項は「国は国民生活向上のために、社会保険、社会福祉、公的扶助、公衆衛生について、不断の努力を続けなければならない」となる。この二項は「国民の権利」を規定したものではなく、「国の努力」を規定したものであることは、法学部の試験ではよく出題される。また、社会保障を語るとき、「すべての国民は平等である」と定めた第十四条の一項が鑑みられる。

第十四条一項「すべて国民は、法の下に平等であつて、人種、信条、性別、社会的身分又は門地により、政治的、経済的又は社会的関係において、差別されない」

第二十五条で規定したように、戦後日本は、社会福祉、社会保障、公衆衛生に取り組んできたのだった。

一九五〇(昭和二五)年に社会保障制度審議会が「社会保障制度に関する勧告」に対して答申し、定義した社会保障は、社会保険、社会福祉、公的扶助、公衆衛生の四つだった。「社会福祉」の法整備について主なものを箇条書きすれば、以下のようになる。

一九四七(昭和二二)年、児童福祉法。
一九四九(昭和二四)年、身体障害者福祉法。
一九六三(昭和三八)年、老人福祉法。

また老人福祉法の一環として、一九七三(昭和四八)年から、老人医療の無料化が実施されることになっていた。

「公衆衛生」では、伝染病や結核、野犬、ゴミ、公害などへの対策について、全国各地に保健所を設置して、対策を執り行っている。……

と、こんな感じで竹下はまとめていたが、「公的扶助」における「生活保護法」について詳しく点字で書きとめられていた。

生活保護法は、終戦の翌年の一九四六(昭和二一)年に成立していたが、一九五〇(昭和二五)年に新法として改正が施された。

「恤救規則」「救護法」の土台があるとはいえ、生活保護法が制定された目的は、日本国憲法第二十五条が定める生存権を保障するためである。生活に困窮する国民に、最低限の生活を営めるように保障し、自立を助成することにある。

生活保護の内容は、生活扶助、教育扶助、住宅扶助、医療扶助、出産扶助、生業扶助、葬祭扶助の七種類であり、状況によって単独、あるいは複数の生活保護を受けることができる。生活保護を受ける単位は世帯ごとであり、生活保護を受ける者はあらかじめ、一定の所得以下か行政によるミーンズテストを受ける必要がある。

そして、竹下の点字ノートには、

「高度経済成長の中で社会保障訴訟が起こる。朝日訴訟、一九五七年八月一二日、東京地方裁判所に提訴」

と書かれていた。

2 理想の弁護士像

朝日訴訟、は法曹界のみならず法学部で学ぶ者、社会福祉を学ぶもので知らぬ者はいない、歴史的な訴訟である。福祉や社会保障の教科書では、必ず判例として紹介される。それは「人間にとって、生きる権利とは何か?」ということを真正面から問いかけ、「人間裁判」「人権裁判」とも称されたからだ。マスメディアでも大きく取り上げられ、全国各地で訴訟の支援運動が起こった。

一九五〇年代半ばの昭和三〇年代初め、朝日茂は、重度の肺結核であり、岡山県津山市の国立療養所に長期入院中であった。生活保護法による生活扶助(月額六〇〇円の日用品費)と給食つきの医療扶助を受けていた。

朝日の生活保護を担当している社会福祉事務所が、長年音信不通であった朝日の実兄を捜し当て、兄から毎月一五〇〇円の仕送りを約束させた。当時、新聞の朝刊が五円、中級サラリーマンの月収が三万円という時代である。

兄からの仕送りが可能となったことで、社会福祉事務所長は生活扶助を廃止して、一五〇〇円のうち、九〇〇円を医療費の一部として朝日に負担させ、残りの六〇〇円を日用品費として生活をするように、と保護の変更を決定した。

この決定に対して、朝日は身近な人々の支援を得て、当時の岡山県知事と厚生大臣に対して不服を申し立て、処分の取り消しを求めたが何ら顧みられなかった。

「日用品費月額六百円という生活保護法の保護基準はあまりにも低劣であり、健康で文化的な生活を営む憲法第二十五条に反する」

朝日が原告となって、保護基準の合憲性を問う裁判が一九五七(昭和三二)年八月一二日、東京地方裁判所で起こされたのである。

福祉という行政の世話になりながらも、その待遇に不満を持っている人は全国的にも少なくなかった。不満を持ちながらも、社会的に立場が弱く、世話になっている負い目もあり「裁判なんてとんでもない」と考えている人が圧倒的だった。それに、憲法第二十五条は政府の努力義務「プログラム規定」を記したものであり、財政状況が逼迫して実現できなくとも仕方ない、裁判で争うことは土台無理、と憲法を専門的に扱う学者のあいだでも解釈されていた。提訴されたことで実際に動き出すと、日本患者同盟、全日本自由労働組合が全面的に支援するなど、「プログラム規定」云々の風潮に、朝日訴訟は一石を投じることになった。

一九六〇(昭和三五)年一〇月一九日、判決が下される。朝日の勝訴であった。判決は、憲法第二十五条と、それを反映する生活保護法第三条の「(生活保護法)により保障される最低限度の生活は、健康で文化的な生活水準を維持することができるものでなければならない」を根拠としていた。

行政側は、この判決を認めず、控訴する。東京高等裁判所での控訴審は、一九六三年一一月四日に判決が下される。裁判官は、生活保護法第三条の「健康で文化的な生活水準」は抽象的概念であり、保護基準の設定は厚生大臣の裁量に委ねられているとして、朝日に逆転敗訴を言い渡した。

朝日は納得せず、最高裁判所に上告する。最高裁での上告審は、基本的に新たな情況証拠の検討などは行わず、高等裁判所の判決を維持することが多い。朝日が不利ではあるが、世間は最高裁の判決がどうなるか、逆転勝訴はあるか、を注視した。

最高裁の判決は一九六七(昭和四二)年五月二四日に下された。既に朝日は他界しており、養子が訴訟を承継したものの、最高裁は「原告の死亡をもって、本件訴訟は終了している」の旨の判決を言い渡した。

最終的に勝訴を勝ち取ることはできなかったが、朝日訴訟の社会的意義は大きかった。朝日の一審判決の勝訴によって、生活保護の基準の見直しが行われ、保護を受ける者の最低限度の生活を個々に考慮し、保護基準が引き上げられたのである。日本の国民のあいだに「社会保障」を人間の生きる権利としてとらえる意識を喚起した点からすれば、「もし、朝日訴訟がなかったら……」と語られるほどの歴史的な裁判であった。

竹下は、朝日訴訟を指先で丹念に熟読して、

（訴えた朝日さんもエライけど、朝日さんを支えた弁護士は本当にエライ。前例のない裁判を請け負い、一〇年も朝日さんを支え続けたのは、本当にスゴイことや。朝日訴訟を担当した弁護士や弁護団も歴史的な存在や。カッコええわ）

と感服と感激が入り交じる気持ちになっていた。同時に、

（朝日さんは社会的に本当に困っている苦しい立場にある人。そんな朝日さんに寄り添って、いつ終わるかもわからない、苦しい裁判を担当した弁護士こそ本当の弁護士や。そんな弁護士になることは自分の憧れや。そんな弁護士に自分はなるんや）

朝日訴訟を担当した弁護士は誰か？　ということこそ調べはしなかったが、竹下は「理想の弁護士像」をはっきりと抱いた。だからこそ、点字受験を実現させたい、との気持ちは大きくなる。

数日後、竹下はＩの下宿先を訪れて「理想の弁護士像」という昂揚した気持ちを素直に話した。

「竹下君、わかったやろ？　障害者問題も社会保障問題に含まれるけれど、竹下君がその問題に真剣に取り組みたいということは、裁判を担当する弁護士として直接関わるということになるんや。学生のうちにな、法廷で弁護士が口頭弁論する様子を知っておくのも大切やで。勉強するときにも励みになるやろし」

Ｉの言葉に竹下はうなずき、

「そうします。法廷に行ってみますわ」

と返答する。Ｉは、

「この裁判は法廷の雰囲気を体感しておいた方がええよ、というのは自分が竹下君に知らせるわ。そんときは一緒に行ってみようで」

と誘ってくれることを約束し、こうも言った。

「竹下君、堀木訴訟って知ってる？」

竹下は、首を捻った。

「〝第二の朝日訴訟〟の形容すらつけられる裁判や。そろそろ神戸地裁で判決が下される頃だ。〝全盲の母親の訴え〟と新聞でも取り上げられ、判決が注目されているで」

Ｉによると、朝日訴訟が、生活保護法の基準が憲法第二十五条に照らし合わせて合憲か否かを争点としたものならば、堀木訴訟は児童扶養手当法の規定が憲法第十四条一項の「平等保障」に合憲か否かを争点とした裁判である、という。堀木、とは提訴した堀木フミ子の名前に由来する。

Iの手元には「堀木訴訟」に関する資料、提訴のために支援者が作成したパンフレットや新聞記事があり、竹下にどんな裁判なのか、を説明してくれた。

竹下は提訴に至る経過を知り、強い関心を持たざるを得なかった。堀木フミ子は、自らと同じく全盲だったからである。堀木は一九一九(大正八)年、鹿児島県の外海離島の吐噶喇《とから》列島の中之島に生まれた。幼児のとき、天然痘らしき感染症に罹患するも無医村の悲しさ、家庭の貧しさもあって鹿児島市の医師に見せる経済力もなく、その病気が原因で失明した。

失明ゆえに満足な学校教育も受けられない。一二歳で母が死去し、フミ子は一三歳のとき、母親と離婚して神戸にいる父親を頼りに兄と共に島を出た。

しかし、既に新たな家庭を持った父親に歓迎されるわけはなかった。兄は下宿して働き、フミ子はマッサージ師の親方に弟子入りした。五年間の修行を経て、一九三七(昭和一二)年、一八歳のとき、マッサージ師の資格を取得したが、目が見えないことから親方の娘に稼いだ金を持ち逃げされることもあった。この間に、親方に「盲学校で学びたい」と申し出るも、受け入れてもらえなかった。

太平洋戦争が始まった一九四一(昭和一六)年、フミ子は結婚する。二人の子供をもうけるが、離婚。二人を引き取り、内縁の夫と同居して二人の子供ももうけるが、一九五六(昭和三一)年に内縁の夫とも別れた。自ら働いて得る金のほか、国民年金法による障害者福祉年金を受けて、施設に預けたりしながらも、女手ひとつで四人の子供を養育した。

一九六八(昭和四三)年一月のことだった。堀木は結成されたばかりの「兵庫視力障害者を守る会」の神戸支部に加入した。同会の集会の席上で、堀木はこう提言した。

「健常な離別母子(＝離婚を経た母子家庭)はもとより、夫婦揃っていても、夫が障害者であれば、妻が健常者でも児童扶養手当法によって児童扶養手当が支給される、と聞きました。離別母子でも、私のように全盲の障害者の場合は、生活は何かと苦しいことが多い中、手当が支給されないのは不思議です」

この話を聞いていた一同は、各方面に問い合わせる。「兵庫生活と健康を守る会」の力を得て、「兵庫県知事に手当の認定請求を求めてもおかしくはない」との方向性が確認され、二年後の一九七〇(昭和四五)年二月二三日、兵庫県知事に認定請求を行った。

返答は即座に届いた。堀木が国民年金法による障害者福祉年金を受けていることから、母または養育者がほかの公的年金を受けるときは手当を支給しない、という児童扶養手当法における併給制限条項(児童扶養手当法の第四条三項三号)に該当する、とのことで却下された。これに対して、異議申し立てをするも、六月九日に棄却された。

「兵庫生活と健康を守る会」の事務局員の紹介で、堀木は神戸総合法律事務所の弁護士の藤原精吾を訪ねた。藤原は一九四一(昭和一六)年生まれの青年弁護士であった。

藤原は堀木の話を聞き、弁護士に呼びかけて弁護団が結成された。二年間の準備を経て、一九七〇(昭和四五)年七月一七日、神戸地方裁判所に受給資格認定請求の却下処分の取り消しと、却下されていなかったら支払われていた手当の支給を求める訴訟を兵庫県知事を被告として提訴した。

「竹下君な、提訴と時期を同じくして、「堀木さんを守る会」が有志で結成されて、後に「堀木さんを支援する会」へと発展するんや。法廷での口頭弁論には視覚障害者の方が多数傍聴にきていたんや。原告の堀木さんの応援だよ。原告側は裁判所に、メモが取れないから録音機を持ち込ませてほしい、との希望を出して、それを認めさせもしたんやよ。今年の六月までに公判は一一回行われた。堀木側、兵庫県側の証人の証言も一通り済んだ」

竹下は、おそらくIは堀木訴訟に大きな関心を寄せ、法廷での口頭弁論も見学しているのだな、そうに違いない、と思い、わざわざ問うたりはしなかった。

「提訴からもう二年。そろそろ一審判決が出てもおかしくない。一審判決が出るとき、一緒に傍聴に行こう」

Iは竹下にそう言った。何から何まで親身になってくれるIの存在に、竹下は感謝するしかなかった。

「理想の弁護士像」が定まった、一九七二(昭和四七)年の夏。その夏から秋にかけての日々は、竹下にとって大きな転機となることばかりだった。

夏休みを利用して、大阪市にある北尻法律事務所を訪ねた。この事務所には、松本晶行という三三歳の聴覚障害の弁護士が所属している。竹下らは松本に面会を求め、叶った。話すことはできるが、聞こえないために「質問は念のために筆談で」となった。

松本は弁護士となって七年目を迎えていた。弁護士になってから聴覚を失ったのではなく、小学校三年生のとき、流行性脳脊髄膜炎で四〇度近い高熱が続き、約一カ月入院した。この病気で両耳の聴覚を失うことになる。

小学校を一年休学した後、大阪市立聾学校へ転校。ここで二年半にわたり、身振り手振り、唇の動きから話を聞く「読唇術」を学んだ。大阪市立船場中学校、大阪府立大手前高校から京都大学法学部へ。法学部を志望したのは、高校二年生のとき、聾学校を訪ねたおり、恩師が「障害者に対する差別の壁は厚いものがある。これを打ち破るには、聾唖者のことをよく知っている弁護士が必要だ」と話したことがきっかけだった。それまでは文学部志望だった。

聴覚障害者に対しては、司法試験は早くから門戸を解放していた。松本が、大学四年生で受験した一九六二(昭和三七)年の司法試験は、聴覚を必要としない短答式、論文式は合格、面接試験である口述試験は不合格となったが、翌年の受験では見事に合格を果たす。

だが、問題はここからだった。司法修習生の採用通知が一向に届かないのだ。日弁連こと日本弁護士連合会にも相談に行き、一九六四(昭和三九)年三月、司法修習生の生活が四月から始まるという時期にようやく届いた。ほかの合格者よりも三カ月以上も遅く、通知が届いたのだ。

弁護士として年間約五〇件、民事を中心に仕事を担当しているが、中でも特許関係の訴訟が同僚から専門と見られている、という。

「今、聾唖者の裁判を担当しています。聾唖者が競馬場で他人の馬券をかすめ取った事件なのですが、結果としてハズレ券でしたが訴えられた。地裁での一審で窃盗罪の実刑判決を受けて、控訴して近々に高裁で争います。確かに窃盗は悪いことですが、私は聾唖者が置かれた社会的立場からすれば、刑務所に入ることが果たして本当に更生につながるのか、という疑問がある。偏見や差別から、働きたくても働き口が限られる実態などもあって、止むに止まれず馬券を取ってしまった、と考えてもあげなくてはと思うのです。身障者に関する具体的な資料や例もあげて、執行猶予つきの刑となるよう努力したい、と思っています」

この松本の言葉は、その通りになった。竹下らが面会して間もなく、高裁で松本は執行猶予つきの刑を勝ち取った。身障者の気持ちを理解した弁護士だからこそ、法廷での松本の弁論には説得力があったのだ。

「竹下君、共にがんばろうじゃないか」とエールを送られているような気がした。

(弁護士になりたい、と言うのなら、法廷も見学してみないとアカンなあ)

とも竹下は思い始めていた。

一〇月九日、竹下は再び法務省に出向いた。

あらかじめ法務省に送付したパンフレットでは、点字による大学受験では一・五倍の時間延長が認められていることも説明していた。

課長補佐は通告した。

「現段階で点字受験を実現するのは困難な状況です。法務省としては点字受験を拒否します。大きく二つの問題点があります。ひとつは、点字による大学受験で試験時間の延長が認められていても、それは司法試験とは何ら関係ありません。二つ目は司法試験は強制試験ではなく、希望者を対象としたものですから、点字受験を保障する必要はありません」

竹下は、この二つについて強く反論する。課長補佐は、意外な対応をした。

「私としては、申し上げた以上のことは答えられません。今後は人事課課長と交渉して頂きます。本日、私が申し上げたことは後日、公文書でお送りします」

これからは私の上司と話せ、と言ったのだ。前進しているのか？　後退しているのか？　竹下にすれば、自分らが法務省を動かしていることは前進だ、としか考えられなかった。課長補佐との交渉における反論を文書にし、人事課課長に送付し、返答を待つが、公文書は結局、こなかった。

〝盲人にも弁護士への道を〟と活動している竹下だったが、私生活では大きな変化があった。竹下は寿子と、学生結婚に踏み切ったのだ。

一九七二年一〇月二三日、伏見区役所に二人は婚姻届を提出。その結婚も、寿子の父親が竹下との交際を強く拒み始めたことで、寿子が家を飛び出す格好で果たされた。

法務省との交渉に並行して、竹下は健常者との結婚にも自らの意志を貫いたのだった。

3 学生結婚に踏み切る

点字受験を事実上拒否された一〇月九日の法務省との二回目の直接交渉の前後、寿子の父親との感情的な軋轢の中に竹下はいた。

理想の弁護士像が自身の中に明確になり、そのためにも「点字受験を実現させよう」と法務省に掛け合い、活動している竹下にとって寿子は不可欠な存在になっていた。竹下に届く法務省の手紙や、集められた各種の資料を竹下に読み聞かせるのは、寿子の役割にもなっていた。

竹下も、寿子も、互いの気持ちが強く結ばれるのは当然ともいえた。竹下が盲目であり〝盲人にも弁護士への道を〟と活動しているからこそ、育まれた絆であった。もし今、結婚せよ、と言われたら、双方に拒否する意志はなかった。

しかし、寿子の両親にすれば、同じ点訳サークルの仲間として交際している、と思い、それ以上の関係にはなるまい、と信じていたようだった。それを竹下も、寿子も知ってしまうときがきた。猛暑が続く八月。夏休みのある日曜日、竹下は奈良の寿子の家を訪れていた。竹下が寿子の家にくるのは、珍しくはなくなっていた。

「竹下君、法務省はどんな感じやね？」

などと寿子の父親の方から、近況をたずねながら、いつものように和やかに話し始め、社会や世相について話していた。相撲好きな竹下が、

「九月の来場所は輪島と貴ノ花に大関獲りがかかりますな。星によっては、ダブル昇進もある、と僕は思うてるのですが」

などと話せば、寿子の父親は、九月末に調印される日中共同声明について話した。

いつもと変わらずに話し込む様子に、しばらくして状況が一変することになろうとは、竹下は考えてもいなかった。話がたまたま、寿子の話題になったとき、

「僕は結婚を前提にして、付き合っていきたいのですが」

と竹下は意思を伝えたのだった。

結婚云々、と聞かされた父親は態度を一変させた。

「なに、結婚だって？　とんでもない話だ！」

温和な表情が一変したのは、口ぶりから竹下はわかっていた。

「交際したらあかんのですか？」

「あかんわ！　付き合い続けるいうなら、寿子は退学や！」

「お父さん、結婚は今すぐではなく、大学を卒業してからで。それならば」

竹下はこう言うが、父親は、

「駄目だ。たとえ将来であっても、結婚は認められない！」

と竹下を突き放した。寿子がここで言った。

「私、絶対に大学をやめない！」

「寿子ッ！」

今度は寿子を父親が叱った。

「お前は当分、謹慎だ。家から一歩も外には出るな！」

竹下は自らが拒絶されていることを否応なく痛感させられた。

父親は、竹下に通告した。

「竹下君、私も郵便局に勤務して、新規採用する若者を多く面接してきた。もし、五人のうち一人を選ぶ面接に君が訪れて、私に審査決定の権限があったとしたら、君を採用するかもしれない。だが、娘の結婚相手として君を認めるかどうか、はまったくの別問題だ」

こう言われては、竹下も引き揚げるしか術はなかった。押し問答に終始するばかりで、寿子も気の毒になってしまう。

近鉄電車に乗り、竹下は京都に戻る。

（お父さん、お母さんが怒るのも仕方ないのやろな）

身障者と健常者。可愛い娘が全盲の自分と結婚することをすんなり受け入れられる方がおかしいか、と竹下は電車に揺られながら思った。とはいえ、

（盲人ゆえに司法試験が受けられない。盲人ゆえに健常者と結婚できない）

とはまったく考えなかった。竹下は何ら取り乱しもせず、別れようとも思わなかった。選択肢として頭の中にあったのは、「結婚」だけだった。しかも、今したいのだ。若さの勢いゆえの決断であった。

竹下は輪島市の実家に、電話で事情を話した。

「寿子と結婚したいんや。何とか、寿子の両親を説得してくれへんか？」

竹下は懇願した。竹下の父母は、

「そんなこと言うても。お前は目が見えへんやないか」

とは言わなかった。反対することはまったくなく、好意的だった。

「よし、俺が説得してみるわ」

父親が後押しを約束した。目が見えずとも、健康な女性と親しくなり、交際していたことが嬉しかったのである。失明させてしまった親としての責任感から、息子を支

えてくれる女性が今いることは、何よりも喜ばしいことであったのだ。

寿子の実家に、竹下は父親と共に赴いた。

「今ではなくとも、卒業しましたら、なにとぞ是非……」

竹下の父親は言うが、寿子の父親は頑として受け入れなかった。

寿子はとうとう、数日後、家から飛び出した。転がり込んだ先は言うまでもない。

竹下が住んでいる龍谷大学に近い京都市伏見区の市営住宅であった。

「もう、家には帰らない！」

寿子は竹下に意志を伝えた。竹下は二一歳。寿子は二〇歳。二人とも未だ若い。はた目から見れば、そう見えても、「これからどうするか？」と結論を下す局面に二人は立たされていた。

寿子の父母は行き先は竹下のところ、と目星はつけていたようだが、踏み込んでくるようなことはしなかった。

父親が張り込んでいたのかどうか、は竹下にはわからないが、ある日、竹下が子犬の祢祢《ねね》を散歩に連れ出したとき、祢祢が不意に暴れて、竹下はリードを手放してしまった。目が見えないだけに、こうなってはお手上げだ。市営住宅に戻り、寿子に探してきてくれ、と頼む。寿子は祢祢を連れて帰ってくる代わりに、父親に首根っこを押さえられて帰ってきた。

「やっぱり、ここにいたんやな！」

竹下の部屋で、寿子は父親の説教を受ける羽目になった。ちなみに祢祢は、ちゃんと市営住宅に戻ってきた。

法務省に対する折衝を控え、各資料を読みこなしたり、点字で作成もしたりする中、「イチかバチかや。学生結婚する道しか、もはやあらへんわ」

竹下と寿子は肚を固めた。龍谷大学の点訳サークルの友人らに相談すると、驚く者はいなかった。二人の仲を知るだけに、反対する者はいない。

九月二三日に「竹下義樹君を支援する会」が発足する直前だが、その前に「竹下義樹君・若宮寿子さんの結婚披露宴実行委員会」が友人らによって立ち上げられた。学生らは結婚式、披露宴を計画する。竹下も寿子もこれに乗る。「すべての費用は会費で賄うんや」と決まり、法務省との二回目の折衝が始まる一〇月を前にして、一一月に式場、貸衣装の予約も済ませ、案内状も準備した。

寿子の両親の態度は変わってはいなかった。

「結婚式、披露宴の既成事実を作ってしまえば、寿子の両親も諦めるやろ」と友人らは確信していた。

九月中旬、Ｉから電話がかかってきた。

「竹下君、来週二〇日、堀木訴訟の一審判決がいよいよ下される。傍聴券を手に入れるため、二〇日の朝一番で神戸に行くで」

先だっての約束をＩは竹下に果たそうとしていた。竹下は躊躇することなく、Ｉの誘いに乗った。竹下は、早朝の関西線の快速列車で神戸に向かう中、

「堀木さんはどんな感じの方ですか？」

とＩにたずねると、

「サングラスをかけ、小柄な白髪交じりの優しそうなおばあちゃんや。白杖をいつも持っている。笑顔が似合う顔立ちやね。弁護士や支援者が堀木さんを支え続けたとも言えるけど、堀木さんが辛抱強かったからここまでこぎつけたんや。誹謗中傷、脅迫やいやがらせの電話や手紙がたくさん堀木さんの家にはあったらしいで」

と教えてくれた。

「兵庫県の職員が〝知事を守らないと〟という意味で、脅迫とかしたんでしょうか？」

「本当のところはわからんけど、考えられないことやないね。堀木さんは〝裁判なんか、もう、ええわ。やめや〟って思ったことは絶対あるはずや。でも、やめたらな、

日本の社会保障制度に欠点は何もない、と認めてしまうことになる。自分だけじゃなくて、同じように苦しんでいる人を救済する使命感が堀木さんにはあったはずや」

竹下はなるほど、と思いながら、改めて、弱気にもなる堀木を支え続けた弁護士の役割の大きさに敬服していた。裁判で勝つために弁護士が活動するということは、そこまで人間同士のつながりを大切にすることも意味しているのだ、と。

「弁護団にしてもな、負けられへん裁判なんよ、この堀木訴訟は」

意味深なことをIが口にした頃、神戸に到着した。市民の関心も高い裁判ではあったが、早朝から並んだかいあって、運よく神戸地裁の傍聴席に竹下はIと共に入れた。一審判決は、兵庫県知事の児童扶養手当認定請求却下処分を、憲法第十四条に違反する無効のものであるとして取り消す判決を下した。堀木の勝訴であった。

竹下は、勝訴が決まった法廷の瞬間に身が震えた。寿子はじめ友人らに「堀木訴訟って知ってる？」とたずねてみると、みんな知っていた。竹下は気恥ずかしくなる中、友人らの声に耳を傾けると、去年の秋、関西福祉系ゼミナール大会が京都で行われたとき、堀木訴訟弁護団の藤原精吾が「堀木訴訟の勝利をめざして」と題する講演を行っていた、というではないか。「まだ三〇歳の若い弁護士さんだけど、強い正義感とエネルギーが伝わってきた」とも言う。堀木訴訟の勝利をめざす支援者の草の根の活動も、全国規模で随時行われていたと知った。

(藤原弁護士ってカッコええなあ。第三者の自分ですら身が震えるんやから、弁護団のまとめ役とすれば、勝訴の判決はどんなに嬉しいことやろか……)

竹下は、傍聴席で感じていた。

裁判所の外では、マスコミが殺到し、堀木を囲む。支援者が勝訴の判決に万歳を繰り返す。一審判決ゆえ、兵庫県側がこの判決を認めず、控訴する可能性はあるものの、まずは二年余の活動の結果を支援者が喜ぶのは当然といえた。歓喜の輪の様子が場の空気で竹下にも伝わる。

「竹下君な、弁護団は負けるわけにはいかないって言ったやろ。堀木訴訟の弁護団にはな、朝日訴訟でも活躍した東京の弁護士も加わっておったんや。新井章さんという四〇歳ほどの弁護士やけどな。字はな、新しいに井戸の井、立つに早いの章や」

竹下は、圧倒される思いがした。既に結審した朝日訴訟、今後の展開が注目される堀木訴訟と、この二つは日本の裁判史上、「生きる権利」を問う裁判として語り継がれていくのはまちがいない。朝日訴訟は、日本の社会保障の夜明けを切り開いたといわれ、朝日訴訟を継承し、発展させたのが堀木訴訟とすらいわれ始めていた。

その二つに弁護団として加わっている「新井章」の名前を竹下は、はっきりと胸に

刻み、

（自分がいつか弁護士になったら、新井先生、藤原先生にお目にかかって、いろいろお話しさせてもらいたい）

憧れの境地から、目標とする弁護士像の輪郭はより太くなったのだった。

ちなみに堀木訴訟は、兵庫県知事が一審判決を受け入れ、控訴しない旨を表明し、兵庫県議会も全会一致で判決の支持を決議した。ところが、国が知事、県議会の意向を認めず、兵庫県知事はやむなく一〇月一一日に控訴した。しかし、判決を重く見た知事は、堀木と同様の生活状況にある母子世帯に兵庫県独自の児童扶養手当相当の見舞金を支給する要綱を定めて、一〇月二四日より施行したのだった。県知事、県議会が敗訴を認めながらも、国の圧力で控訴するというねじれ現象が、堀木訴訟の草の根の活動をさらに活発化させることになるのである。

4　重い扉をこじ開けるために

法務省を動かすための活動が進む中、竹下と寿子は後の生活が苦しくなるとか、そんな見通しについてはまったく考えず、勢いで学生結婚に踏み切った。

伏見区役所から「婚姻届」を貰い、竹下は寿子に記入してもらった。一九七二(昭和四七)年一〇月二三日、竹下と寿子は婚姻届を提出した。

入籍を済ませた後、寿子の父親が竹下の市営住宅を訪れ、こう言った。

「結婚は認める。もう何も言わない。だが、結婚式だけはしないでくれ。頼む」

竹下はこう言われて、

「わかりました」

と返答した。結婚が認められた――竹下にすれば、それで満足であった。

無論、寿子は退学することもなく、学生生活を続けることになる。二人の新居は、竹下の暮らす市営住宅だった。

部屋の家賃は月七一〇〇円。竹下の収入は諸々合わせて、毎月およそ五万五〇〇〇円。

(一人増えても、五万五〇〇〇円の範囲で、楽に暮らしていける)

と竹下は何ら疑わなかった。

一人の生活では金も余るほどだっただけに、家族が一人増えたからといって、そう生活が苦しくなるとは思っていなかった。

しかしながら、いざ、生活が始まってみると、当たり前ながら、食費や光熱費や水道代もこれまでの約二倍はかかるわけで、竹下は見通しの甘さを知った。寿子にしても、金銭的に親に支えられていたものが皆無となったのだから、竹下の一カ月の収入五万五〇〇〇円余ではとても足りなくなった。

出費はまず家財道具を揃えることから始まった。冷蔵庫は質屋で七〇〇〇円で買ってきた。テーブルは大学生協の売店で四〇〇〇円で購入した。何もなかった部屋に家財道具が入って、場所を占有する。壁だった場所に家具が置かれて体に当たったりすると、それが竹下にとって新しい生活の実感となった。

結局、アルバイトの時間を増やすしかない。竹下は病院の勤務を終えてから、按摩治療院に行き、深夜まで働くことにした。寿子もアルバイトをして、家計を助けようとする。放課後、急いでアパートに戻り、近所の小学生、中学生を一〇人ほど集めて、ささやかな学習塾を開いたりした。輪島市の実家からは新品の洗濯機が届いたり、寿子の母親が父親には内緒で訪れて、食器棚など生活に必要なものを買い揃えてもくれた。

学生結婚らしく、経済的には余裕はなくとも、竹下にすれば、二人での生活は楽しいものだな、と感じられた。常に隣に寿子がいることは、盲人の自分にすれば非常に助けられるものだった。子犬がいるとはいえ、陰鬱にもなりかねない一人暮らしの雰囲気が寿子の声、笑い声によって明るいものになったのは、気が休まるものがあった。日曜日、ラジオをかける。曲に合わせて竹下がギターをひく。寿子がそれに合わせて歌い出す。それだけでも、竹下には新鮮だった。二人で暮らしていれば、いつかは子供も育ててみたい、と話すこともあった。だが、学生の分際、経済的にもギリギリの中では卒業後に、と話が落ち着くのも当然のことだった。ゆえに、祢祢が子育ての練習を兼ねていた。

司法試験の合格を目指す者が、がむしゃらに、ひたむきに、さらにはストイックに取り組んでいることなど、当時、竹下はまだ知るよしもなかった。懸命に合格を目指し、何度も挑戦を繰り返している者から見れば、

「全盲で学生結婚して将来は司法試験の合格を目指している？　司法試験をなめとるッ！」

と一喝されたに違いない。

ある友人は、竹下にこう言っていた。

「竹下、お前、大した男やなあ。入学式当日のクラス紹介のとき、弁護士になる言うて、〞こいつ、アホやな。世の中のこと、何もわかっとらん〟と俺も思ったが」

と、まず前置きにこう言ってから、

「本気で弁護士を目指して法務省と交渉はするわ、学生結婚にも踏み切る。俺も積極的に生きるべきかなあ」

と、竹下は吐露されたのだった。

一〇月九日、法務省で点字受験の事実上の拒否。法務省側の頑なな姿勢にぶつかれば、竹下はじめ「竹下義樹君を支援する会」の仲間たちは結束し、より熱くなる。

「僕たちだけでは、無理じゃないのか？」

「もっと支援の輪を広げないと、アカンのやないか？」

「マスコミに取り上げてもらうには、取り上げてもらいやすさも考えないと。パンフレットをたくさん作って、多くの人に読んでもらわんと」

反省会ではこんな意見が出た。ただし、こんな方向性も話では見えた。

「学生があれこれ知恵を絞っても、海千山千の官僚には通用しないのじゃないのか？　点字受験の実現の運動をするにしても、現役の弁護士に助言をもらうなり、弁護士の立場から意見を常時、もらっていかないと作戦も手詰まりになるんじゃないのか？」

弁護士は個人営業の観が強いが、正しくいえば、京都弁護士会とか東京弁護士会など日本弁護士連合会の管理の下、各地域の弁護士会に登録して活動している。

「各地の弁護士会にもパンフレットを配布して、協力を願おうじゃないか」

と相成った。

竹下は京都に戻るや、京都大学はじめ「竹下義樹君を支援する会」の学生と共に、京都の法律事務所を訪ねて協力を依頼、協力してくれる弁護士も現れた。

こうした「竹下義樹君を支援する会」の地道な取り組みは、元教員で京都府選出の共産党の衆議院議員である寺前巖《いわお》の耳にも届くことにもなる。寺前は革新系の強い京都府らしく、国の施策に対する、竹下らの地道な活動に注目していた。すべてを秘書任せにせず、支援する会の打ち合わせを自ら見学するなど、強い関心を見せていた。

日本弁護士連合会、日本盲人会連合、日本盲人福祉研究会、そして、国際連合の外郭団体である世界盲人福祉協議会の副会長である岩橋英行の大阪市の自宅にも行き、意見を求めたりもした。アメリカやドイツでは、盲人の弁護士が多数活動していることを竹下はここで知った。

弁護士だけではなく、大阪市立盲学校も訪ね、社会科の教師の藤野高明に面会した。

（藤野先生の苦労に比べたら、自分なんて……）

竹下は脱帽する思いに駆られるのだった。

藤野は福岡市の出身、歳の頃は三〇代半ばだった。

「私は不発弾で失明し、両手も失いました」

藤野が盲目で両手がないハンディを跳ね返し、盲学校の教師として働いていることは関西の福祉関係者にはよく知られていた。

だが、なぜ、両目と両手を失ったか、については竹下はもちろん、同行した「竹下義樹君を支援する会」の仲間も初耳であった。

終戦から間もない頃、藤野はまだ子供だった。ある日、弟と共に拾った金属物で遊んでいた。投げたりして遊んでいたところ、突然、轟音と共に爆発した。不発弾であったのだ。子供の目には、それが爆弾だなどとは考えられるわけがなかった。爆発によって、弟は死に、藤野は両手を飛ばされ、両の眼球を傷つけられ、視力も失った。

「就学時を迎えたとき、福岡の盲学校では受け入れてもらえませんでした。手がなく、点字が使えないから指導しかねるとの理由で。ですが、大阪は、ここの盲学校は、私を受け入れてくれました」

竹下はここで、ひとつの疑問を持った。

（両手がないのに盲学校でどう過ごしていたのか？　点字を扱えないじゃないか？）

自分に照らし合わせて、考えたが、点字タイプライターを口で動かせるよう改良したものを使っていたのだった。

「学校生活が始まると、私にも欲が出てきました。〝大学に行って教師になりたい〟と」

希望を持ったとはいえ、両手、視力のない藤野を受け入れる大学は、当時なかった。入学させてから、どのように指導するかということに教育の現場が困惑していたから、と言い換えてもよい。

藤野は都内にある四年制大学の通信教育の受講を始めた。意志は固く、必要なレポートを提出し、夏季冬季の集中講義にも出席し、試験も受ける。一般の入学生として学んで卒業修了証を手にするより、通信教育の方が根気も要し、難しいといわれるが、藤野は見事、卒業修了証を手にした。

藤野は大阪府の教員採用試験を受験する。視力、両手のない藤野の受験に対し、大阪府は当初、受験を拒否していた。しかし、熱意で受験を獲得し、大阪府の教員採用試験で見事に合格を果たすも、採用はされなかった。採用されなければ、その年の合格は無効扱いになってしまう。結局、翌年に採用試験を再度受験した。今度も合格。合格がまぐれではなく、実力によるものであることを認知させたのだった。

大阪市が藤野を採用することを決めた。それが、今の職場になったのだった。

竹下、そして、「竹下義樹君を支援する会」の仲間は、社会的に重い扉をこじ開けた人たちと直に接することで、希望を持った。あきらめず、粘り強く取り組むしか、重い扉はこじ開けられないのだ、と……。

竹下にすれば、大学受験を拒否され、教員採用試験に合格しながらも採用を拒否された無念さは、同じ障害者として、目の見える仲間たちに比しても、より深刻に受け止められた。同時に、藤野の努力には単に「頭が下がる思い」と形容してもしたりない気がしていた。

こうした時間もあって竹下は、

「弁護士は法律の範囲で仕事をするようやけど、障害者の気持ちも理解していないと、いい仕事はできるわけがないやろな」

と確信するに至った。

竹下のこの言葉に、周囲はさらに納得の度を深めたのだった。

視覚障害者の司法試験の受験について、過去に問い合わせがあったという事実も竹下が、そのように考える裏づけとなっていた。法学部の卒業生、法学部に属する視覚障害者の司法試験受験の問い合わせは、過去に例はなかったが、文学部と教育学部の出身者が問い合わせていた。法学部に属さず、点字六法もない中で、彼らはなぜ司法試験を志したのか、その理由は不明ではある。しかし、竹下にはこう思えるのだ。

（障害者の苦しみや偏見を味わって、〝同じような苦しみを味わっている人たちのために、自分は力になりたい〟と考えたんじゃなかろうか？）

同志社大学の女子学生が言った。

「竹下君は気づいてないかもしれないけれど、責任の大きな仕事について、それが果たせたら、障害者の仲間を大いに鼓舞することにもなるわね」

彼女は、障害のハンディを背負いながらも、弁護士というとてつもない責任を背負う仕事をする姿そのものが、〝俺も頑張ればできるんだ〟と日本全国の障害者にこれ以上はないメッセージにもなる、と説明した。

竹下は言われてみて、納得した。こんな話が出れば、周囲は興奮もする。点字受験を実現させよう、という〝盲人にも弁護士への道を〟の支援の絆はより強固なものになるのだった。

竹下も興奮してくる。何が何でも弁護士になりたい。そのためにも、点字受験をまず実現させたい。

こうした時間はすべて、次回の法務省での直接交渉に備えてのものだった。今後は課長補佐が相手ではなく、人事課長である。竹下は次の面会を強く求める。

5　法務省が課した三つの条件

次の面会は早く、一一月一三日となった。課長補佐から経緯を聞いていた様子を、人事課長の第一声で竹下は把握した。

「竹下さん、これまで二回行われました交渉は、法務省の正式な見解ではないことをまず、申しておきます」

この言葉を聞いたとき、同時に竹下は混乱もした。

一カ月前は「法務省としては点字受験を拒否する」とまで言ったではないか。あっさり撤回するとは。詰問してやろうか、と竹下が思う中で人事課長は、

「私は本日初めて竹下さんにお目にかかりました。今後は、東京国立視力センターの関係者らと相談して、資料を整え、試験管理委員会で検討しまして、来年の二月、二月の一二日頃に回答をしたい、と思っております」

具体的な日付を指定して、はっきりと言ったのだ。

竹下は、ここで問うた。

「回答？　回答とは、点字受験の実施についてですか？」

人事課長がうなずいたのかは竹下にはわからないが、

「ええ、そうです」

と答えた。来年二月に出す見解が、法務省とすれば正式な見解になる、と竹下に約束したのだ。竹下にすれば、実施してもらいたい、と主張するしかない。アメリカやドイツの例も出して、人事課長に実施の方向で考えてほしいと求めるのだった。

人事課長は以下の点を問題視していた。

「受験の権利はあるか、と言われれば、欠格対象ではないのだから認めたい。とはいうものの、ほかの受験者との公平感は保たれるのか、と言われれば、これが現時点では難しいのです。点訳の際の問題の漏洩という危険性も有り得るので」

危険性、と言われて竹下は腑に落ちなかった。

(漏洩しないように、努力するのは当たり前やないか。どんな試験でも、漏洩の問題はつきまとう。なんで、特別視するんやろ？)

口から言葉が出かかったが、竹下はこらえた。

「問題文の点訳に予算も計上しなければならないのです。それに、竹下さんが司法試験に合格したとして、国費による司法研修所での二年の修習は、果たして可能なのかどうか」

人事課長は述べてゆく。聞きようによっては、受験されて合格したら困る、という口ぶりにも竹下には受け取れた。それに、来年二月一二日頃に回答したい、ということは、換言すれば、「本日からその日まで、法務省は竹下さんに何も話しませんよ。直接交渉はしませんよ」という意味にしか竹下には受け止められない。大学の学期末試験も近づいてくるし、交渉するにしても、時間の余裕がないことも事実だったが、

（〝俎《まないた》の上の鯉〟とは、こんな心境を意味するんやろな……）

と竹下は自分の立場の弱さを痛感した。

一九七三(昭和四八)年二月――。大学は春休みに入っていた。人事課長が言った「二月一二日頃」が刻一刻と近づく。上京して回答を伝えられるのか、電話でのみか、それとも、昨年五月の「悪しからずご了承下さい」と同じく紙一枚でのものか。上京するとなれば、寿子にも同行してもらうことになる。

一二日の当日、学生夫婦の竹下家には何も変化はなかった。一三日、一四日、一五日と過ぎて、

（どないなっとんのや？　忘れとるのやろか？）

と不安になってくる。電話が鳴るたびに、竹下は「法務省からか？」とドキリとする。電話は、支援する会の仲間たちからだった。「連絡、きたか？」の問い合わせであっ

た。

一八日午前のこと。

「はい、竹下です」

竹下家の電話が鳴り、寿子が出た。

「法務省の人事課長さんですか！　はい、直ぐに代わります」

寿子が、竹下に取り次ぐ。

「明日一九日、上京して頂けますか。法務省にお越し下さい。話がありますので」

と一言、用件のみであった。

電話で可否を言ってもよさそうなものだが、あえて言わないのは、それなりの理由があってのことだろう。竹下は直感的に、

（もしや、点字受験が認められるのでは？）

と考えた。もし、「点字受験は認められない」のであれば、一言で事足りるはずだし、文書で通知してもよさそうだ。「話がある」となれば、これはもう「点字受験を認める」以外ない、と竹下は自分に都合よく解釈していた。直ぐに「竹下義樹君を支援する会」の仲間や、そして、衆議院議員の寺前巌に連絡をし、急いでその日の夜の高速バスの予約を入れた。

一九日、法務省――。人事課長は竹下を前にして、

「竹下さん、法務省は」

とゆっくりと話し始めた。

いよいよ結論が下される。竹下は生唾を呑んだ。

「点字受験を認める回答をここにお知らせします」

と通達した。竹下はこの言葉を耳に入れた瞬間、鳥肌が立つ思いがした。運動を始めてから約一年。劇的な成果に今、到達したのだった。

なぜ、人事課長が自分に上京を求めたのか、はこの後でわかった。

「ただし、竹下さん。実施にあたりましては、以下の条件つきで点字受験を実施することを了承してほしいのです」

それを認めるか、認めないか、認めなければ受験は不可能というものだった。

条件は三つあった。

まず、ひとつ目の条件は会場である。司法試験は全国各都道府県で行われるが、本来であれば竹下は京都での受験となる。一次試験となる短答式試験だが、初の点字受験の準備のため、地方で実施することは無理で、東京での受験をまず認められるか、であった。

二つ目として、二次試験となる論文式試験における六法全書の取り扱いである。点字六法は日本に存在しないわけだが、法務省は点字受験に際して、特別に用意することはしない、という。条文の内容を知りたければ、立ち会い人である職員に必要な条文を読み聞かせてもらい、これを受験者が点訳するなど、適宜な方法を取る。

三つ目は、これも論文式試験についてであった。論文式試験は点訳をせず、検事である試験官が会場で問題文を読み上げる。それを点字で聞き取りをして、解答をすること。

「この三つの条件を了承されるのであれば、点字受験の実施を認めます。了承されるのであれば、ここの〝受験希望者〟の欄に署名をして下さい」

三つの条件は、竹下にとって腑に落ちないものばかりである。だが、了承しない限りは点字受験は認められない。とすれば、署名をするしかない。

「署名をされる前に、法務省の見解としてお伝えしておくことがありますので、よく聞いて下さい。これを」

人事課長は、点訳したこれらの書類を手渡し、これから読む頁を指摘した。その頁を人事課長は読み上げた。

「司法試験は資格試験であるため、司法修習生の採否を決定するための司法修習生採用選考とは別個のものである。従って、司法試験に合格した場合、司法修習生に必ず採用するということを前提として、本試験を認めたものではない」

司法修習生採用選考は、司法試験に合格しても、試験合格後に犯罪や社会的道徳を侵すことを起こした場合に採用可否が適用される。目が見えなくて修習生が務まるのか、というふうに見られている偏見を竹下は感じた。

「司法修習生の採用に関する事務は、最高裁判所の掌握するところであり、その採否にあたっては、法務省及び日本弁護士連合会の意見を聴取した上、最高裁判所において慎重に検討し決定することになろうが、司法修習の実体に即して考えると、盲人の採否を決定するにあたっては検討すべき幾多の困難な問題があるように思われるので、将来の問題として、仮に司法試験に合格しても司法修習生に必ずしも採用するとは限らないことをあらかじめ認識して頂きたい」

前述した三つの条件に加えて、この条件もある。四つめの条件、といっていい。短答式試験時間の延長についてはまったく触れていないし、話題にもならない。短答式試験であれば、時間は一般受験者と同じく九〇問三時間で解答することになる。

とはいえ、立場とすれば、竹下の方が弱い。もはや、署名するしかない。

竹下は署名した。点字ではなく、ボールペンで自分の名前を書け、と指定された枠に書き込んだ。

司法試験における点字受験は、条件つきながらも、実現するに至ったのだった。

竹下は法務省を後にして、街路の公衆電話から一〇円玉を投じて、まずは龍谷大学の点訳サークルの仲間に連絡した。

「よかったなあ、竹下」

「歴史的なことだよ、竹下君」

誰もが喜んでくれた。一〇円玉がなくなると両替できる所に移動して、また、電話する。「竹下義樹君を支援する会」の仲間、そして、Iに連絡する。

京都大学法学部の六回生となり、司法試験を今年の五月に控えていたIがいたからこそ、京大、東大の学生が自分に協力してくれたのだ。Iは喜んだものの、法務省から出された四つの条件を承認して署名したと聞いて、冷静になった。それは、Iの言葉に現れていた。

「竹下君、ええか、今年の司法試験、受けるんやで」

今年の、の言葉をIは強調して言った。

「え？　今年ですか？」

本年の短答式試験は、五月一三日に行われる。三月八日から法務省では、受験願書を受けつける予定になっている。願書の提出までは一カ月もない。点字受験は認められたものの、竹下にすれば三カ月後の五月から始まる今年度の司法試験の受験はまったく考えていなかった。

点字受験が認められても、いつから受験するか、思考の外にあった。参考書の点訳やカセットなどの吹き込みはあるが、点字六法も存在しない状態であり、受験したところで合格など不可能、高得点など望めるわけはない。

Ｉは、そんなことは百も承知で言っていた。

「ええか、合格云々やないで。まず既成事実を作るんや。来年以降に回すんやない」

「既成事実……」

「そうや。記念受験でもええんや、今年は。竹下君、君が今年受けないとすればな、法務省は、点字受験の準備をせえへんで。来年度以降の準備も、しなくなることだって考えられるんやで」

「なるほど」

「そんな簡単に受かる試験じゃない。だが、支援してくれた人たちも多いやろ。点字受験が行われ、それを受けたという歴史を竹下君がまず作っておくんや。一回目の点字受験や。受験することで、法務省の不備に竹下君が気づくことだってあるはずやで。そしたら、それを指摘して、改善させてゆくんや」

竹下は電話口で、うなずいていた。

（自分だけではなく、視覚障害ながらも司法試験を受けたい、という人たちはほかにもいる。その人たちのためにも受験をする必要がある）

竹下は、受験を決意した。

「竹下君、京都にはよ戻ってこいや。特訓するで」

「特訓？」

「そうや。四月に大学三年生になるから今年は落ちてもいいというても、五月までできる限りのことはせえへんとあかん。目が見えないハンディがあっても、一人の受験者であることには変わらへんのや。簡単に通らない試験だから、全国初の盲人受験者だから、の言い訳は通じなくなる。周囲もそう見るで」

「……」

「俺ができる限りつきおうたる。一緒に勉強するんやで。京都に帰ってきたら、直ぐに俺の家にくるんや」

Iはそう言った。I自身が受験を控える身ながら、付き合うというのだ。

（いよいよ受験が可能になるのか……）

胸の中で竹下はこう思うが、このとき、竹下は司法試験の難しさをまだわかってはいなかった。いや、何もわかっていなかった、というべきかもしれない。六法を一通り点訳して、それを手元に置いて一年ほど、真面目に取り組めば、楽勝とまではいかずとも合格しないわけがない、と信じて疑っていなかった。全国初の盲人受験者として何としてもいつかは合格を、と願うよりも、むしろ、龍谷大学に入学したときと同じく、法学部卒業の学生が受けるのだから、との思い込みは捨て切れてはいなかった。

Iが、竹下のそんな甘い考えを知っていたかどうか、はわからない。受験が認められた以上は、盲人も健常者も「受験者」としての差はもはやなく、同じ土俵で闘わねばならないのである。

Iはそれを竹下に教えるべく、竹下に付き合うつもりでいたのだった。

第5章　九回にわたった司法試験への挑戦

1　誤字、脱字のオンパレード

京都に戻るや、春休みということもあり、竹下はIから短答式試験で課される憲法、民法、刑法の三つの法律について、朝から夕刻まで徹底した勉強を施される。

「竹下君、家に帰ったら、今日の復習をして、予習として基本書の二一頁から五〇頁までを暗記するぐらい勉強してくるんやで。その中から質問するで」

とIは指示する。翌日には、予習として五一頁から七〇頁まで、というように課してゆくのだった。

予習は、妻・寿子の手も借りる。音読してもらい、その要点を点字で書き取る。書き取ったものを指先で読み、懸命に暗記しようとする。一通りのことを頭の中にたたき込んだ、と思っても、いざ、Iの問いに接すると、答えることができなかった。前日学んだことを再度復習しても、うろ覚えのものが多く、Iはそこをうまく突いて、竹下の勉強方法の欠点を指摘もする。

過去の問題も勉強してきたIは、暗記したものをどう応用するか、を心得ていた。暗記したものが基礎となっても、それで司法試験をくぐれるほど甘いものではない、と竹下に教示していく。この期に及んで竹下は、司法試験のレベルというものがどんなものか、がようやくにしてわかった。

(法学部に入ったのだから、少し勉強すれば弁護士になれる)

とは楽観以外の何物でもないことを自覚せざるを得なくなった。

京都に戻った日から三月いっぱいまで、この勉強は一日も休むことなく続けられることになる。正直な話、竹下は生まれて初めて、これほど集中的に勉強したことはない、と実感した。生活のため、一日三時間のマッサージのアルバイトはしなければならなかったが、アルバイトと睡眠時間六時間以外は、ほぼ勉強に費やしていたのだった。

(大学受験のときとは比べられない。こんなに自分が勉強するとは)

と、竹下は思っていた。

短答式試験は、九〇問を三時間で答える。一問につき、問題文の後に解答として1

から4まで四つ、あるいは5まで五つの選択肢があって、その中から正解をひとつ選ぶ。ただし、選択肢のうち、正解がひとつもない場合があり、そのときは0を選ぶことも、Iの指導からわかった。

考えながら問題文を読むわけで、目の見える受験者でも楽な試験ではない。それを指先で読んでゆくわけであり、時間がかかる。点字は「仮名」を表現したもので、文脈の中で当てはまる漢字を自分の頭で思い描かねばならない。目の見える晴眼者に比すれば、二度手間というわけだ。

九〇問の問題が、どのような体裁で出されるか、も見当がつかない。一般の受験者は、一頁A4判の体裁で数十頁の問題冊子が配布されるが、点訳された問題用紙となれば、一〇〇頁を越えるのはまず確実だ。

点字の速読競技会なるものがある。その競技会でも、A4判二〇〇頁、ぎっしりと点字で詰まったものを読むのには二時間半はかかる。司法試験は読むだけではなく、考え、選択肢から解答を選ばねばならない。

とすれば、試験時間の延長は必要ではなかろうか。大学受験でも、盲人の試験時間は科目により異なれど、一・五倍が一般的だ。竹下が知る限りでは、教員採用試験でも千葉県の英語では一・五倍、横浜市では英語と教養科目では一・三倍、大阪府では二重苦（両手両目に障害を持つ）の受験者には一・五倍の時間延長を認めていた。厚生省の理学療法士の資格試験では一・三倍となっている。

Ｉとの特訓により、司法試験の何たるかを把握できたことで、竹下は三月八日の受験願書の提出時には時間延長の要望書を併せて提出し、さらに法務省側にも時間延長を求める四度目となる面会を要望した。

法務省との面談は、四月一六日となった。人事課付検事が応対したが、

「今年度の司法試験は来月の五月一三日に行われる。準備時間を考えても、竹下さんが要請される時間延長は無理です」

と答えた。理由として、以下の点も付け加えていた。

「司法試験は人の生命・身体・財産に関わる高度な試験です。時間を延ばせば、能力レベルが下がります。また、手のない方が受験して、口で書くのが遅いからといった理由で時間を延長したら収拾がつかなくなります」

「ご指摘はもっともなことですが、同じ試験でも試験によっては盲人に対する時間延長もあるのではないですか？」

竹下が問うと、人事課付検事は、

「同じ時間で読めるように読解力をつけるべき、と思いますが……」

と返答した。竹下は、仮名から漢字を想起する点字の特徴や点字の速読競技会での話も説明したが、話はそれ以上、進まなかった。

五月一三日、日曜日——東京都港区の慶応大学の三田校舎。寿子に付き添ってもらい訪れた竹下は、試験終了後に迎えにきてもらうことを確認して一人、試験会場に入って行った。

竹下に割り当てられた試験教室は、竹下一人の貸し切り状態だった。それが証拠に試験官以外に、立ち会い人が五人いることを竹下は口頭説明で知った。五人も立ち会い人がいる、と聞いただけで竹下は精神的に圧迫を加えられた。

竹下はこんな問題を点字で読む。

Aはある動産を友人から借りて占有中、昭和25年3月31日に死亡した。Aの相続人Bは、その動産が相続財産に属しないことを知らずに、同年9月30日にこれをCに売却して引き渡したが、Cはその当時以上の事実を知っていた。Cは昭和44年9月30日にこれをDに売却したが、Dの依頼によりそのまま占有を継続し、現在に至った。この動産の時効取得に関する次の記述のうち、成り立つ可能性のないものはどれか。

1　昭和35年4月1日にCが時効取得した。
2　昭和45年4月1日にDが時効取得した。
3　昭和45年10月1日にCが時効取得した。
4　昭和45年10月1日にDが時効取得した。

正解は3だが、回答する以前に竹下は読むだけで精一杯だった。

結果として、竹下は三時間の試験時間では九〇問すべての問題文を読み切ることはできなかった。ところどころ、点字のまちがいなのか、法律用語を自分が知らないのか、はっきりと確信は持てないが、点字の誤訳、脱字もあるように竹下には感じられた。

たとえば、起訴を意味する「訴追」という言葉がある。点字の問題用紙を指先で読むが、竹下には、どうしても「追訴」としか読めない。追訴は、最初の訴えに追加して訴えることである。訴追と追訴では、意味がまったく異なる。そこで、試験中に試験官に、

「すみません。この点訳の問題文では〝追訴〟となっていますが、一般受験者用の活字の問題用紙では〝訴追〟となっていませんか？」

試験官が指定された問題を読み上げると、やはり竹下の指摘のとおり、「訴追」が正しかった。

また、問題文の中に、「乙の父の財布」という表現が出てきた。ここで竹下が疑問を持ったのは、問題文の前半から半ばにかけては「乙の父の財布」という言葉が出ているのに、後半には「父の」が消えて、「乙の財布」となっている。「乙の父の財布」か？　「乙の財布」か？

竹下は再度、最初から問題文を指先で読む。混乱したことで、再度、試験官を呼ぶ。活字の問題文を読んでもらうと、点訳の後半文はやはり「父の」が抜けていた。

これらだけではなく、文法上、文脈上つながっていない文章が多々あり、理解できないのは自分の読解力の問題だけとはとても思えなかった。全問題は読めなかったものの、八〇問近い問題文の中でも一〇カ所近く、そんな箇所があった。

問題文は三〇問ずつクリップで止めてはあるが、問題文は一〇〇枚以上にもわたるため、解答のためクリップを外せば、問題用紙が散乱してしまい、見返しができない。せめて紐でとめるか、製本した状態であれば、と受験して初めてわかった。

無論、結果は不合格だった。

竹下を徹底教育したＩは、その年の司法試験に合格を果たした。

実際に試験を受けてみて、竹下はこれからどう勉強するべきなのか、を身をもって教えられた。司法修習生として赴任するまで、Iは再度、竹下を特訓し、京都大学の学生が中心になっている勉強会に竹下を参加させた。点字の六法全書が日本には存在していないこともあり、また点字の法律書も少ないために起きる勉強範囲の制約をそこで補おう、というものである。

毎週一回、午前一〇時から午後五時までの勉強会は、Iの指導にも似たハードさであった。司法試験合格を目指している京大の五回生、六回生が中心になり、交代で竹下の家庭教師をしようか、と提案もしてくれた。自らの司法試験に向けた勉強で得た知識を、竹下にわかりやすく教えることで、自分の学力を確かめる意味も含まれていた。

実際に点字受験が認められ、竹下が受験したことで、「竹下義樹君を支援する会」の活動も本格化してゆく。憲法、民法、刑法はじめ商法、民事訴訟法などの教科書、参考書を吹き込んだ録音図書が続々と竹下の元に届いた。

当時の録音のためのオーディオソフトといえば、8トラックやオープンリールに代わり、徐々にカセットテープが普及し始めていた頃だが、カセットテープはまだすこぶる高級品。六〇分のテープが一本五〇〇円、六〇〇円もした。

レコードステレオとカセットデッキが一体化した機材は当時まだなく、ステレオとカセットデッキをプラグコードでつなげて録音していた。カセットへの吹き込みには、カセットデッキにマイクをつなげて録音していた。このため、歌謡曲の録音はというと、カセットデッキに内蔵されるラジオから流れるものを録音して楽しむのが一般的だった。カセットテープは「消しては録音して再生する」を繰り返し、まさしく擦り切れる寸前まで使うのが当たり前だった。

専門書の録音にしても、新品のカセットテープなど使用できるわけがない。擦り切れる寸前までのものこそないが、ダビングを何度も重ねたテープが録音に使用されて、竹下に渡されたのである。

困ったことは一点、竹下はカセットデッキを所有していない。カセットデッキを購入する金銭的余裕はなく、このため、竹下は「点訳サークル」所有のオープンリールのデッキをまず借りて、専門書の録音を聞いて勉強することになった。

オープンリールのテープは一二〇分のものが多く、中には二四〇分もあった。聞いているうちに竹下は、気がついた。それは、

（できあがったテープは一二〇分、二四〇分でも、吹き込む作業はそれだけの時間では済まない。録音の準備をする、読みまちがえたり、突っかかったりすれば、吹き

込んだものを停止して巻き戻し、その少し前から再度、録音をする。慣れない法律書だけに、すんなりと読めないに違いない。途中で休憩をして、喉を潤したり、トイレに行ったり、来客があって録音を止めざるを得ない場合もあっただろう。そう考えれば、一二〇分、二四〇分の録音は、優にその倍近い時間を費やしてできあがったものだろう)

ということだった。

くわえて、竹下と対面する格好で専門書を読み上げるボランティアの学生らの姿は、竹下にとって非常に鼓舞される存在であった。

なぜなら、これまで盲人と触れ合う機会もなかった人が、積極的に自分のために朗読してくれるからだった。法学部でもない福祉関係の学部の学生が多いが、法律書など読んだこともないだけに、法律用語で頻繁に使われる「瑕疵(＝誤り)」などの言葉の読み方がわからず、竹下は手のひらに漢字をなぞってもらって、

「それは〝カシ〟と読むんだ」

と教えることもあった。

法律書はとにかく専門用語が多く、理解しづらいもの。点訳されたものを指先で読むだけでも、竹下は疲労を感じる。指先で読むことは目の見える者にとっては、黙読

に当たるだろうが、いくら目が見えていても、声を出して読む方にすれば、苦痛を覚えないわけはない。竹下にしても、それを強く感じるのだから、読む方はさらに強く感じているに違いなかった。それでも、嫌がらずに読んでくれることが竹下には嬉しく、

(多くの人たちが自分を支えてくれている。障害者に積極的に触れ合う機会を作ってくれている)

と意識しないわけにはいかなかった。

耳による学習だけではなく、自ら作る点字ノートも、点訳サークルはじめボランティアが作成する点字ノートも増えてゆく。刻印が行き届き、読みやすい点字もあれば、力が少ししか入らず、刻印が浅く読みづらいものもある。本文をうっかり抜かしてしまう脱文もあれば脱字もあった。

(司法試験の問題文を点訳したのは誰なのか？　法務省が責任を持つだけに、しかるべきプロが作成したはずだろうけど。それにしては、誤字や脱字があった)

竹下は、一九七四(昭和四九)年度の司法試験では点字受験の試験時間延長を要請するべく、一九七三年の秋から法務省に要望書を繰り返し、送付した。

一〇月一五日付けで京都から送付した要望書には、「問題文に誤字脱字が多いこと。

問題用紙をしっかりと綴じてほしい」といった、試験で気がついたことにも触れながら、各地の教員採用試験での点字受験の一・五倍前後の時間延長も記述し、厚生省が行っている理学療法士の試験時間延長の一・三倍が最低ラインではないか、と書いた。

法務省は、一一月末に「来年度も同様の扱い」と回答を出してきた。それに対して、竹下はまた、時間延長の要望を提出する。

一九七四(昭和四九)年三月五日——。竹下は今年度の司法試験の願書の提出と同時に、解答時間の延長をはじめとする六つの要望を詳述して提出した。

その要望は、

(1) 解答時間の延長。

(2) 誤字、脱字が昨年度は多かったので減らすこと。

(3) 立ち会い人を減らすこと。

(4) 受験地が東京であれば交通費、宿泊費と出費がかさむため、居住地である京都での開催を希望すること。

(5) 論文式試験では、すべての受験者に六法全書が準備される。視力障害者が受験者にいれば、点字六法は用意されてしかるべきである。条文の内容を知りたければ、立ち会い人である職員に必要な条文を読み聞かせてもらい、これを受験者が点訳するなど、適宜な方法を取るとの説明を受けてはいるが、受験者の立場に立っての保障はなされるべきである。点訳六法を制作するのに費用と時間がかかるとか、短答式試験の合否に直接影響するものではないから制作する必要はない、とするのは理由にはならない。

(6) 論文式試験は点訳をせず、検事である試験官が会場で問題文を読み上げ、それを点字で聞き取りをして解答せよ、とのことだが、なぜ、このようなことすら受験者の負担とするのか理解に苦しむ。短答式試験と同様、点訳されるべきである。

(5)(6)は昨年、法務省に呼ばれたときに承諾せざるを得なかった二点である。竹下にすれば、法務省側ができる限り、手を抜こうとしているとしか考えられなかった。

「目の見えない者が、日本国内の試験で最難関とされる司法試験に合格できるわけがない」

といった蔑視を感じてもしまうのだ。

この六つの要望について、しかるべき適切な配慮を求めたものの、一九七四年度で改善されたのは、試験会場が竹下の希望通り京都市になったこと(京都市内にある大学受験予備校の関西文理学院)、問題用紙が綴じられていたことぐらいだった。

誤字、脱字も変わらずの多さであり、点字六法を準備する意志はまったくみられなかった。問題文を読破することは今回もできず、結果は不合格だった。

2　百姓の手

龍谷大学に、点字受験による司法試験の門戸を開いた竹下義樹という全盲の法学部生がいるぞ――。

龍谷大学三年生時の一九七三(昭和四八)年五月、四年生時の一九七四年五月と二度にわたる司法試験の点字受験と、京都、東京の多くの大学生が集まり〝盲人にも弁護士への道を〟と竹下を支援する「竹下義樹君を支援する会」の活動は、府民紙・京都新聞をはじめ全国紙の京都支局の記者の関心を集めていた。

「点字の読み書きは、普通の読み書きの一・五倍から三倍は時間がかかる。司法試験における点字受験の試験時間が、一般受験者と同じというのは不公平。時間延長を」

「点訳六法を法務省は準備してほしい」

「合格するまで、私は何年でも頑張ります」

といった竹下の訴えは京都新聞や全国紙の京都版にも時々取り上げられた。

京都の政治気風は、保守よりも革新の気質に富む。既存体制や時の権力に対する疑問や提言の意味でも、竹下の訴えは読者の共感を呼んだ。加えて、福祉を街づくりに生かしてきた歴史があるだけに、府民も竹下の挑戦を好意的に見守っていた。

学生結婚した寿子と共に、大学卒業を一カ月先に控えていた一九七五(昭和五〇)年二月の上旬であった。教員出身で京都選出の衆議院議員の寺前巌が、二人の住む市営住宅を直接訪ねてきた。公設秘書から、事前に訪問の連絡を受けてはいたが、国会議員がわざわざ訪ねてくるとは学生の竹下には信じられなかった。

確かに寺前は「竹下義樹君を支援する会」の活動を見学にきたことはあったが、家にまできたことはなかった。来意は、

「点字による司法試験の不合理について、詳細を教えてほしいのです」

とのことだった。

竹下は試験時間の延長の実現、短答式試験後に行われる論文式試験で一般受験者には六法全書が用意されるが、点字受験では点字六法が備えられない等のハンディを説明する。寺前は、点訳された法律の基本書を手に取り、勉強方法もたずね、ボランティアが吹き込んだ録音テープにも耳を傾けた。この訪問から約二週間後、再び寺前の秘書から電話があった。

「竹下さん、二一日、二二日と東京に滞在して下さい」

と言う。理由を聞き及び、竹下は「えッ！」と声を張り上げた。秘書は、

「二二日の衆議院予算委員会では社会福祉問題を扱い、社会的不公正をテーマに集中審議が行われます。その場で竹下さんに参考人として点字による司法試験のハンディを五分間で訴えてもらいたいのです」

と伝えたのである。

衆議院予算委員会は、国会でもとりわけ重要な審議が行われる場であることは法学部の竹下にはわかる。ゆえに竹下は、秘書に、

「衆議院予算委員会で話すということは法務省、いや法務大臣、最高裁の関係者も私の発言を聞くわけですか？」

と問うた。

「もちろんです」

と秘書は即答した。

この席には竹下だけでなく、全日本聾唖連盟書記長でもある京都市役所の職員も同席して「手話通訳を国の制度化に」と訴えるという。国会で訴えるという、想像すらしていなかった場に立たされるとは……。失明前、中学校の修学旅行で国会議事堂を見学したことが脳裏に思い起こされた。

（最高裁判所が〝法の最後の番人〟といわれるのならば、法務大臣は〝法の最高責任者〟だ。法律を学ぶ者にとっては雲の上の人。改善を訴えるには最高の機会だ）

「竹下義樹君を支援する会」の仲間に連絡すると、誰もが狂喜し、「自分たちの活動が国会で取り上げられる！」と興奮した。期待を感じた竹下は、話すことを点字で書き出し、発言の練習を始めた。寿子は、二一日の上京までにスーツをクリーニングに出し、ネクタイを選び、と学生といえど恥ずかしくない格好になるよう気を配った。

今回の上京には、旅費と日当が支給される。いつもの夜行高速バスではなく、新幹線が使えた。「竹下義樹君を支援する会」のメンバーである京都大学法学部三年生の友人に付き添ってもらい、二一日に上京した。

東京駅に到着後、寺前が住んでいる赤坂の議員宿舎で、明日の予定を寺前や秘書らと打ち合わせる。話す内容を確認してから、四人は軽く缶ビールで喉を潤し、竹下は議員宿舎にそのまま宿泊した。

翌二二日、午前一〇時。衆議院第一委員会室で、衆議院予算委員会の集中審議の開会が宣せられた。午前中は全国難病団体連絡協議会理事長、東京都盲人福祉団体連合会職業部長らが参考人として発言し、竹下と全日本聾唖連盟書記長は午後の発言となった。寺前の、

「今日は、極めて社会的な不公正について論じたいと思います。障害者問題に対する取り組みはなぜスピーディーに行われないのか？　これは非常に大きな問題です。もっと積極的な対応が求められます。弁護士を志す視力障害者の竹下義樹君に発言してもらいます」

この言葉に促され、竹下は京大の友人に手をひかれて答弁席に立った。足元から伝わる、厚い絨毯の感触はこれまでにない体感だ。かつて弁論大会に積極的に出場し、人前で話すのは楽しいと思ったものだが、今、胸の中で感じることは、ただ、

（ああ、本当に国会にきたんだ……）

という気持ちのたかぶりだけだった。

事前の練習のおかげか、緊張は抑えられ、力強く、澱みなく話せた。

失明から点字受験の実現までの法務省との経緯、点字について、点字六法もない中で時間延長も認められない不公平の是正の必要性、法律が次々と改正・立法化される中、盲人にもわかるように「点字官報」の発行を、合格後の司法研修所での盲人の受け入れ態勢の確立を、などを点字資料も手元に掲げて見せて訴え、

「障害者が一日も早く社会人として一人前に扱ってもらえる配慮を強く希望します」

と結んで発言を終えた。

竹下の発言を受けて、時の法務大臣である稲葉修が答弁に立った。

「竹下君の発言はしごくもっともなことであります」

と答えたが、点字受験の時間延長については、

「司法試験管理委員会が検討をしておりますが、なかなか難しい問題があると聞いております」

と口を濁らせた。竹下は稲葉の声の方向に顔を向けていたが、変化のない答弁に落胆し、顔も下を向く。だが、稲葉の後に答弁に立った法務省人事課長が、

「点字六法については一九七五年度の来年度内に完成したい、と思っております」

と話すと、竹下は顔を上げた。司法研修所については最高裁人事局長が、

「録音機は無論、手助けするヘルパーの確保も前向きに検討します」

と答え、点字官報については、

「現状では困難ですが、ラジオ放送を活用して視力障害者の便宜をはかるよう努力します」

と答えた。京大の友人に手を引かれ、委員会室から廊下に出た竹下を記者団が取り囲んだ。

「政府側の答弁はそれなりに前向きでうれしかった。ただ、時間延長はこれまでの

繰り返しみたいで」

と話しているとき、記者団の雰囲気が一瞬変わったことを竹下は肌で感じた。

稲葉が竹下の前に現れ、記者団が場を空けたのだ。

「竹下君」

の声に、竹下は、

(まさか、大臣?)

と思った。

「君の意見には感銘を受けたよ。頑張りなさい」

と稲葉は言い、自らの右手を竹下の右手に添え、握手した。

稲葉の背丈がどのくらいか竹下にはわからない。一瞬だが、手の感触は印象的だった。大きく、荒れてザラザラしていた。

(百姓の手みたいや……)

と、竹下は輪島にいる父親の手を想起した。

委員会の様子は、無論、翌二月二三日付け朝刊各紙で取り上げられた。それを寿子に読んでもらい知ったことは、定員五〇人の委員会には空席が目立ち、一時期、一二人しかいなかったことだった。満席か空席か、あのとき考える余裕はなかった。朝日新聞は空席を批判し、「空席目立つ国会身障者の訴え」「この声いつ届く」「国の協力さえあれば無限の可能性が……」と見出しをつけていた。

三月、竹下は寿子と共に龍谷大学を卒業する。

クラスメイトらは無論、就職先も決まり社会人となるが、竹下は京都から居を移さず、司法試験の勉強を継続する。定職は持たず、夕方から三時間は総合病院で、病院の前後に按摩治療院で四時間ほどマッサージのアルバイトをしながら、勉強に比重を置く生活を送ることにした。寿子は、母親の体調が優れないため、通いで奈良の実家の簡易郵便局を手伝うことになった。卒業式当日、

「是非、定期的に同級会とか同窓会をやろうで」

の声が上がった。誰かが、

「一〇年後、みんな、どないなってんのやろ?」

と言った。すると、誰かが、

「一〇年後、ウチらのクラスで出世してる奴って竹下ぐらいやな」

と口にした。

「そうや、竹下ぐらいや」

とうなずく声があった。

一カ月前、国会の場で訴えたことは京都新聞にも「弁護士夢みる京の青年が訴え」の見出しで大きく報じられていた。「全盲ですが、弁護士になります」と入学直後の自己紹介で竹下は言い、周囲から「竹下はアホや」と失笑を買ったが、本気で弁護士を目指している粘り強さを周囲は四年間で認め、「本当に弁護士になるのでは」と思い始めていたのだった。竹下に引っ張られる格好で、クラスメイトの何人かが司法試験の勉強に取り組むも、全員が早々に挫折した。こんな難しい勉強をしてるとは、と竹下を見る目が変わった。

友人らの言葉を竹下は、

（司法試験に合格して、弁護士になっとるって意味か？）

と、とらえてはみた。だが、自分が司法試験に合格するには、試験時間の延長や司法試験に改善が施されなければ土台無理な話だ。点字六法も本当に一九七五年度内に完成するのか、も疑問である。参考人として発言してから、法務省側から竹下には何ひとつ連絡もないのだ。

卒業式から、司法試験合格を目指す浪人生活が始まった。

五月一一日に、まず短答式試験が行われるが、一九七五年度の司法試験にも出願済みだ。今年度の試験も、時間延長するかどうかはわからない。短答式試験に合格し、論文式試験に臨んだとき、点字六法が本当に用意されるのか、もわからない。

四月中旬、受験票が届く。受験会場は昨年と同じく、京都市内にある関西文理学院であった。本番まで一カ月を切った中、竹下は、今年も時間延長は認められずか、と思い始めた。

四月二八日。法務省から竹下の自宅宛てに速達が届いた。もしや、と竹下は思った。二六日付けの法務省司法試験管理委員会の決定が書かれていた。寿子に読み上げてもらい、竹下は「よしッ!」と拳を強く握り締めた。

「五月一一日実施の短答式試験では、三時間の試験時間を四時間へと一時間の延長を認める」「短答式試験に合格した場合、論文式試験(七科目)でも各科目とも二時間の試験時間を二時間四〇分に延長する」「論文式試験では、受験用の点字六法も用意し、点字タイプライターの使用も認める」と朗報が綴られていた。竹下はじめ仲間の三年越しの訴えが遂に認められたのである。法務省はマスコミに点字受験の改善を発表した。法務省の人事課司法試験係長は、

「この措置は制度にも等しく、竹下さんのみならず、目の不自由な受験者全員に適用されます。以前から竹下さんより改善の要請がありましたが、前例がないため、検討に手間取りました」

じた。

と答えた。マスコミが竹下のコメントをほしがり、竹下は京都弁護士会館で取材に応

「竹下さんの熱意が実りましたね」

の言葉が記者から飛んだ。

「ホッとしています。たとえ今年失敗しても合格するまで諦めません。司法試験のほか、身障者に機会が閉ざされている多くの分野に、一石を投じることになれば嬉しい」

と関西弁抜きでコメントした。竹下は胸中で、こう思っていた。

(今回の決定は、稲葉大臣が便宜を図ってくれたに違いない。予算委員会の場にもしおられなかったら、いや、冷たい人だったら、おそらくは今年も前年並みだったに違いない。稲葉さんが〝何とかしなさい〟と法務省の中で言われたに違いない)

と。大きく荒れた、あの〝百姓の手〟の感触を竹下は思い出していた。

3　合格への遠い道

三回目の挑戦となった短答式試験だが、三年続けての不合格に終わった。しかし、

収穫がないわけではなかった。一時間の延長により、問題文に一通り目を通せたことである。とはいえ、誤字や脱字は改善されておらず、前年並みだった。

（重要な国家試験なのに、一体どこで誰が点訳してるんやッ！）

竹下は掛け合いたくもなった。試験時間の延長など種々の改善が果たされたことで、「竹下義樹君を支援する会」に属する仲間たちは、法律書の点訳、録音、さらには竹下への直接の読み聞かせなどにも力が一層入る。

「来年こそ、短答式試験を突破だ！」と、竹下の学力の向上を願う。

法務省が論文式試験で点字六法を準備したことから、点字の六法全書も遂に市販された。一巻A４判五〇頁で、全五一巻の点字六法は一二万円。竹下個人ではとても買えないが、ボランティア仲間がカンパを集めて、購入してくれた。全五一巻が竹下の元に届けられたとき、竹下は一巻一巻の頁を指先でたどりながら身震いする感激と、

（いよいよ本格的に勉強ができる！）

と前向きな展望を持てた。

寿子が妊娠し、来年一九七六（昭和五一）年三月に出産予定となった。合格しなければ、合格こそがすべての人に報いる唯一の方法、と竹下は改めて覚悟したのだった。

竹下は京都大学の現役学生、卒業生ら一〇人ほどで、来年度の司法試験合格のため

に作っている勉強会に通い続けていた。京都大学で行われる、この自主ゼミは一週間に二回になり、午前九時から午後五時まで。途中一時間の昼食休みをはさむが、その日の予定まで進まなかった場合には、午後八時、九時まで時間延長がされるほど熱がこもっていた。予習復習も大変だが、竹下の場合は、生活費を稼ぐため、夕方五時からマッサージのアルバイトに時間を割かなければならない。ゼミの中座もやむを得なかった。

当然、ゼミの中味は濃い。ゼミ仲間も「竹下は全盲やから」といって、特別扱いはしない。竹下はついていくのがやっと。ついていっても、途中でわからなくなった。

二カ月ほど通ったが、竹下は、

「ついていくのがしんどいわ。もう辞めや」

と言って、ゼミを抜けた。

そうはいっても、自宅で自己流にやって自分の解けるところをなぞって満足することにも早々に嫌気が差した。頭を下げて、ゼミに再度加えてもらった。

戻ってみて、竹下は改めてゼミ仲間の勉強の質量に圧倒された。彼らの大半は、

「週五〇時間は、司法試験の勉強をしている」

と言う。一日二四時間週一六八時間のうち、実に三分の一を費やすわけだ。これ以上

の勉強をする者も中にはいる。

竹下本人は、というとアルバイトもあり、司法試験対策は週三〇時間がやっとだ。

（京大から毎年二〇人以上、司法試験合格者が出るのは当たり前やな。頭がいい上に、毎日、努力をしているのやから。京大生が週に五〇時間で一、二年で合格するなら、目の見へえん自分は週三〇時間で三、四年かけんと合格できんわ）

竹下は冷静に自己分析も強いられていた。反面、

（学力が低い、足手まといになる自分をよくゼミに加えてくれてるもんや）

と感謝もしていた。

たとえば、「民法第〇×条について」と話題が出る。全員、目が見える者なら、手元の六法全書を開いて条文を確認できるが、竹下がいるために誰かが読み上げる手間を要する。また、判例について考えるとき、ゼミ仲間は熱くなる。

「自分はこの判例には疑問がある。というのは……」

「いや、この判決しか考えられない。なぜなら……」

順繰りに意見を述べるが、竹下のところで流れが途切れることがしばしばあった。

竹下は申し訳なさすら覚えた。

「週三〇時間で三、四年かけて合格」と考えたものの、アルバイトは土曜、日曜もあ

る。楽ではない勉強に根をつめていることで、竹下はなるべく日曜日の勉強は控えた。「また明日から、しっかり勉強しよう」と気分転換と割り切り、気持ちを切り替えることにしていた。そうしなければ、気力が持続できなかった。

そんな日曜日の楽しみはスポーツのテレビ観戦、寿子に競馬雑誌『競馬四季報』『週刊競馬ブック』を読んでもらうこと。プロ野球は大洋ホエールズのファン、高校野球も大好き、相撲も、マラソンも、と実況中継を聞き、一五歳で失明するまでに見た光景や体験を思い出しながら、あれこれと想像するのが楽しかった。

競馬に興味を抱いたのは、病院勤務で男性職員や入院患者が京都競馬場でのレースについて話しているのを聞いたからだ。そして、競馬雑誌の読み方を教えてもらった。

竹下は寿子に競馬雑誌の読み方を伝授し、解説できるほどになった。盲学校在学時はパチンコに凝り、顔をガラスすれすれに接近させて、ぼんやりと網膜に映る玉の行方を逃さない方法を会得して一日に二台も打ち止めにしたほどの腕前の竹下である。競馬にも凝らないわけがなかった。三〇〇〇円の上限を決め、馬券も買う。儲けが出たときは「競馬用」と点字と文字で書いた封筒に入れておく。儲け、といっても元金が三〇〇〇円では知れたものだが、儲けたはずの金はときどき減っていた。寿子が生活費に回していたのだ。

そうした気分転換をしても、新聞、テレビ、ラジオといったマスメディアから伝わる裁判の報道には、現実に戻され、

（早く司法試験に合格せなアカン）

と向学心に燃える反面、何か取り残されているような気分にも竹下は陥ってしまう。

寿子の腹も大きくなりつつあった一九七五（昭和五〇）年一一月、

（これはおかしいで。不当判決や）

と竹下が首を捻り、

（何でそうなるんや！）

と憤った判決があった。大阪高等裁判所での堀木訴訟の控訴審判決である。

公判では、証言や数々の証拠によって全盲の母子家庭の実態が一審判決よりも鮮明にされたはずだったが、大阪高裁は行政当局寄りの論理に終始した。憲法第二十五条を一項、二項に分断して考え、年金と手当は行政の立法の裁量によるとまず判断した。

さらに、全盲と離婚による母子家庭という境遇は二つの障害とは位置づけられるが、ひとつの給付だけで事足りる、とも判断し、一審判決は破棄され、堀木の敗訴となったのだった。

一九七三（昭和四八）年、オイルショックの到来により、高度経済成長に区切りがつ

き、国の施策は「高負担・低福祉」に切り替えられた、といわれていた。一審判決を受け入れる姿勢を兵庫県知事、兵庫県議会は見せていたが、国の圧力を受けて控訴した背景もあり、「高負担・低福祉」を表すような堀木訴訟の敗訴の報が支援者らに伝わるや、「不当判決だ！」の声も当然上がった。

閉廷後、大阪高等裁判所の中庭でマスコミに囲まれた堀木は、

「負けるとは思わなかった。悔しい。不当判決です」

と顔を下に向けて、記者団にコメントした。

中庭で不当判決に対する抗議集会が行われ、大阪駅までの抗議行進が行われたのだった。「障害者・国民の生きる権利を否定した不当判決に対する抗議集会」は、北海道から沖縄まで全国各地で開催されることになる。堀木は、最高裁判所に上告した。

堀木の心中もさることながら、竹下は弁護団の藤原精吾や新井章の胸中を想像した。

(悔しいというよりも、最高裁で逆転勝訴を獲得するためにはどうすべきか？　ということを藤原先生、新井先生は考えとるのやろうな。弁護士の責任は大変なものなんや。最高裁で逆転勝訴とするのは難しいものなのやろか？　弁護士として自分も将来、最高裁で判決を待つときがくるのやろうか？)

弁護士として働くことがどれほど大変なのか、は竹下にはわからないが、早く弁護

士になりたい、という憧れは、より大きくなったのである。

一九七六(昭和五一)年三月三日、寿子が無事、男児を出産し、竹下は父親となる。「将来、大きな人間に」の願いを込めて「博将《ひろゆき》」と、旧字体を用いて名づけた。

長男誕生時、わが子の顔こそわからないが、抱え上げると快活に声を発し、元気よく手足を動かす様子には、養育費がこれからかかるという現実と責任より、父親になった嬉しさしか竹下は感じられず、友人知人らに電話をかけまくった。

勢いで大学二年生の秋に学生結婚した二人にとって、結婚は経済的に苦しいものと思うこともしばしばだった。が、今は結婚してよかった、と思う。陰鬱としがちな貧乏な浪人生活の中に赤ん坊がいる。勉強で気落ちする時間も多いが、子供の笑い声、泣き声が市営住宅の一室を明るくする、と竹下は自らへの励ましにも思えた。抱っこしながら、勉強することもしばしばだった。

昼間、寿子が用事で外に出かけるときは代わりに竹下が子守りをする。勉強中、子供が泣き出すと、勉強を小休止して、ミルクを飲ませる。ミルクの加減を竹下は自らの腕に垂らしたり、頬に哺乳瓶をつけたりして確かめてから口に当てた。オシッコのときのオシメ交換はお手の物だった。ウンチの場合は、ティッシュペーパーでふき取れたか否かが気にかかる。そこで、タライに湯を張り、下半身を浸けて洗った。子供は素直だ。気持ち良くなると笑ったり、元気になった。

一九七六年度の四回目、一九七七(昭和五二)年度の五回目の司法試験の挑戦も、第一関門の短答式試験は突破できなかった。四回目の挑戦では、

(誤字・脱字は今年も多いが、自分なりにはできた感触がある。今年は合格したかも)

と、初めて試験後に期待感を持つことができた。

竹下のほかにも全盲の受験者が、東京に二人いた。この二人も不合格だった。盲人受験者は狭い世界だ。彼らと手紙で連絡を取り合う機会があり、誤字、脱字の多さが共通の話題になった。法務省に問い合わせると、誤字、脱字によって問題文を訂正するべき箇所が一三カ所もあったと認めた。

(一三カ所もミスがあったら、合否に影響するやないか! 一般の大学受験で一三カ所もミスがあったら、やり直しか無効やで! 盲人だから一三カ所ミスしても、そのままなんか!)

と竹下は憤ったが、もはやどうにもならない。

「盲人に司法試験の門戸を広げました。試験時間も延長しました。それだけで十分じゃありませんか」

と法務省に言われている気もし、悔しくもなった。冷静になると、（やっぱり目が見えへんと、司法試験は合格できんのやろか？　このまま勉強しても無理ちゃうやろか？）と不安感も抱いてしまい、その不安が恐怖にもなり、勉強の能率を大きく下げた。

五回目の失敗後、竹下は上京し、千葉県松戸市に向かった。「竹下義樹君を支援する会」で何かと力を貸してくれた京都大学出身の司法修習生に今後を相談するためだった。

地方出身の司法試験合格者の寄宿寮が当時、松戸市(現在は埼玉県和光市)にあった。寄宿寮は関係者以外立入り禁止だが、彼は竹下をこっそりと入れて一晩泊めてくれた。仲間を集めて、合格に至るまでの体験を竹下に聞かせる。早稲田大学出身で初受験から一〇年かかった強者がいれば、俺は一五年かかったぞ、と語る豪傑もいた。七回、八回の挑戦者は何ら珍しくもない。彼らは竹下の事情を把握していた。

「最後まで諦めなかったから僕たちも合格したんだ。竹下君はまだ五回しか受けていないじゃないか」

「司法試験はな、天才でなければ受からない、という試験じゃないよ。しかるべき勉強をして、弱点を補強していけば必ず合格できる。竹下君も五回挑戦して、弱点がわかっただろう？　竹下君は精一杯努力した、と言うけど、本当に精一杯したのかい？」

といった意見が一様に出る。正直、竹下は、

（勝てば官軍なんやな。合格すれば、何でもエラそうに言えるんやな。他人事のようにシャーシャーと言いやがって）

と無性に腹が立って仕方がなかった。

「一〇年、一五年かかったと言われるけど、僕は目が見えへんのや。目が見えて一〇年、一五年かかるんやったら、自分は一〇年、一五年やって受かる保証なんてどこにもあらへんわ」

竹下は、ビールの酔いもあって投げやりに言い放った。

すると、一人が、

「竹下君、君は卑怯だよ」

とピシッと釘を刺してから、こう続けた。

「全盲のことを何で君は理由にするんだ。司法試験の勉強を始めてから、失明したんじゃない。その前から全盲だっただろ？　目が見えなくても挑戦したじゃないか」

正直、竹下は「これまでよく頑張った。点字受験をはじめ次々と扉を開いた。近い

うちに合格するよ」と慰めてほしかった。慰めてもらいたくて、松戸まできたとも言えた。竹下にとって、好き勝手に言われたことは、逆に、

(見てろ、絶対に来年の五月はなんとしても)

と、第一関門の短答式試験の合格への執念をよりかきたてることになった。

アルバイトを続けながら、京大の自主ゼミにもできる限り参加し、日曜日もできるだけ勉強するようにしたが、現実として集中して勉強できる環境にあったとは言えなかった。長男は点字図書を開いて涎を垂らすわ、本は破るわ、法律書の録音テープをひっぱるわ、ひきちぎるわ、と好奇心も旺盛で元気真っ盛りであった。竹下はそれに対して、怒ることはできない。現実問題として子供の養育費も、家計にのしかかる。竹下はマッサージのアルバイトの時間を増やす必要に迫られた。アルバイトを増やすと、今度は勉強時間を削らざるを得ない。

一九七八(昭和五三)年五月。六回目の挑戦となる司法試験を直前に控えた五月五日、長女・知里《ちさと》が生まれた。長女の誕生は「今年こそ短答式試験は絶対に」の気持ちを大きくした。点訳の誤字・脱字は少なく気にならなかった。竹下なりの手ごたえはあったが、またも門前払いとなった。

竹下は「竹下義樹君を支援する会」の仲間には毎年、結果報告をしていたが、門前

払いの続く状態に仲間らも竹下の前では直接口にこそしないが、

「やはり、司法試験の合格はムリなのか？」

の声も出始めていた。

不合格から約半年後、一一月九日発行の「竹下義樹君を支援する会」の会報に、竹下は決意として「30歳をメドに」と題する文を寄せた。ここには、竹下の偽らざる本音が含まれていた。

毎年のようにこの時期に、「新たな決意」と称して、文を書くことに、我ながら嫌気が差す思いです。

でも、「受かりたい」「早く弁護士として働きたい」という願望に変わりがあろうはずはありません。

とうとう二児の父親(本人は父親のつもり)になり、まがりなりにも、一家を支えねばならないし、歳も27になり、やや「老いた」という感は抜け切れません。

いつまで現在のような半浪人生活を続けられるかも、真剣に考えねばならない時期に来ています。

そこで、今年は「定職」の話もありましたし、そろそろ将来に対する見通しもつけておかなければならないということで、30歳を境として司法試験に区切りを付けることも決めました。

今年は7月から今までの失敗を生かし、基本書を中心に、否、基本書オンリーで、と言ってよいほどに基本書に忠実に勉強しています。

このペースを5月まで持続し、合否を自分で納得できる結果にしたい！　それには、今、まがりなりに自信のある状態を5月まで持続することこそが、大事だと考えています。

30歳をひとつの区切りとした以上、その時点で「未練」を残さない勉強態度を取り続けたいと思います。

今まで「来年こそは合格したい」と書いてきましたが、今回はあえて「合格する」と書きます。相変わらず、周辺には勉強環境を阻害する要因が多々ありますが、その事はけっして「敗因」にしたくありません。もし、失敗を繰り返すとするなら、その阻害事由を克服できなかった僕自身に「敗因」があると自覚して頑張ります。

覚悟を持って臨んだ、一九七九（昭和五四）年度の司法試験。

七回目の挑戦で、ようやく竹下は短答式試験に合格を果たし、点字六法が用意される論文式試験に駒を進めた。七科目を問う論文式試験に合格すれば口述式試験があるが、「論文式試験に合格すれば、司法試験は合格したも同然」と称されるほど最大の難関だった。

同試験の商法の問題は、こんな感じである。

第1問　関東地方に店舗網を有し、主に大衆向けの衣料品の販売業を営んでいる株式会社Aは、かねてから関西地方に進出することを企画していた。

1　同社の取締役甲は、会社に無断で自ら、大阪において「A大阪店」という商号を用い、主に高級衣料品の販売を開始した。この場合に、株式会社Aは、甲に対し、商法上どのような措置をとることができるか。

2　甲が「有限会社A」という会社を設立して、その取締役となり、同じく大阪において主に高級衣料品の販売を開始した場合はどうか。

第2問　甲は、乙に金融先を探してもらうため、約束手形用紙に受取人および満期を除く手形要件を記入した上、捺印をしたのみでこれを乙に手交し、その際、白地部分の記入と記名は、金融先が決定した時点で甲自身が行うことを乙に告げ、乙もこれを了承した。ところが、右手形用紙は、乙から他に譲渡され、事情も知らない丙の取得するところとなった。丙が、白地を補充し、甲の名を記入して甲に対し手形金を請求した場合に、甲はその請求に応じなければならないか。

短答式試験にようやく合格した竹下に、七科目を問う七月の論文式試験の突破はまだ無理だった。

（龍谷大学卒に司法試験合格はムリなんやろか？）

と竹下は考えもする。龍谷大学の文学部の卒業生が、中央大学の法学部に進み、司法試験に合格した前例はある。自らの努力を顧みるべきとはわかっていながらも、竹下は卑屈になりもした。こうなると、再び机に向かえるものではない。

子供が大きくなるにつれて、経済的に逼迫の度合はさらに増す。やむなく龍谷大学の恩師を訪ね、借金を申し出た。快く恩師は貸してくれた。喫茶店に竹下を誘い、法律談義をする。恩師は暗に竹下の勉強の足りない部分を自覚させてくれたのだった。

八回目、一九八〇（昭和五五）年度の司法試験も、短答式試験に合格、論文式試験に進むも力及ばずだった。

長男・博將は四歳、長女・知里は二歳。保育園に行っている子供を前に、父親らしい顔も見せなくてはならない時期になっていた。

よく晴れた土曜日には、朝から家族揃って弁当持参でピクニック気分で、観衆もまだ少ない京都競馬場に出かけることがあった。竹下本人が早いレースを楽しむという目的もあるが、子供が地響きをたてて走り抜ける馬を見ると喜ぶということもある。競馬場は広く、樹木も多く、四季折々の花が咲くなど緑に溢れ、心地良さを楽しむこともできる。緑の芝生の上で子供と戯れるのも楽しい半面、

（来年が区切りの三〇歳。九回目の挑戦。最後の挑戦だ。何としても合格しなければ……）

と自らの意思を確認した。

一九八一（昭和五六）年が明けたある日だった。

「来年は博將も小学校に上がるのだから……」

寿子がポツリと漏らした。寿子は司法試験の受験について、これまで口にしたことはない。また、輪島の父も心配したのだろう、

「義樹、いつになったら盲学校の先生になるんや？」

と司法試験に区切りをつけろ、と暗に含めて言った。借金も親戚や友人など方々から

しており、一五〇万円を軽く超えていた。

「返すのは合格後でええ。無利息でええわ」

と五〇万円をまとめて貸してくれた者もいるが、それにいつまでも甘えるわけにもいかない。返済は、和文タイプの学校に勤務し始めた寿子の稼ぎでは追いつかない。竹下が朝から晩まで働く必要がある。竹下なりに精神的にも追い詰められた中で、勉強に対する集中力は必然的に高まり、アルバイトの行き来には、

「受かりたい。何としても受かりたい。とにかく受かりたい」

が口癖になっていた。

一九八一年度の司法試験。五月の短答式試験を突破、七月の論文式試験に進む。

（やるべきことはやった。受かっていてほしいが……）

これが論文式試験直後の竹下の気持ちだった。

合格発表は九月末。結果が出るまでは、口述式試験対策の勉強に手がつかない。関西地区における論文式試験の発表は、大阪府吹田市の関西大学に昼過ぎに張り出される。発表当日の午前、竹下は病院でアルバイトをしていた。昼食の鍋焼きうどんを食べながら、「この後、関西大学に行こう」と考えていたが、その必要はなくなる。

龍谷大学から病院に電話が入った。

「毎日新聞東京本社の人が竹下君と連絡を取りたがっているけれど。論文式試験に合格したことで」

と言うではないか！　記者から間もなく連絡がきた。昼過ぎ、法務省で論文式試験の合格者数の会見があった。

「今年度の合格者には全盲の方が一人おります。京都市在住の方です」

という説明があり、記者は該当者を割り出したのだった。

食事はもう喉を通らない。竹下は寿子の勤務先に電話をする。寿子の声は喜びから涙声になっていた。論文式試験の難しさを、竹下も寿子も嫌というほど味わってきたゆえに自然なことだった。そして、方々に「論文式を突破したぞ！」と連絡した。

一カ月後の一〇月三一日、口述式試験の合格発表。

竹下義樹、合格——。

日本における司法試験の約一〇〇年の歴史において、竹下は、初の点字受験を実現させるゼロからの出発で、自らがその合格者の第一号となった。また、日本初の全盲の司法試験の合格者の誕生は、同時に龍谷大学法学部初、事実上同大学開学以来、初の合格者でもあった。

ボランティアの手作りの参考書の点訳本約二〇〇〇冊、録音テープ約一〇〇〇本が竹下の合格を生んだのだ。

竹下の生活は一八〇度変貌した。マスメディアからは取材が、各地からは講演依頼が殺到した。周囲の喜びは竹下の想像以上で、合格から一カ月は自宅の電話が鳴りっぱなしだった。報道を耳目にした竹下を知る者が電話をかけてきたのだった。

それが、竹下にとって、司法試験の合格の喜びをさらに大きくしてくれたのだった。

第6章　全盲の司法修習生

1　「合格祝」の金一封

遂に手に入れた司法試験の合格に竹下の両親、妻・寿子の両親の喜びも尋常なものではなかった。とりわけ、息子の失明の宣告を医師から受け、自らの責任を強く感じてきた竹下の父親は号泣した。

不合格が続いても「竹下義樹君を支援する会」を解散せず、〝盲人にも弁護士への道を〟と支援してきた仲間らの喜びも尋常一様ではなかった。

仲間とは京都市内の居酒屋で合格祝賀会を行った。竹下は飲んだ。美酒に酔った。短答式試験の合格が何ら見えなかった中では、ヤケ酒もしたが、あのときの味と今はまったく違う。メーターも上がった頃、仲間から、

「竹下、お前、金儲け専門の弁護士になったら承知せんで！　サラ金業者やヤクザ

に雇われたり、事件、事故の示談屋の手足になったらワシらは絶対に許さへんで！」と〝誓い〟を求める言葉も出た。竹下は呼応する。

「わかっとるで。支援する会が立ち上がったときに誓ったように、ワシは障害者の手足たる弁護士になるんや。障害者が絡む問題は、健常者の裁判官や弁護士が法律で簡単に割り切れるものばかりやないはずや。障害者の自分だからこそ、問題の本質が理解できるはずや。障害者の分野なら日本では竹下義樹や、と言われるぐらいに頑張るで！」

竹下は、つくづく仲間たちに感謝したかった。解散もせず、自分を温かく見守り続け、合格を待っていた仲間たち。短答式試験に落ち続け、

「司法試験合格は諦めません。絶対に弁護士になります」

と口でこそ言えども、三〇歳で司法試験に区切りをつけようと真剣に考えたこともあった。アルバイトではなく、病院なり按摩治療院で朝から夕刻まで働けば、確かに一家を養え、借金の返済も可能ではあろう。それでも、竹下は現実に走らず、司法試験合格に賭けた。自分が挫折せず、勉強を続けてこられたのは彼らがいたからこそ、と合格祝賀会に集まった面々を見て、改めて教えられた思いがした。

（〝竹下は受かるわけあらへん。目の見えん奴に司法試験はしょせん不可能や〟と、

みんなが「竹下義樹君を支援する会」を途中解散していたら合格はあり得なかったんや。絶対にあり得なかった。自分が手に入れた合格は、自分の力だけやない。支えてくれた人たちとの尊い絆のおかげや。それに）

竹下はこう確信してから、支えてくれた妻・寿子にも改めて感謝したかった。

入会当時は学生だった大半の仲間は、今や中堅社会人として家族も持っている。出産し、子連れで合格祝賀会に駆けつけてくれた仲間もいた。そんな竹下にとって、

（ありがたいけれど、そこまでせんでもなあ）

と恐縮するほど、竹下以上に合格を喜んだのは、竹下の母校・龍谷大学である。法学部出身の司法試験合格者は第一号、純粋な龍谷大学生は初、それも全盲という快挙に、学内はおおいに湧いた。

まず、学部長はじめ法学部の教授会が、同大学の会館で合格祝賀会を開いてくれた。学部長、教授会からそれぞれに合格祝の金一封が竹下に贈られた。さらに、日を改めて、総長、学長が主催の合格祝賀会も催され、両名から竹下に合格祝の金一封が改めて贈られたのだった。

このとき、竹下の親戚・友人らからの借金は何だかんだで約二〇〇〇万円に膨らんでいた。恩師からも借金しているだけに、窮状を聞いていた学内の各方面が配慮し、返

済の一助にという子細があったか、は竹下にはわからないが、思わぬ臨時収入は正直ありがたく、借金の返済に当てた。竹下は、

（龍大は自分をこんなにも大切にしてくれるのか……。龍大じゃ司法試験は受からへんかも、と思ったこともあったが、龍大で良かったたんや）

と感謝に堪えなかった。

竹下がこう思う中、龍谷大学の関係者にすれば、竹下を学生として受け入れたことを今、誇りに感じると共に、先見の明があった、とも言いたかったに違いない。

（次に受かった人は、ここまで歓待してもらえんやろな。ありがたいもんや）

龍谷大学初、盲人合格者初の意味を竹下ははっきりと自覚していた。

日本において、およそ試験と名のつくもので、最難関とされるのは司法試験であることは社会的にも認知されている。当時二万数千人が受験して、合格者は四五〇人前後と五〇倍近い競争率である。今年度の合格者は四四六人。全盲のハンディを克服して、自ら盲人受験を切り開いた竹下の合格は、マスメディアにとって、これ以上の〝商品価値〟はない。京都大学、同志社大学、立命館大学の学生ならば司法試験合格はニュースにならないが、全盲で龍谷大学初とは、条件が揃っていた。

しかも、一九八一（昭和五六）年はＵＮＥＳＣＯ（国連教育科学文化機関）による「国

際障害者年」であった。マスメディアは、障害者をテーマにした報道を大きく取り上げたが、奇しくも、竹下が合格した一九八一年の秋は『典子は、今』というドキュメント映画が全国的な反響を呼んでいた。

熊本市在住の辻典子さんは、出産前のサリドマイド投薬により、生まれつき両腕がなかった。父親は、生まれてきたわが子がサリドマイド児と知り、ショックで家を出てしまう。母子家庭の中で、典子さんは腕のないハンディを足で乗り越え、足で文字を書き、算盤をし、調理もする。公務員試験に合格し、熊本市役所に勤務。『典子は、今』は、その生い立ちをドキュメント構成したものだが、腕がなくてもあきらめず、努力する姿は当然のように感動を呼び、学校単位での映画鑑賞会も行われた。

バリアフリー、という言葉がまだなかった時代ながら、竹下の合格も、『典子は、今』に相通じる、ハンディを克服する強い社会的メッセージがあったのである。

新聞、雑誌はじめテレビ、ラジオの取材を、竹下は乞われるままますべて引き受けた。もとより断る術など知らなかった。それを耳目にした人たちが、竹下を招いて講演会を企画する。京都府内のみならず関西、関東、そして、郷里の輪島市などから「是非、竹下先生に」とお呼びがかかった。司法試験合格によって、竹下は「自らの体験を語る」という新たな機会を得ることにもなったのだった。

ただ現時点では、司法試験に合格したに過ぎない。司法研修所で二年研修し、弁護士になるか、裁判官になるか、検事になるか、の選択をする。「竹下先生」と呼ばれるのはおかしいが、

（世間一般にとって、司法試験合格＝弁護士なんだな）

と竹下は考えた。

よくよく考えてみれば、自分にもそうした発想があったことを思い出した。法学部に行き少し勉強すれば司法試験に合格して弁護士になれる、と信じていた盲学校時代を……。

司法試験の合格者は、司法研修所（当時は東京都文京区湯島、現在は埼玉県和光市）にて二年間の司法修習生となるが、修習生として着任するのは一九八二（昭和五七）年四月からで合格から五カ月近い準備期間があった。だが、〝来年四月の司法研修所入りにあたって、準備しておくべきことは何か？〞が竹下にはわからなかった。論文式試験で選択しなかった課目の勉強を自主的にやることは合格者の常識ではあるが、それは龍谷大学初の司法試験合格者ゆえの悩みでもあった。

一方で、京都大学の合格者は実に四四人いた。全合格者の約一割である。五回、六回の挑戦で合格した者などもいるが、二〇代が圧倒的に多く、現役四年生の初受験で

の合格者は二人いた。

一一月下旬、京大合格者のみによる合格祝賀会が行われた。京大の自主ゼミに参加していたこと、知人も多いことから、竹下もその席に招かれた。合格者同士、気軽に親しくなるが、竹下は「青山吉伸」という初対面の現役合格者に声をかけられた。青山の口数はけして多くない。しかしながら、青山の声色、接し方などから竹下は、

（この人はやさしく、威張らない性格だな）

という第一印象を受けた。青山は竹下を「竹下さん」と呼び、竹下は「青山君」と呼んでいたものの、話し込むうちに「青山」となっていた。

「青山、お前みたいな奴をエリート、いやスーパーエリートと言うのやろうな」

竹下は青山の経歴を周囲から教えられ、溜め息が出た。大阪府の進学校をトップで卒業後、京都大学法学部に現役合格し、司法試験も現役合格である。

「青山、俺なんか九回目の挑戦でようやくやで。お前は一発合格。大したもんや。合格は当たり前って感覚だったんとちゃうか？」

エリートの心情がいかなるものか、竹下には想像がつかない。青山は、合格を誇る様子は見せず、

「竹下さん、京大の長い歴史では、司法試験の現役合格なんて珍しいことじゃない

ですよ。それに、優秀な人は京大だけではなく、たくさん全国にいます。竹下さんは全盲ながらも、すべての困難を克服されて合格されたじゃないですか。日本の法曹界の問題点を竹下さんは提起して、歴史を変えた男じゃないですか。僕の合格と竹下さんの合格では次元が全然違いますよ」

と竹下に敬意を示していた。如才ないやっちゃな、と竹下は思わなかった。話し方に嫌みがないのだ。

「ワシには青山が宇宙人のように思えるがなあ。どんな生活しとるのか、想像つかへんわ」

「普通ですよ、竹下さん。彼女だっていますし」

青山は話の勘どころも、ちゃんと押さえていた。

「じゃあ、今度の日曜日、彼女連れてウチに遊びにきいひん？　上等な肉は用意できんけど、すき焼きで一杯はどうや？」

「いいですね。酒は僕が用意していきますね」

日曜日当日、竹下は青山に寿子はじめ長男・博将、長女・知里を紹介した。青山は彼女を紹介し、司法研修所入りをするまで二度ほど遊びにきたのだった。

2　西ドイツ、アメリカへ

合格が決まってから一カ月半も経過してみると、竹下には合格の喜びに酔う気持ちはもう失せ、むしろ不安が芽生えてきた。

(司法研修所での日常は、目の見えへん自分がどこまで対応できるもんやろ？　これまではボランティアの仲間が録音図書を吹き込んでもくれた。サポートしてくれる人を用意する、と法務省側は以前、国会答弁で言ってたけど、ほんまにそうしてくれるんやろか？)

(二年間、司法研修所で司法修習生の生活を終えたといっても、自分を雇ってくれる法律事務所とかはあるのやろか？　弁護士が世の中にたくさんいる中、わざわざ目の見えへん自分に仕事を依頼するものやろか？)

(自分が仮にどこかの法律事務所に所属できたとしても、〝竹下という盲人弁護士のいるとこか〟と言われて、それだけで信用を落とすことにもならへんのやろか？　弁護士として活動することなんて、本当に夢になりかねないんじゃないやろうか？)

司法修習生を経た司法試験合格者の進路は、弁護士か、裁判官か、検事か、のいずれかになる。竹下の希望は弁護士であるが、弁護士の仕事は竹下が聞き及ぶ限りでは、自らが積極的に行動する資質が不可欠だ。依頼人と話し合い、裁判に必要な資料を集め、それらを吟味して、裁判に勝てるかを熟慮していく。気持ちに行動力が伴うか、竹下は気が気ではない。

（裁判官になった方がエエのやろか？）

とまったく思わないわけではない。

裁判官は、原告、被告側の弁護士らが作成した資料を法律に照らし合わせて客観的に状況をとらえ、判決を考えてゆく。原告、被告の発言は法廷では聞くものの、被告と膝を付き合わせて直接面談する必要もなければ、裁判官自らが事件、事故の現場に行ったりする必要もない。

とはいえ、竹下にすれば、不安はあれど、全盲の中でも抱いた夢だけに、そんな理由から変更する気持ちにはなれなかった。〝盲人にも弁護士への道を〟と活動してきたこと、それを支えてくれた仲間たちを裏切ることは絶対に許されない気がした。

障害者の手足たる弁護士、社会的弱者と言われる人たちの立場を世の中に訴える弁護士になりたい、との希望はあれど、それを果たす前に、自らの内に問題と不安が山積していた。竹下はいざ、そのときがきてみなければわからない、で済ませたくはなかった。何らかの自助手段で、不安を今のうちに払拭し、司法研修所に入る前の心得ともしておきたかった。

弁護士になってから、加齢によって全盲になった者は、確かに日本には何人か存在する。全盲という事情から、否応なく第一線を離れざるを得なくなっているのが竹下の聞き及ぶところであった。

全盲の司法試験合格者の前例がないゆえ、日本で誰かに訊いてみることも実際にはかなわない。竹下は、法務省との折衝を考える際の調べ物などを取り出し、点字でたどってみた。そうして、司法研修所に入る前に、是非とも把握しておかねば、と思い立ったことがあった。アメリカ、西ドイツ(当時)では盲人の弁護士は珍しくなく、社会で多数が活躍している、ということを。

アメリカ、西ドイツに行き、自ら彼らが活躍している現場を歩き、なぜ彼らが活躍できるのか、を視覚を除いた感覚で自分なりに感じ「弁護士として自分もやっていけるぞ！」という手ごたえをつかんでおきたい衝動に駆られていた。幸い、司法試験の勉強仲間に、アメリカならこの人、西ドイツならあの人というように著名な盲人弁護士はじめ盲人の法曹関係者を把握している者がおり、彼から氏名、住所を教えてもらった。

無論、「では、アメリカ、西ドイツに行ってきます」と簡単にはいかなかった。

まず旅費の問題がある。借金も完済していない状態で、いくら研修旅行だといっても、再び金を貸してくれ、と言えるわけがない。行くにしても、自分一人で海外に行くのは無理だ。寿子は仕事と子育てで忙しい。青山か司法試験に合格した誰かでなければ時間も取れまい。

竹下は毎日新聞社の『週刊 点字毎日』の存在を思い出し、ひとつの方策を考え出した。

論文式試験の合格の第一報を知らせてくれたのは、毎日新聞(毎日新聞東京本社)の記者だったが、同社は『週刊 点字毎日』と題した点字による週刊誌を刊行している。同誌では、竹下が〝盲人にも弁護士への道を〟の活動をしている頃から、誌面で折々に取り上げ、点字を使用する人々のあいだで関心を高めてもいた。また司法試験合格も、盲人の社会参加の門戸を広げた点からも歴史的快挙、と力を入れて報じてくれ、それを通じた盲人関係からの講演依頼も少なくなかった。

竹下は〝日本初の盲人受験者の司法試験合格〟の商品価値を最大限に生かすべく、毎日新聞東京本社に、

「アメリカ、西ドイツに行き、盲人弁護士の実態を把握したいのです。ついては援

助をお願いしたいのですが、いかがでしょうか？」

と訴えたのだった。

　虫が良すぎるか、ダメで元々だな、と割り切る気持ちもあった竹下だが、話は予想以上の結果となった。直ぐに毎日新聞東京本社から「(財)毎日新聞大阪社会事業団」に話が持ち込まれる。竹下は同事業団の理事長と専務理事に面会、結果、一〇〇万円の援助の決定が一九八二年を迎える前に決まってしまったのだ。

　竹下は、同期で司法試験に合格した京都大学法学部出身で、二四歳の飯田昭(現在は現職の弁護士)に同行を願った。飯田の姉も弁護士で京都大学法学部出身である。彼女は在学中の四年時に現役合格を果たしていたが、竹下は京大のゼミで司法試験の勉強の指導を受けたこともあるし、借金も頼んだことがあった。

　竹下の司法試験の浪人中に飯田の姉が結婚し、結婚式に招待されたとき、竹下は京大三年生の飯田と知り合い、京大のゼミで切磋琢磨して共に合格を果たした。飯田は二回目の司法試験挑戦での合格だった。

　東京で行われた司法試験の最終試験である口述式試験では、渋谷駅前のホテルサンルート渋谷に一〇日ほど飯田と共に滞在した。飯田は竹下の隣の部屋で、一緒に会場に行くなど、何かと世話もしてくれた気心の知れた仲だった。

約一カ月、じっくりと二カ国を訪問するための飛行機代や滞在費としては、この一〇〇万円だけではいささか心細い。竹下はかつての「竹下義樹君を支援する会」の仲間に研修旅行の趣旨を話した。彼らは早速、京都や大阪でカンパ運動を展開してくれた。

「日本で初めて全盲のハンディもいとわず司法試験に合格した竹下義樹さんの将来の活躍のために……」

というカンパのキャッチコピーのもと、マスメディアで竹下の存在を耳目にした人が多かったこともあって、約五〇万円がスムーズに集まった。

締めて一五〇万円。二月に入るや、西ドイツ、アメリカそれぞれ二週間ずつの滞在で一カ月の旅行に出発する。出発前、「西ドイツは寒いで」と京大の合格者の一人が竹下に毛皮のコートを貸してくれた。西ドイツではフランクフルト、ミュンヘン、ハイデルベルク、マールブルク、ニュルンベルク、シュバーバッハ、アメリカでは東部地区のニューヨーク、ワシントン、ニュージャージーなどに滞在する。

司法試験に合格を果たしてはいても、英語となると竹下は苦手で話せない。飯田は、流暢というわけではないが、日常会話には何も支障がない。頼りとなるのは飯田の英語である。「まあ、行けば何とかなるやろ」と、竹下は楽観的に構えていた。地図を読むのも、道端の標識や看板も読むのも飯田の〝仕事〟になる。

西ドイツ、アメリカそれぞれ二週間ずつの滞在では、あらかじめ手紙を送っておいた法曹関係者を訪ね、さらに彼らから新たな訪問先を教えてもらった。地図に住所、電話番号を書き込んで歩ける範囲は歩くが、道に迷うことも少なくない。飯田は地図を見たり、周囲を見たり、通行人に訊ねながら方向を指示してもらうが、慎重に考え過ぎてしまいがちだった。そんなときは、竹下が感覚的に、

「飯田、こっちや、こっち」

と指示する方向が大抵正しかったのは面白いことだった。

西ドイツでは、ミュンヘンで全盲の行政裁判官に会い、ミュンヘン大学では全盲の法学部の教授にも会った。行政裁判官は、

「私は常時、二〇〇件の事件を抱えています」

と竹下に言った。二〇〇件は、日本の裁判官が抱える事件数とほぼ同じ基準だ。

「あなたに対してアドバイスするとすれば、仕事がしやすいようにアシスタントをつけることだね。私は二人、アシスタントがいるよ。アシスタントがいなければ、私は何もできないから」

と言った。彼が執り行う法廷も見学させてもらった。盲人の弁護士を何人も訪ねる中、

（世の中の第一線で臆することなく、盲人でも弁護士として、裁判官として仕事をしてるやないか！）

新鮮な驚きと感銘に竹下は包まれる。日本で耳で聞き、点字をたどっての情報だけではわかりかねたが、実際に海を渡ってみて、盲人の弁護士、裁判官は社会に定着しており、その存在に国民は驚きもしない。

しかし、であった。何人かの盲人弁護士を訪ねていく中で、印象的だったのはニュルンベルクで出会った全盲の弁護士であった。彼と会ったとき、竹下の自信はいささか揺らいだ。夫人も弁護士だが、彼女は晴眼者、目が見える。アシスタントも五人ほど抱えて法律事務所を構えているが、夫人がとにかくバリバリ働いている印象が強く、事務所と外を何度も往復していた。夫の方は確かに弁護士でも、依頼人が事務所を訪れて、その相談に乗っている姿がほとんどで、外には出ない。

（盲人の弁護士がバリバリ働くのは厳しいのやろうか？　裁判官の方がバリバリ働けるのやろか？）

疑心暗鬼になって、竹下は西ドイツからアメリカに入った。

西ドイツの司法試験は日本のシステムと酷似している。日本が明治維新を境にドイツを中心とした行政システムを取り入れた影響からだ。アメリカ、そして、イギリスは少し異なり、司法試験に合格したら全員が弁護士として活動を始める。司法修習生の制度自体がない。弁護士活動の業績を客観的に地域社会や法曹関係者が考慮して、弁護士の中から検事、裁判官を選ぶシステムになっていた。

そのアメリカで竹下は、自信を取り戻した。世界最大の都市であるニューヨークのど真ん中、マンハッタンの一等地にオフィスを構える全盲の弁護士の存在がまず竹下を刺激した。何人ものスタッフを抱え、次々に鳴る電話にスタッフが応対し……ではなかった。弁護士一人とアシスタント一人と所帯は二人しかいない。それでも、次々と鳴る電話に応対し、訪れる依頼人にも応対する。竹下はその姿に接して、

（世界のニューヨークで、全盲の弁護士がバリバリ仕事をしとるやないか！）

と感激した。外出に付き添ったとき、彼は竹下にこう言った。

「以前、アシスタントはワイフ（妻）だった。ワイフに頼り過ぎてね、離婚されたよ。今のアシスタントはアルバイトだよ。でも、私は弁護士という仕事に十分満足しているよ」

竹下は、難しいものだな、と思った。

（寿子をアシスタントにしたら、離婚なんてことになるのやろか？）

そう感じて、次にニュージャージーの全盲の弁護士の法律事務所を訪ねた。そこは

オフィスといっても彼の自宅であった。夫人がアシスタントをしていた。

「自宅をオフィスにして、ワイフがアシスタントだから、カネがかからない。もう二〇年もそうしているよ」

妻をアシスタントにしてうまくいく場合もあるわけだ。竹下にとって、ニューヨーク、ニュージャージーの二つの例は、全盲の弁護士としてもやって行けるぞ、との自信を得、刺激を受けた時間であった。

竹下にとって、一カ月にわたる滞在による収穫は、日本とアメリカ、西ドイツの相違はあれ、

(〝目が見えへんのやから、通用せんのとちゃうやろか?〟と恐れていること自体が、それだけ気持ちが小さくなっていた証拠や。そう思うのは、つまらんことやった。〝目が見えへんでも、世の中の第一線で臆せず働くんや!〟という気持ちを持ち続ければ、ワシにも絶対に弁護士ができるはずや)

とモチベーションを高めてくれたのだった。

3 「月給は仕送り」の司法修習生

一九八二(昭和五七)年四月、湯島にある司法研修所に司法修習生として入所する。自宅や下宿先から通えない修習生のために、千葉県松戸市に寄宿寮があり、約一五〇人が入寮した。女子は三十数名の司法試験合格者のうち一二人が入寮した。寄宿寮について加えて説明するならば、将来、東京、埼玉、千葉、神奈川といった首都圏の弁護士会に所属して仕事をする者は、入寮は許されない。自ら下宿先を探す。地方出身者を優先するわけだが、これは日本の弁護士の半数が首都圏で働いていることの証左でもあった。

研修所には乗合している国電常磐線と地下鉄千代田線の一本で、一時間足らずで通えた。初めての東京生活だけに、竹下は道に馴れるまで白杖を持って歩いた。

司法修習生としての研修内容は、まず四月から七月の四カ月間は「前期修習」。八月から翌年の一一月までの一年四カ月は司法研修所を離れ、地方の法律事務所や裁判所などでの「実務修習」。そして、一二月から卒業までの四カ月間は司法研修所にて「後期修習」となっていた。

入所してみて、竹下はかつて国会に参考人として呼ばれたときの〝約束〟が果たされていることを知った。全盲の修習生である竹下のために、図書室には竹下にとって必要な教材の録音を吹き込んだり、専門書や資料を対面朗読してくれる、竹下よりも若干若い、内藤盛義という男性アシスタントを担当職員として置いていたのだった。同期生らに「申し訳ないけど、読んでくれへん？」などと気兼ねする必要はまったくない。ちなみに司法研修所は「最高裁判所附属司法研修所」が正式名称である。内藤は、最高裁判所の職員であり、竹下が修習生として勉強に専念できる環境を創出するのが、内藤の仕事である。

司法研修所の立体地図を早く頭に描きたいために、竹下は白杖の使用を最小限にして、司法研修所の中を歩いた。よく壁にぶつかった。内藤は、

「竹下さん、よくぶつかりますねぇ」

と笑った。目が見えないからぶつかる、のは内藤も承知だが、こんな言葉が気軽に言えるほど、竹下と内藤の関係は良好だった。

寄宿寮において、研修生の各部屋は個室か二人部屋。竹下は三階建ての一階、しかも玄関に近い個室を割り当てられ、日常生活に不便をきたさぬよう隣室に飯田や京大出身者が配されていた。飯田、青山ら京大出身者が同じ屋根の下にいるのは竹下には心強い。

司法修習生は国家公務員の扱いを受ける。「法治国家」の担い手であるという意味と、その自覚を促す意味があり、研修費と名がつく給料が毎月出る。単身赴任の格好

になっている竹下には、これは有り難かった。手取りで毎月一八万円ほどもらえ、全額竹下は京都の寿子の元に仕送りした。博将が小学校に入学したばかり。教育費もかかれば、借金の返済もある。竹下の生活費は、給料以外に出る上京対象者の出張手当三万円のみ。それで賄うしかない。寮費は朝と夜の食費込みで五〇〇〇円前後。

（基本書や文房具を買うのも極力控えんと。好きな酒はもちろん競馬雑誌も買うのは我慢や。場外馬券売場も都内にたくさんあるし、松戸には競輪もある。誘惑も多々あるけど、我慢せんとあかん。昼飯は五〇〇円以内や）

ストイックに弁護士を目指す生活に突き進まねば、と考えてみたが、これも見方を変えれば幸せなことか、と竹下には思えた。

（もし、去年、司法試験に合格していなかったら……。一体、今頃、何をしていたのか？）

こう考えるだけでも、寒気を感じてしまう。合格して司法研修所入りしたからこそ、仕送りも考えることができる。

また、法曹界の一翼を担う者としての責任感を覚えないわけにはいかない。国から金を毎月貰い、かつ自分のためにアシスタントまで用意してくれた。これで勉強に専念しなければ面目もない。

合格してみて、点字受験の問題文作成についてようやくわかった。

短答式試験の問題文は、厚生省の技官、つまり点字のプロが集まって作成していた。ただし、問題の漏洩を恐れ、試験日の前々日か前日に超特急で点訳していた、というのだ。いくら技官といえども、こうなると時間との戦いであった。点訳するだけで手一杯で、見直しする時間は十二分になかったらしい。それが問題文の誤字・脱字に繋がったわけである。合格した今だからこそ、竹下はこの裏話も寛容に聞ける。だが、浪人生のときに聞いていたら、またまた法務省に直接乗り込むことも自分は厭わなかっただろう。

同期合格者は四四六人で、うち女子は三三人だった。司法研修所に入所したのは四三三人であった。司法試験に合格しても、国家公務員上級職試験の上位合格者の中には官僚の道に進む者もいるのである。

この四三三人が一〇クラスに分けられて、前期修習が始まった。

司法は事件をどう取り扱うかということについての基礎知識、訴状や起訴状の書き方などが講義されるが、内容が難しくてわからない、ということは竹下にはなかった。司法試験に合格したのだから当たり前といえば当たり前なのだが、これに竹下が感動しないわけがない。かつて京大の自主ゼミで四苦八苦し、ついていけず、逃避すらし

たことを思い出せば、

（こんな自分でも、司法に携わるための基礎学力はちゃんと身についていたんや！）

と充実感も覚え、修習生活に張り合いも出てくる。

一クラス四二人、四三人の構成だが、研修の早々にクラス委員が三人、各クラスから選ばれることになっており、竹下も選ばれた。一学年三〇人で「委員会連絡会」が構成され、研修所内のよりよいありかた、実務修習の内容などを討論する。

竹下は盲人という立場もあり、また、竹下に続く司法試験合格者のためという意味もあり、クラス委員を引き受けた。授業を聞き、理解することに感動したのと同様、竹下は委員会連絡会の場でも感動した。目が見えないということで、一番世話の焼ける修習生であるのはまちがいない。そんな自分でも、委員会連絡会では研修所内の問題とはいえ、同一の問題について議論しているのだ。司法試験に合格するまでは、「盲人」「視覚障害者」としての立場がまずあり、自分のハンディを「これは人権侵害ではないか」などと訴えて、多くの人に聞いてもらい、考えてもらう立場にあった。訴え、聞いてもらうまでは自主的だが、それからは先方の決定に従うという、いわば受け身の立場にあったとも言えた。それがここでは同じ問題を論じているわけだ。

レポートでは、事件名は伏せられているが、日本で実際に起こった事件の経緯が書かれた紙が渡され、訴状や起訴状、判決文を書くことが頻繁に課せられた。修習生のあいだではこのレポートを「起案」と称していた。図書室でアシスタントの内藤に問題文を読んでもらい、竹下が点字で書き取る。だが、点字で解答を提出しても教官は採点できない。竹下は点字で解答を書いた後、テープに録音して提出することが許された。

寄宿寮では、飯田、青山はじめ竹下を気にかけてくれる者が何人かおり、一緒に勉強したり、起案について意見を交わした。起案については合議してはいけない、と指導されているが、それは表向きで、寮の中では守られるわけがなかった。

同じ釜の飯を食っている仲ということもあり、寮の仲間とは毎晩、酒を飲むのは当然だった。酒代は捻出できぬ、と覚悟していた竹下だったが、その点はまったく案ずるに及ばなかった。誰かしら持ち寄って飲ませてくれた。女子の修習生も仲間に加わってきた。

全国各地から集まったエリート集団であるが、同時にそれはユニークな集団ともいえた。親しくなると、各個室に出入りもするが、足元の感覚から足の踏み場もないほど散らかしている者もいれば、きちんと整理整頓している者もいることは竹下にもわかった。

ある者は、整理整頓しながらも、ヌード雑誌や当時はトルコ風呂と称していた吉原、堀之内のソープランドのガイド本『トルコマップ』が部屋の本箱に大量にあるなど、微妙なアンバランスが人間的ともいえた。このヌードモデルは……などと説明してくれるが、竹下は一五歳までにテレビや雑誌で見た芸能人の姿をまず頭の中で思い浮かべて、説明を受けてからモンタージュ写真のように顔を想像する。説明する側も、ごく当たり前に見ているヌードモデルの容姿体型を説明するのは難しく、また恥ずかしいようだった。

開成高校、東大法学部と進み、二回目の司法試験で合格した者がいた。その男は競馬や株に造詣が深かった。生半可ではないその知識は、自ら馬券を買い、株も買って身につけたもの、それも一年や二年で築き上げたものではないことが竹下にもわかった。株は開成高校の在学中から始め、東大入学時に、それまでの株の儲けでホンダのアコードの新車を購入したほどの腕前であった。

竹下は彼の競馬評論家、経済評論家顔負けの評論に圧倒されたが、自らの競馬の知識を確認できる相手が研修所にいたことは素直に嬉しかった。彼の部屋には競馬専門誌も常備されており、竹下は買わずとも、彼に読んでもらいながら、予想合戦するのも楽しかったが、海外の競馬にも精通している見識には「こりゃ、ケタが違う」と素直に脱帽した。竹下は目の見えないハンディを、こんなときに感じる。自由自在に競馬雑誌が読めていたら……と嘆息もしてしまった。

マージャンも得意で、彼の部屋は「雀荘」と揶揄もされていた。修習生のあいだでは、彼は「競馬、株、マージャンに熱中し、いささかも自粛せず、ついでとして司法試験に合格した男」と称された。

また竹下は、通称「青法協」といわれる青年法律家協会の修習生部会に入会した。青年法律家協会は、一九五四(昭和二九)年に結成された全国組織である。朝鮮戦争の余波により、自衛隊が結成され、平和憲法の元で「自衛隊は違憲か？　合憲か？」の議論、改憲議論も交わされる中、日本国憲法を生かす法実務、法学研究を行うべく、全国の若い弁護士、検事、裁判官ら〝法律家たち〟が「憲法を守る法律家でありたい」と願い、平和と民主主義、人権を守るという趣旨に共鳴して続々と集まった。そして、司法試験に合格した〝将来の法律家たち〟の中からは、修習生部会に入会する者もいた。

駐留米軍基地があることによって引き起こされる犯罪は治外法権であり、日本人の被害者が泣き寝入りを強いられる実態、全国各地の公害訴訟、薬害訴訟、ハンセン病患者や中国残留孤児の様々な人権問題などに対して青年法律家協会の会員たちは、問題の発生初期から率先して取り組んできた。いわば、社会的に弱い立場の人々の代弁者の役割を果たしてきた。講演会や現場に出かけての勉強会を頻繁に開催するなどして会員たちは絆を深め、「法律家として自分は何をすべきか？」というモチベーションを高めていったのだった。

時の政府からすれば、青年法律家協会は抵抗勢力にも等しい。公害訴訟、薬害訴訟の被告となっている企業は政府にとっては票と金の大スポンサー、集票組織である。件の企業を政府は守らなければならず、青年法律家協会は目障りな存在であった。

従って、青年法律家協会に所属しているというだけで、「あの弁護士はアカ（共産主義者）や」などの誹謗中傷を受けたり、裁判官への任命や再任を拒否されたり、免官されたり、脱会を強制された裁判官も少なくなかった。すべて権力による上からの圧力だった。それらに対し「不当な扱いである」として新たな活動が展開されてもきたが、竹下の〝盲人にも弁護士への道を〟にも強い関心を抱き、会報に寄稿してくれた青年法律家協会所属の若手弁護士は何人もいた。

法務省と折衝する中で、竹下は青年法律家協会の存在を知り、その趣旨に共鳴した。いや、自らも社会的な弱者ゆえに共鳴しないわけがなかった。

（司法試験に合格して修習生になったら、青年法律家協会の修習生部会に入って勉

強するんや。苦しい立場を強いられている人たちと一緒に考え、改善策を考えるんや)

とまで竹下は誓ったほどだった。

受けては落ちる司法試験の浪人生活でも、竹下が持ち続けてきた「将来は障害者の立場がわかる弁護士に」という思いは、社会的弱者のために働く青年法律家協会の活動と合致していた。飯田や青山らも修習生部会に入ってくれた。労働組合の関係者を招いた勉強会を開いたり、タクシー運転手の過労死が社会問題視されており、勤務体系に問題はないか、と関係者を訪ねて考えたり、チェーンソーによる労働災害のひとつで、手が白くなる「白蠟病《はくろう》」の訴訟問題を調べ、実際に現場で竹下もチェーンソーを扱ったりもしてみた。

また、最高裁に上告された堀木訴訟の行方も論じた。社会保障闘争において朝日訴訟が一九六〇年代の象徴的な裁判であるなら、一九七〇年代は堀木訴訟であることは修習生の誰もが一致したところだった。人間らしく生きたい、という希望を実現するために、政治がそれに手を差し伸べるどころか阻んでいる点を話し合い、弁護士の仕事とは何なのか？ も論じた。

修習生となってから竹下は、朝日訴訟の判例を見直したが、一審で、

「社会保障は国民の権利であり、予算の有無によって左右されるものではない」と述べた裁判官の言葉は、弁護団の不断の活動がそれを引き出したんや、と感じていた。

前期修習の修了が近づき、一年四カ月の実務修習の準備に入る頃だった。七月七日、最高裁で堀木訴訟の判決が下された。大阪高裁の判決が維持され、堀木の敗訴が確定したのだった……。

実務修習は、与えられたものをこなしていく前期修習と明確な差があった。

実務修習は、三つの時期に分けられる。最初の四カ月は「弁護修習」。法律事務所で弁護士の日常の活動に密着して、指導を受ける。続いて検察庁での「検察修習」が四カ月行われ、残りの八カ月は裁判所での「裁判修習」を行う。

司法試験合格者の進路は、弁護士か、検事か、裁判官か、の三つのうちのいずれか。実務修習は、進路決定のための職業訓練、さらには就職活動の期間であり、弁護士を目指すのであれば、この期間中に採用募集している法律事務所に履歴書を提出し「事務所訪問」という名の就職活動をして、司法研修所の卒業後に就職する法律事務所からの内定を取っておく必要がある。

竹下は京都での実務修習を希望した。弁護修習は京都市内の法律事務所、検察修習は京都地方検察庁で、裁判修習は京都地方裁判所で、である。実務修習にあたって、竹下は新たな不安を抱かざるを得なくなっていた。

（自分を受け入れてくれる法律事務所はあるのやろか？　自宅から通える京都市の法律事務所で修習するのはムリやろか？　全国どこの法律事務所も、全盲の修習生を受け入れたことなどないんやし）

（決められた修習コースとはいえ、検察関係者も受け入れてくれるのやろか？〝目の見えん竹下に取り調べなんてムリや。やってもムダや〟と拒否されるかもしれへん）

（司法研修所ではアシスタントを用意してくれたが、検察修習、裁判修習ではどないなのやろか？　全部自分でやらなあかんのやろか？　そうなったらお手上げや）

その後、受け入れ先も「全盲の修習生をどう指導するのか？　指導が果たしてできるのか？　満足のいく修習の場を提供できるのか？」という不安を抱えていたことを竹下はそれぞれの場で理解した。

京都市内での弁護修習の希望は幸いにして通った。受け入れ先は京都法律事務所と林成凱法律事務所の二カ所であった。当初、京都弁護士会でも相当な協議が重ねられたが、京都法律事務所、林成凱法律事務所の各所長が「竹下君を引き受けます」と申し出た。

司法研修所と二つの法律事務所が綿密に連絡を取り合っていたのは、双方の法律事務所で竹下の専任アシスタントを用意していたことからもわかった。専任アシスタントの存在は、竹下がお客さんにはならず、ほかの修習生と同じレベルで仕事ができる、修習が生きたものになることを意味した。

弁護士の仕事が訪ねてくる依頼人の相談を受け、解決の方向性を見出していく地道な仕事であることを竹下は教えられた。依頼人本人だけでなく、家族や親戚を巻き込んで、弁護士はその運命をも変えかねないのだ。竹下の弁護士志望は、いささかも揺るがない。

（京都で弁護士になるんや。友人も多い、土地勘もある京都で弁護士になるんや）

竹下は寿子とも相談の末、それを確認した。履歴書は寿子が書く。京都で採用募集している法律事務所を訪問しながら、京都地検での検察修習に入った。

修習生担当の検事に話を聞くと、

「〝竹下君に取り調べが果たしてできるのか？〟と、庁内では随分と議論があったで。でも、実務をするのは竹下君本人や。竹下君が実際に検察修習する日々の中で、私たちは何をバックアップすればいいかわかる、と結論は落ち着いたんや」

と教えてくれた。一人の検察事務官を竹下のアシスタント役に割り当ててくれた。

裁判修習は、京都地方裁判所だが、ここでもアシスタント役として一人の事務官を竹下につけてくれた。裁判記録の録音や朗読もしてくれ、ほかの修習生と遜色のない、と竹下が満足する修習ができた。

そして、一年四カ月の実務修習の一年二カ月を過ぎた一九八三(昭和五八)年の九月末、ようやく就職先が弁護修習の場ともなった京都法律事務所に決定した。

弁護士希望の修習生仲間の中で竹下は、最も遅い内定だった。早い者は弁護修習の期間に内定をもらい、遅くとも修習生として二年目を迎える春に決まるのが珍しくない。西ドイツ、アメリカに行った飯田も京都で修習し、京都での弁護士活動を望んだ。飯田の内定は裁判修習中に決まっていた。

その前に竹下は飯田と共に、京都府内のある法律事務所を訪問したとき、全盲の司法修習生に対する本音を感じた。

京都でも屈指とされる法律事務所の所長が、竹下と飯田に寿司を御馳走しながら、

「飯田君がウチにきてくれるのは構へんがなあ」

と悪気も感じずに言ったのは、竹下にすれば悔しかった。

さらに個人で訪ねた法律事務所でも、所長が食事に誘ってくれ、あれこれと話した。

「ウチの事務所では、新規に一人を採用しないと仕事が追いつかんのや」

と前置きして言った。竹下は、

（自分は脈ありか？）

と思ったのもつかの間、

「でも、竹下君には申し訳ないと思うとるんや」

と謝られた。こうなると、食も進まない。頃合いを考えて、

「お話を聞かせてもらい、勉強になりました」

竹下は笑顔を繕って挨拶し、頭を下げて引き揚げる。

（京都ではムリかも知れへん。大阪やったらどないやろ？）

竹下は大阪の法律事務所も何軒か訪問した。そのうちのひとつが、

「竹下君は京都市が第一志望のようだが、京都市で決まらなかったら、ウチにくる気はあらへんか？　一緒にやろう」

と声をかけてくれた。正直、ありがたかった。

（京都が駄目でも行く先がある）

と思うと、気が随分と楽になった。京都市内の京都法律事務所の内定をもらうのは、
それからしばらく時間を要したが、行き先があることで肩肘張らずに京都での事務所

訪問ができたのだった。

生きた各修習と就職先が内定したことで、司法研修所に戻っての後期修習も順調に消化してゆく。一九八四(昭和五九)年が明けるや、司法修習生の関心は後期修習の修了後の試験に集中する。これを修習生は「二回試験」と称していた。弁護士、検事、裁判官になるには司法試験という「一回試験」がまずあり、あわせて二回試験の突破が必要であることを意味した。

二回試験は、司法試験に合格したことがマグレではないことの確認も意味する。二週間の期間で一日一科目、朝の一〇時から夕方五時半まで行われる。結果によっては「合格留保」となり、各地での弁護士登録が遅くなり、仕事に支障も出てくるだけに、気は抜けない。竹下だけはほかの修習生と別れて個室で、問題文や裁判記録をテープで聞き、点字用のタイプライターで答えを打つ。それから、点字タイプで打った答えを録音して提出する方法が許された。

司法修習期間も残すところ、あとわずか、という日のこと。たまたま青山の部屋に行ってみた。青山は、大阪府内の法律事務所への就職が決まっていた。ノックをすると返事があって、中に入ると部屋の空気が暑く、それに汗臭い。

何をしているのか、はわからず、

「青山、なにしとるんや？」

と竹下の口から出た。

「ああ、竹下さん。ヨガですよ。ヨガをやっていたんです」

と青山は言い、

「今、上半身、裸なんです」

とも付け加えた。瞑想したり、呼吸を整えて手足を組み換えたりする動作を行うことぐらいは竹下もヨガの知識として知っている。だが、青山がヨガをやっている、生活に取り入れていることなどは、これまで知らなかった。それだけにいささか驚き、

「ヨガ？　なんでそんなもんやっとんのや？」

竹下は訝しげな口調で、青山に問う。物珍しげな口調にも青山は冷静に、

「竹下さん、麻原彰晃って知ってますか？」

と逆に質問した。竹下にとって、初めて聞く名前だ。

「なに、アサハラ？　ショウコ？」

と竹下は答えるしかなかった。

「アサハラショウコウです。一緒にヨガをやりませんか？」

「青山、そのアサハラって何者や？」

とたずねると、青山は麻原について語った。話を途中まで聞き、竹下は、

（新興宗教か？　青山の奴、ハマったんやろか？）

と心配にもなりながら、

「青山、アサハラ何とかについてはわかったわ。ワシは興味ないわ。邪魔したで」

と言って、青山の部屋を出た。

この青山が、一一年後の一九九五（平成七）年三月に発生した「地下鉄サリン事件」以後、オウム真理教に関する各報道で「オウムの青山弁護士」と世間を騒がせることになろうとは、当時の竹下には想像のしようもなかった。この一九八四年の二月に、麻原はオウム真理教の前身となる「オウム神仙の会」を東京都渋谷区に創始し、本名の松本智津夫から初めて麻原彰晃と名乗っている。

第7章　弁護士バッジを外した日

1　弁護士バッジの重み

竹下義樹が弁護士として第一歩を記したのは、京都市中京区の京都法律事務所の新人弁護士としてであった。最寄駅は京都市営地下鉄の丸太町。京都駅から四つめである。京都御苑にも近い。

竹下が司法修習生として裁判修習をした京都地裁(京都地方裁判所)へは、京都法律事務所から徒歩三分だ。弁護士として今後、京都地裁には何度も出入りすることになるだけに、徒歩で行ける距離は便利である。裁判修習をそこで経験したことで裁判官はじめ書記官や廷吏らとは知らぬ間柄ではない。京都地検(京都地方検察庁)にしても、検事らと知らぬ間柄ではないから、何かと手続きの上での相談もできるか、と思っていた。

目が見えないハンディはあるにせよ、京都は学生生活、司法試験浪人でのべ一〇年以上住んだなじみのある街だ。一年四カ月にわたった実務修習も京都市で行え、弁護士活動をするにあたっても、

（東京や大阪は広すぎて、立体的な地図が頭に浮かべにくいわ。その点、京都は街の規模が手頃で頭に描きやすいわ）

と改めて思った。

京都法律事務所は、二〇人の所帯である。竹下も含め、弁護士は八人いた。

京都法律事務所では、竹下の受け入れにあたり、竹下のための女性アシスタントを一人採用していた。竹下への事務連絡、竹下にとって必要な資料を集めたり、読み上げる。竹下の採用を決めてから約四カ月のあいだに、竹下が西ドイツを訪ねたように、同事務所は西ドイツ、イギリス、アメリカに弁護士を派遣して、全盲の弁護士がどのように活動をしているか、を調査してアシスタントの導入に踏み切った。その心遣いに竹下は感激した。

（渡航費、人件費も馬鹿にはならない。そこまでして、自分を迎え入れてくれたなんて。この恩を一生忘れまい）

と心に誓うほかなかった。

ビルの四階、五階を京都法律事務所は使っている。五階の大部屋に弁護士は詰めるが、竹下は四階の個室をあてがわれた。アシスタントとのやり取りには、必然的に言葉を交わす必要がある。ほかの弁護士が近くにいれば、竹下も気兼ねせざるを得ない。それに対する配慮からだった。

竹下は、司法試験浪人のときから愛用している、点訳の六法全書全五一巻も四階に運び込み、書棚に置いた。事務所への荷物運び、京都弁護士会への登録、京都弁護士会を通じて日弁連(日本弁護士連合会)への諸々の手続きもあり、京都法律事務所に弁護士として初出勤したのは四月一〇日だった。八月には三人目の子供を寿子が出産予定である。竹下の気合も入る。所長である吉田隆行は、勤務初日の竹下に、はっきりとこう伝えた。

「竹下君、自分で自分の仕事をきちんとやらなかったら、弁護士としての仕事は成り立たないことを忘れるなよ。事務所では、誰も助けてはやれない。障害者問題はじめ社会保障問題に取り組みたい、という道は君自身が自分の力で切り拓くんだ」

法律事務所に就職したことは、社会人として一歩を記したことになるにせよ、その仕事は、というと人生の重大事である裁判を、依頼人の真剣な悩みに寄り添い、有利に運ぶことにある。民事事件の裁判は、つまるところ、依頼人の「自ら所有する土地、家屋、預金や株などの財産がどうなるか?」と言い換えられるし、裁判次第では、先祖からコツコツと築き上げてきたものを失いかねない。刑事事件は、場合によっては無期懲役、死刑という極刑の判決が出て「生命がどうなるか?」といったことさえ問われてくる。

依頼人本人が原告であるか、被告であるか、と立場は折々で違うが、裁判は依頼人本人の人生を大きく左右しかねないもののみならず、家族や親戚など一族郎党の人生も変えかねない。

依頼人は弁護士に対して、着手金を払い、裁判で勝訴すれば成功報酬を支払うわけだが、裁判が長期化すればするほど、依頼人の負担は大きくなる。

安くはない金を払ってまで仕事を依頼するのは、単に法律の専門知識がないからではなく、少しでも裁判が有利になるようにと〝藁をもつかむ〟精神状態になっていることを弁護士は心しなければならない。

竹下の不安は、アシスタントの手を借りるとはいえ、目の見える弁護士よりも、仕事の処理能力は倍、いや三倍近い時間がかかるのではないか、と思われることだ。

(依頼者は金を払うのや。時間もかかる、目の見えへん自分に仕事を依頼するやろか?)

この不安を竹下はやはり抱かざるを得ない。所長の吉田が「誰も助けてはやれない」と言ったのは、そのことを指しているのかも、と竹下は思いもした。

勤務して一週間もすると、日弁連から京都弁護士会を通じ、弁護士としての象徴であり、背広の上着の左襟元に留める「弁護士バッジ」が渡された。

手のひらに乗せると、ずっしりとした重みが伝わった。直径約二センチ足らずの留め金式のバッジは、地金は純銀で金メッキを施してあるが、金属特有の冷たさは不思議に感じなかった。

絵柄は向日葵《ひまわり》。真夏に太陽に向かって咲く向日葵の花言葉は「正義」。太陽という世の中を明るく照らす方向に顔を向ける、との意味がある。向日葵の真ん中は窪み、窪みの中に秤《はかり》が描かれている。秤は「公平」を表す。正義と公平——が弁護士バッジには表現されているが、竹下の指の感覚では向日葵は何となくわかっても、秤は実感できなかった。

自宅で妻・寿子にバッジを見せると、

「裏面には〝日本辯護士聯合會員証　１８９８９〟〝純銀造幣局製〟と小さく刻印されとるわ」

と言った。竹下はニンマリして、

「その番号でええんや。1 8 9 8 9はな、弁護士・竹下義樹の登録番号で、身分証明書なんや。日本の法曹史において、竹下義樹は一万八九八九人目の弁護士です、を意味するんやで」

こう前置きしてから、

「先輩の弁護士から聞いたんやけどな、このバッジをスーツにつけとるだけで、法務省、警察署、裁判所、地検、拘置所の受付で面会手続きを申請せずとも、フリーパスで中に入れるんやて。仮に〝どちら様ですか？〟ときかれたら、〝弁護士登録番号1 8 9 8 9です〟と氏名を言う必要もないんやて。弁護士にとって、このバッジが名刺にもなるんや」

日本で活動中の弁護士の数は一九八四(昭和五九)年三月の時点で約一万二四〇〇人、うち京都府では約二五〇人の弁護士がいた。

「へー、小さなバッジやけど、凄い特権があるんやねえ」

と感心する寿子に、

「紛失したら再発行に二、三万円はかかるらしいし、登録番号の刻印もあって、結構時間がかかるらしいわ。紛失したら出費やし、行く先々で受付に〝私は弁護士の竹下……〟などと説明せにゃならん。そんなことも考えると、紛失したら面倒なんや」

とも教えた。

寿子の手で、弁護士バッジが初めて竹下のスーツに留められるが、留め金をすんなり通すために、カミソリでスーツに穴を開ける。

早く手で触りたい竹下は、

「留めたか？」

とせかすが、

「ちょっと待って」

と寿子は制して、バッジを触っていた。

「何しとるんや？」

の問いに、

「バッジの真ん中の秤が逆さまやから、直してるんや。上下正しくして、水平にせんと見た人はおかしいと思うわ」

と答えた。

「そうか。上下合わせて、水平にするなんて、ワシにはできひんわ。こりゃ毎朝、寿子につけてもらわなあかんわ」

と笑った。司法試験浪人のときにはバッジのことまで考えられなかった。このバッジを今、寿子にスーツにつけてもらえることの喜びを感じないわけにはいかなかった。

「警察署、裁判所、拘置所などで弁護士活動をしているとき、バッジを着用するのは弁護士の活動上必要や。一生ひとつのバッジで活動する弁護士もおるんやで。一五年、二〇年、二五年と時間が経過するとな、バッジのメッキも剝げて、くすんでくるそうや。そんなバッジの色合いと弁護士としての経験をかけ、そんな頃合いを〝いぶし銀の弁護士になる〟って言うらしいわ。ただ弁護士歴が長いだけではなく、しかるべき仕事をして、仲間の弁護士や地域社会から一目を置かれる存在であることをも意味しとるんや」

二〇年先、二五年先は、竹下には予想すらできない。一年先、二年先すらわからない不安が今はある。だが、現時点では背広の左襟元についたバッジを誇らしく思うしかない。五月のゴールデンウィークの連休明けまで、竹下は祝祭日でも外出時には弁護士バッジをつけたスーツを着ていた。竹下は何度も右手の指先でバッジに触れた。

（みんな、このバッジを見てるんとちゃうやろか？）

竹下はそんなことを勝手に思い込み、内心で誇らしく感じ、また、バッジに触れる。弁護士バッジの存在は、国会議員の議員バッジほど世間一般に知られているとはいえまい。だが、竹下のこの気持ちこそ、司法試験を乗り越え、司法修習生を務めて、ようやく弁護士の資格を得てバッジを身につけた者が体感するものなのだ。後に同期生に竹下がそんな話をしてみると、ウチもや、私も、と男女問わず共通体験だったことを知り、竹下は自分だけやなかったんや、と妙に嬉しくもなったのである。

2　初めての法律相談

バッジをつける直前のこと。京都法律事務所において、定例の「市民法律相談」があった。先輩弁護士に竹下は、

「消費者問題の相談や。竹下も加われや」

と言われて、初仕事に臨んだ。

竹下が初めて相談を受けた相手は、四〇代の男性会社員だった。法律事務所での法律相談とはいっても、誰かの紹介できたのでもない限り、訪れる人にとって「その法律事務所に、どういう弁護士がいるか？」まではわかるわけがない。

「私は全盲の弁護士です」と竹下は断りはしたが、相談相手は驚いたり、敬遠する様子は何ら見せなかった。藁をもつかむ切迫した心理状況であり、そこまで考える気

持ちの余裕などないに等しいようだった。アシスタントが同席して記録を取る。

相談とは、金の先物取引で預金二〇〇万円を取られ、離婚の局面も迎えているとのことだった。彼は当初、商事会社を名乗るセールスマンの電話による営業に「よくある先物取引か。こういうのが危ないんだよな。馬鹿馬鹿しい」とウマい話を疑い、冷静に対処していたが、そこは相手も馴れたものだった。執拗な営業を続け、「今、投資すればですね、先々はこれだけのものが……」などと、男性があいづちを打つペースに乗せ、反論できない材料を言葉巧みに並べ立ててきた。すると、彼も心情がいつしか変わって、警戒心も薄れ、家庭の預貯金についても正直に伝えてしまったのだった。

そのあげく、なけなしの二〇〇万円の預金を指定された口座に振り込んだものの、「相場が下落して一円も戻せない。こちらが不利益を被ったので、ついては追い金として……」と督促の電話すら頻繁に入るようになったのである。

彼は妻、高校生の娘の三人家族だった。彼は妻に一切相談せず、二〇〇万円を投じた。

「二〇〇万円が三〇〇万円、四〇〇万円になったら、カミさんを驚かしたろ。喜ぶやろな」

一獲千金を信じたからこその投資だったのだが、その目論見はすっかり外れた。預金がないのを知った妻とは当然のように不和が生じた。「先物取引に金を使った」と説明しても、妻とすれば、ギャンブルや遊興費に使ったのではないか、と疑い、信用しない。二〇〇万円を妻は、娘の大学進学のための預金と当て込んでいた。妻は「離婚したい」と主張し、娘は大学進学を諦めて就職する、と言い出した。

「儲かっていたら法律事務所に相談などこないだろ、と問われたら返す言葉はありません。私が馬鹿でした。虫のいいお願いでしょうが、先生、なにとぞ、助けて下さい。全額は無理でも、取り返して頂きたいんです」

竹下の耳に入る彼の声色、声の角度から、何度も頭を下げているのがわかった。医師に向き合う患者のように、依頼人は竹下が年下とわかっていても、終始敬語を使う。竹下とすれば、年上に敬語を使われるのはこっ恥ずかしい。

竹下は話を聞き、妻は夫をなじり、なじられた夫が妻に言い返す。娘は、夫婦のやりとりを見せつけられて、仲裁もできず、大声で泣く……そんな情景を脳裏に描いた。

（判例なんかには、依頼人や家族をどうなだめたか、なんてどこにも書いとらへん。弁護士の仕事って、法律論云々よりも、まず依頼人と家族を落ち着かせることなんやなあ）

弁護士の仕事とは何たるか、を初めて悟った。

竹下は場の空気で、差し向かいに座っている男性の憔悴した姿を感じながら、先物取引を含む消費者問題は修習生時代、勉強会を開いて様々な事例について学んできただけに自分一人でも解決できる、と判断した。

さらに詳しく話を聞くと、商事会社は先物取引のメリットばかりを強調して、暴落などのデメリットやリスクについては詳しく説明していなかった、本人も十分に理解していなかったことが見えてきた。

民法第九十条の公序良俗違反、同法第九十五条の取引の重要な部分に当事者の思い違いがあった場合は取引の意思表示は無効、などが適用できる。

「先物取引では、泣き寝入りする人も多いです。奥さんがヘソクリを投じて、旦那さんに言い出せない人も少なくないですから。弁護士と商事会社との交渉で和解という形で大方は解決できますが、交渉で解決できなければ裁判となります。ですが、商事会社としても裁判沙汰にはしたくないはず。とにかく、私たちは共に頑張りましょう。その前に、奥さんにもう一度、先物取引に金を使ったこと、弁護士に相談して弁護士が動き出すこと、をはっきりと伝えて下さい。離婚なんて早まっちゃいけません。しばらくの辛抱ですから」

竹下は、そんなふうにこの会社員に話した。着手金代わりとして、交渉に必要な交通費や資料作成費など法律事務所規程の実費をまず支払ってもらった。

先輩弁護士に竹下は、「今回のケースは交渉で行いますが……」などと手順を確認してから、アシスタントに口述筆記で返還請求を書いてもらった。

そして、件の商事会社に内容証明郵便として送付し、セールスマンと支店長に京都法律事務所への来所を要請した。弁護士からの郵便は、詐欺商法をしている者には脅威にほかならない。

早々とセールスマンがやってきた。

「相手様《せん》はですね、リスクを十分に承知されておりましたよ」

などとセールスマンは丸め込もうとした。

「いいや、ウマイ話しか聞かされへんかった、と言うてるよ。お宅の会社、いろいろ調べたところ、結構似たような問題を起こしてるね」

竹下はこう切り返す。竹下は目を見開いた状態で大きな声で話すため、聞いている側は全盲とは考えられない。ただし、竹下が手元の点字による資料を触りながら、

「たとえば、お宅はこんなこともやってるね」

と話すため、商事会社側は「この弁護士もしかしたら……」と感じていただろう。

「こちらは裁判をやっても構わないのですがね」との意識を多分に含め、それをちらつかせながらの交渉を二度行うことで、最終的に支店長が返金に応じてくれた。相談を受けてから一カ月にも満たない、スピード解決である。支店長は、

「一〇万円は返還手数料としまして、一九〇万円をお返し申し上げることで」

と提案してきた。九五パーセントの返還率である。

返還率は弁護士の交渉能力を示すバロメーターともいえた。八割から九割の返還だと御の字といわれる中、それ以下だと弁護士がナメられたことになる。それ以上だと、「この弁護士を敵に回せばロクなことにならない」と先方が交渉を早く打ち切りたい、との意思表示ともいえる。

竹下にすれば、そう思う面がないわけではないが、

(弁護士が出てこなければ丸儲け。弁護士が出てきたときには、返還に応じるけど、その場合は五パーセントを手数料でチョロまかす会社かもしれへんな)

と考えるしかなかった。

二〇〇万円のうち一九〇万円が戻ってくる。依頼人にすればこの金額は、ホッ、とするに違いない。一〇万円は〝勉強代〟と思ってもらえれば、依頼人と商事会社のあいだに波風も立たない。双方が納得する「和解」の格好に収まり、一九〇万円が返還

された。京都法律事務所に約二〇万円が成功報酬として払われる。

二〇〇万円のうち一七〇万円が戻った確認の事後報告に、竹下のところを再び男性が訪れた。声には明るさが戻っていた。その声から、表情も明るいものになっているやろな、と竹下は推測できた。

「自分がいけなかった」と素直に妻に反省すると、妻は「あなたの気持ちを理解しようとしなかった」と言い、娘は「もう一度大学進学に向けて勉強する」と言ってくれたのだった。「家族の仲が取り戻せました」と竹下に何度も礼を述べた。

竹下の弁護士としてのデビュー戦は、満点ともいうべき快勝だった。

先輩弁護士が携わっている裁判の下請け的な手伝いや、京都法律事務所が顧問弁護士を務める企業や病院に行っての相談など、竹下にも仕事が多くなり、弁護士として一カ月もすると二〇件近い仕事を抱えることになった。

事務所の法律相談で顕著なのは、当時、関西を中心に社会問題となりつつあった豊田商事(本社・大阪、一二一支店)のペーパー商法に関する相談であった。先物取引といい、豊田商事といい、第三者的な視点からは「なんでそんなものに簡単に騙されるのか?」と不思議に思われたりもすることが多い。実際、竹下も、法律相談を受け始めたとき、そんな意識がなかったわけではないが、相談を聞くにつれて、

（こりゃ、騙される側がアホや云々と非難する前に、騙す側の巧みさというものがあることも認識しておかんと。年配のお医者さんや学校の先生など、世間でインテリといわれる人たちだって物の見事に騙されてるやないか）

と感じるようにもなった。

豊田商事は一九八一（昭和五六）年頃から一九八五年まで、高齢者層を中心に、年利一〇パーセントから一五パーセントの純金のペーパー商法で二〇二五億円も集めた。契約者に渡すのは、契約書の紙切れだけであって、預託者が解約を申し出ても応じないトラブルが相次いでいく。

一九八五年六月に全国が注目する社会問題となってからは、マスメディアで契約書作成の手法が「強引なセールスで」と喧伝されたが、それが果たして「強引なセールス」であったかは、竹下には判断が難しく思われた。

よくよく話を聞いてみると、むしろ竹下は、

（そりゃ、契約してしまうやろな。セールスマンが一枚も二枚も上手や）

被害者に同情し、豊田商事のセールスマンに、

（そこまでしたら、コロッといくわな。核家族社会とは何か、をよく理解しとるわ）

と感心すらしたくなってしまった。

独居している高齢者が豊田商事の格好のターゲットになったが、頻繁に通い、家に上がり込み、一緒にテレビを見ながら茶を飲んだり、夕食を食べたりして、

「自分を孫だと思って下さい」

「今夜は、自分を実の娘だと思って下さいね」

と、独居の寂しさや心細さの間隙を衝くのである。

セールスマンは身の上話を聞いたりして、あいづちを打ったり、同情したりしながら、「おじいちゃん」とか「お母さん」と呼び、「自分も契約してもらわなければ、家族が養えない」などと言い始め、自分にも同情してもらう雰囲気を作り、契約書にハンコを押させる流れに持っていく。契約する本人も悪いが、背景には核家族化による孤独な老人の寂しさが存在していたわけである。

3　被告人との信頼構築

金の先物取引における民事事件で快勝を収めた竹下は、

（なかなかワシもやるやないか。やればできるやないか）

と自信めいた気持ちも芽生えていた。

そんな中、竹下は国選弁護人として、初の刑事事件を担当する。

刑事事件の裁判において、経済的な理由から弁護士を雇えない場合は、国が費用を持って裁判を行う。この弁護士が国選弁護人である。裁判所が法律事務所にその仕事を割り当てるのではない。京都地方裁判所から京都弁護士会にリストが届き、個々に弁護士がリストを見て、自分のスケジュールに合わせて、その仕事を選ぶ。

民事事件では依頼人の思いで竹下は仕事をしたが、刑事事件では、被告人の立場から仕事をすることになった。竹下より二歳年上の三四歳の被告人のAは、伏見区にある京都拘置所に収容されている。

京都地検からの刑事記録をアシスタントに読んでもらった。容疑者として京都拘置所に現在はいる、とわかっているとはいえ、生い立ちを聞き、竹下は同情もした。

（これは、Aさんにすべての責任を押しつけるのは無理やで。執行猶予がつくはずや）

と思うしかなかった。

一人の人間が、親の愛情も知らず、夢も希望も持てず生きなければならなかった弱さというものを、竹下は記録から教えられたのである。その彼を今、竹下は救ってやりたい、と思ったのだった。

Aは茨城県のとある市の出身であった。父親がアルコール依存症で、母親は愛想をつかして、三歳の幼子を残して家を出た。父親は生活保護を受けていたが、生活保護の給付金も飲み代にしてしまう。同居する祖母(父親の母)がAの世話をしたが、自分の息子すら真っ当に育てられなかっただけに、幼いAに対しても十分な養育ができるわけがなかった。

Aは新聞配達をして、義務教育を修了。期間中、被告は登校拒否を起こしたり、素行が問題になるなどの問題は一切なかった、という。中学卒業後、鉄工所に就職。給料日に父親が勤務先まできて、給料を巻き上げて酒代にしてしまう。父親から逃れるため、住民票を置いて逃げることにした。

だが、住民票のない人間に真っ当な働き口はない。いつしか関西に流れてきた。飯場生活が始まったが、飯場の中で金の貸し借りのトラブルが起きる。

Aは、貸した金を返してもらえないことに腹を立て、相手がいないときに貸した分を取り返そうとカバンを開けた。金はなかったが、保険証が入っていた。これがAの初の窃盗だった。身分証明書となる保険証は、何かと融通が利く。仕事を見つけたときは窃盗はしないが、金に困ったり、仕事にあぶれたときは空き巣や車上荒らしをした。保険証の窃盗から五年目に、Aは現行犯で逮捕される。

法律的に考えれば、Aは前科がなく初犯となる。五年間の犯罪は一括して裁判する「併合罪」として扱われることになる可能性が高い。ゆえに竹下は「執行猶予がつく」と考えたのだった。

竹下は京都拘置所の弁護士用の接見室に行き、Aと面会した。金網越しの接見室で一対一になり、

「Aさんの国選弁護人となりました竹下義樹と言います。実は、私は目が見えない全盲です。それでも、よろしいでしょうか？」

と竹下は正直に伝えた。竹下の言葉にAは即答しなかった。ややの間を置いて、

「はあ」

と言ってから、

「自分は別に目が見えなくても構いませんが」

と小さくつぶやいた。

(やはり、不安なのやろか？)

と竹下は思う中で、今後の手続きを話した。

「京都地検の記録を拝見しましたが、生い立ちについてさらに詳しくお聞きしたいのですが。最初の就職先の鉄工所の所在地は……」

などと問うが、Aの反応は鈍かった。かなりの沈黙があってからようやく、力なく言葉が出てくる有り様であった。竹下は、

（生気のない顔をしとるんやろな。初対面の人間やから警戒するのも無理ないが）

と感じるしかなかった。

警戒心を取り除くためには、足しげく京都拘置所に通うしかない。週に三回、朝八時半からの接見を六回ほど重ねてから、ようやくAは竹下に心を開き始めた。「竹下先生」と呼んでくれ、生い立ちについても淡々と語り始めたのだった。

「竹下先生は目が見えへんのやろ、俺は近視でな、メガネをかけとる。初めてメガネを買ったのは、小学校の四年生のときやったよ」

学習するにはメガネが必要だったが、父親や祖母に頼んでも無駄だった。そこでAは朝夕の新聞配達を始めたのだった。自転車など持っていない。走って町内に配った。友達と遊ぶ時間もなかった。そして、自分で稼いだ金でメガネを買ったのである。

中学生のとき、中学校までは歩くには遠く、自転車が必要だった。その自転車もAは新聞配達の金で購入した。ここまでの話を聞いて、竹下は涙が出た。竹下も中学時代、失明前、新聞配達の経験がある。ただし、それは趣味の切手集めのためだった。

中学生ながら自立と自律をした生活で当然、成績も良かった。工業高校への進学を

希望したが、断念せざるを得なかった。公立高校といえども、新聞配達で三年間はやりくりできない。中学校側や周囲の人も手を差し伸べたかっただろうが、なにせ父親が父親である。

工業高校への進学を諦めたAは、やむなく電車通勤で都内の鉄工所に就職した。飲んだくれの父親でも親は親、Aは優しかった。肉親を見捨てず、自宅から鉄工所に通ったのだ。だが、鉄工所の勤務は三カ月足らずで終わる。給料日、被告は父親から給料を全部巻き上げられてしまうからだった。それも、給料日に会社まで父親がくる。

Aとすれば職場の仲間に顔向けができない。仕方なく、新しい職場を探しては移る。移ったはいいが、給料日に父親がやってくることが繰り返され、それが住民票なしの流浪生活の始まりとなったのだった。

竹下は地検からの記録にはなかった新聞配達の理由を知り、

(Aさんは生まれてこのかた、愛情というものと無縁だったに違いない)

といよいよ確信した。窃盗という罪に対する責任は明瞭である。とはいえ、これをAさん一人の責任と断ずるのはあまりに酷じゃないか、と思われた。家庭環境、Aさんを救済できなかった周囲の社会環境にも責任がある、と思えてならなかった。

竹下は法廷での口頭弁論を前に、二つの方策を考えた。

裁判で「併合罪」を印象づけさせ、執行猶予を勝ち取るためには、裁判官の心証も良くしなくてはならない。そのためにはまず、被害者に対して竹下が謝罪して回り、被害者の怒りを緩和しておかねばならない。

もうひとつは、もう一度、Aを愛してくれる身内を戸籍や住民票をヒントに割り出すことだった。竹下はアシスタントの手を借り、戸籍や住民票の記載を追いかけ、身内を探す。一週間後、Aの母親が東京にいることが明らかになった。早速、連絡を取り、事情を話し、竹下はアシスタントと共に上京した。

母親は離婚後、都内で再婚。一児をもうけた。その子供も既に成人している。竹下から離婚後のAの生い立ちを聞き、母親も涙を流した。竹下も新聞配達の話に及ぶと、また、涙が出た。

「Aさんにもう一度、人生をやり直させてあげたいのです。お母さん、そこでお願いがあるのですが」

と前置きして、

「Aさんから頼まれてはおりませんが」

とも断ってから、

「被害者に対して、弁護士である私が可能な限り、謝罪して回りたいのです。全額は無理でも、被害の何分の一かでも弁償をしたい。そうすることで、被害者のAさんへの気持ちを和らげたいのです」

と伝えた。

母親は快諾した。五〇万円を竹下に用意してくれた。京都拘置所での面会、裁判の傍聴も母親は希望した。

竹下は早速、京都に戻り、京都拘置所に行った。母親がAに弁償のための金を出してくれる、と伝えた。Aの声色は喜びよりも、戸惑いの表情があった。

「どうして、母さんが出してくれるんやろ？　竹下先生？　なんでやろ？」

と腑に落ちない様子だった。竹下はその声にまた涙した。

（もしかしたら、Aさんにとって、三十数年生きてきて、これが生まれて初めての愛情なのかもしれない。いや、そうだろう）

と。Aの記憶、京都地検の事件記録から竹下は被害者を割り出し、アシスタントを道案内として、関西地区を中心に被害者への謝罪と弁償の行脚を行った。被害額に比して弁償された金は僅かでも、いざ支払われたら気持ちも悪いはずはない。

そして、母親が京都拘置所に面会にきた。竹下が立ち会ったものの、双方に言葉はなく、ただ泣いているようだった。母親が面会にきたからといって、執行猶予がついて京都拘置所から釈放されても、母親が身柄を引き受けるわけでもない。

　それでも、である。Ａを真摯に思ってくれる人がいることを、Ａに教えることは、Ａが次の人生を歩むときの励みにもなるはずだ、と竹下は強く信じていた。

4　弁護士バッジを外した日

　六月に入るや、京都地方裁判所の法廷における口頭弁論が開かれてゆく。

「本人が願わず、恵まれない環境の中で育ったゆえ、窃盗罪も初犯として併合罪として扱うべきである、と私は思います」

「被告人のお母さんと私は連絡を取りまして、Ａさんとお母さんの復縁を果たしました。お母さんの協力も得まして、被害者に対する損害賠償も全額とはいかずとも、可能な範囲で行っておりまして、被告人本人も今、深く反省しております」

などと裁判官に伝えていった。

　竹下は、京都拘置所の接見室でＡに次回の口頭弁論の打ち合わせをする傍ら、裁判の流れを説明した。まず、

「京都地裁でな、もし刑が確定した場合、つまり有罪となった場合には、控訴して

大阪高等裁判所で改めて裁判を受けることができるんや」

と説明してから、

「京都地裁で執行猶予の判決が出たら、その日にここ、京都拘置所からは出られるよ」

と教えた。この二点をわかりやすく話してから、竹下はAにこう断言した。

「Aさん、この裁判の見通しはな、執行猶予がつくはずや。絶対や。必ずや」

執行猶予、の言葉が竹下の口から出た瞬間、被告人であるAの声色が変わった。

「ホンマか、竹下先生?」

Aは反射的に言葉を返す。顔色も変わったに違いない、と竹下は思い、即座に、

「ああ、大丈夫や。安心しい。ワシに任しとき」

自信を持って答えた。

「ホンマに執行猶予がつくんやな? ホンマやな?」

「つかへんはずはあらへん。Aさんのした五年間の窃盗は、法的に見れば確かに犯罪や。悪いことや。せやけどな、生い立ちを見ていけば、Aさんにだけ責任を負わせるのは酷なことや。あんたの窃盗に隠された生い立ちを知れば、世間の人間はみな同情を感じるはずや。涙を流すはずや。裁判官も情を持った人間や。執行猶予は必ずつ

く」

竹下は自分が裁判官になったつもりで、そう口にし、Aを安心させようとした。法廷での裁判官の判決の伝達についても話は当然のように及んだ。

「判決が出るときはな、裁判長が「被告人を懲役二年に処する」とまず言うわ。懲役二年の二年は、Aさんの生い立ちを考慮しないで、窃盗を客観的に考えたときの数字や。二年となるのはまちがいない。でもな、Aさん、「被告人を懲役二年に処する」と言われたからといって、そこで驚かないでほしいんや。その言葉の後にな、「この裁判の確定した日から三年間、刑の執行を猶予する」と言うはずや。くれぐれもAさん、「被告人を懲役二年に処する」と耳にしても、慌てたりせんといてな。その後の言葉をしっかり聞いてや」

「竹下先生、おおきに。ほんまおおきに」

関西での生活も長いAは、関西弁で声を弾ませた。

「わかっとるやろうけど、執行猶予の三年さえ乗り越えれば後は構へん、というわけやない。執行猶予がついたときから新しい人生を始めるんやで」

竹下より二歳年上だが、竹下が年上のように諭していた。法廷での判決は執行猶予で確定、と信じて疑わない竹下は、ここまで言ってAを励ました……。

蒸し暑く、また梅雨でじめじめとした六月末、判決の下される裁判の日を迎えた。

Aは京都拘置所から、京都地方裁判所の仮拘置所に身柄を移され、出廷を待つ。竹下は自信満々で、法廷に入る。Aの母親も、傍聴席に座っていることをアシスタントから教えられた。

開廷し、判決が裁判長より、いよいよ言い渡される。

「被告人を懲役二年に処する」

と言った。

（よし。予想通りや）

頷いた竹下は、次の言葉を待つ。

だが……。裁判はそこで閉廷。裁判官は法廷を出た……。

（そんなアホな！）

竹下は狼狽した。見通しとは逆の判決が今、下されたのである。

（最低や、あのオッサン！　何考えとるんや！　わかっとらんやないか！）

竹下は裁判長に対して、そこまで思った。裁判修習では世話にもなった裁判官だ。

まさか、と竹下は思うしかなかった。とはいえ、判決は既に下された。Aに話した見通しは、あくまでも竹下本人の都合のいい見通しに過ぎないことを竹下は知ったのである。

竹下は、仮拘置所に再び移されたAの元に急いだ。

「すんまへんでした……」

そう言うしかなかった。Aは何も言わなかった。ウソつき、となじりもしない。

「Aさん、控訴をしましょう」

竹下は、こう言うしかなかった。だが、Aは怒気も含まず、こう静かに答えた。

「竹下先生、控訴はええ。これで結構ですわ。刑務所に行きますわ」

やっぱり誰も信用できへんのや――と暗に言っているようにも、竹下には聞こえた。

Aの顔に竹下は顔を向けてから、頭を深く下げて、

「Aさん、お願いしますッ！　頼みます、控訴して下さい！　絶対に高裁では執行猶予がつくと信じてますからッ！　控訴状を書くまでは私の仕事なんですわッ！」

と言った。ややの間を置いてから、Aはこう言った。

「じゃあ、大阪でも竹下先生が弁護してくれるか？」

「……」

「竹下先生が弁護してくれるのやったら、控訴したい。ほかの弁護士だったら駄目や」

竹下は目頭が熱くなった。

「ありがとうございます！」

竹下は頭を下げ、アシスタントと共に母親の元に今度は走った。母親は執行猶予を信じて、Aと水入らずの食事でもしよう、と京都市内のホテルに宿泊していた。

控訴し、大阪高裁の拘置所に移されれば、国選弁護人は大阪弁護士会所属の弁護士の仕事になる。ただし、だ。被告人が弁護費用を負担すれば、大阪高裁でも私選弁護人として竹下は継続して仕事ができる。

母親にも執行猶予がつくと話していた手前、まずは謝罪してから、

「お母さん、控訴させて下さい。必ず、高裁では執行猶予がつきますから。大変に厚かましいお願いですが、裁判費用として一〇万円、何とか出して下さい。私が継続して……」

と頭を下げ、了承を取った。

竹下は、京都地裁から京都法律事務所に戻るや、自らを責め、恥じる意味から弁護士バッジを外した。「竹下、甘いで！」と暗に、裁判長から言われている気がした。

（自分は裁判を甘く見ていた。判決の見通しなど、軽々しく口にしてはいかんのや。判決が出てから、ひとつの結論が初めて口にできるんや）

自分の未熟さ、軽率さを戒める意味で竹下はその日はバッジを外し、ポケットに入れていた。

ほかの案件も抱えているが、竹下は毎週、大阪・都島区にある大阪拘置所に通い、接見し、口頭弁論の打ち合わせをし、共に執行猶予を勝ち取るべく励まし合う。

竹下の法廷での弁護内容は、慎重に言葉を選びつつも、新聞配達をしてメガネを、自転車を購入した薄幸の少年時代にも触れ、裁判官の心情に訴える、裁判官を同情させる、泣かせることを意識した。

九月末、一審判決は破棄され、執行猶予判決が言い渡された。その日のうちにAは釈放され、更生保護施設に入った。同施設では一カ月生活でき、ここにいるあいだに職探しをする。竹下はようやく、Aに対して責任を果たせた気持ちだった。

一審判決での経験は、裁判を戦うには情も大切だが、客観的に判断することも弁護士の資質に不可欠だ、と竹下に教えたのである。

5　聾啞者の証人尋問

弁護士となって二年目の一九八五(昭和六〇)年までは、京都法律事務所を通じた依頼が多かった。

事務所を通じた仕事の依頼は年間一〇〇件ほど、国選弁護人も年間一五件ほど担当した。血を分けた肉親同士による土地の境界争い、不倫を伴った離婚による親族を巻き込んだ骨肉の争い、覚醒剤事件、芸能界絡みの離婚問題など持ち込まれる仕事のひとつひとつに、竹下は人間という生き物の生き方や社会の歪みのようなものを教えられる思いがした。

同時に弁護士の自分も人間、聖人君子かといわれれば、そうはいえない。依頼されるような内容の事件を起こしたり、巻き込まれたりするわけがない、とはいえないわけで、心する自戒の念も覚えた。

それゆえに、竹下は依頼人の相談を単に法律論で解釈することはできなかった。依頼人と話しているうちに、「ワシが何とかしたる!」と気持ちは抑えられなくなる。「どこの弁護士さんを訪ねても断られましたわ」と、吐露する依頼人がくることも少なくないのだ。

「そんな些細な相談など面倒で、金にならん!」と切り捨てられた依頼人たちの気持ちが、竹下には手に取るように伝わり、「ワシが何とかしなければ」という気になる。

全盲ゆえのハンディを克服してたどり着いた今日。多くの人たちに支えられたからこそ、ハンディを乗り越えられただけに、「今は人を支えるのが自分の仕事なんだ」と自覚させられていた。

「法律論よりも情」が竹下の弁護士としての根幹であった。依頼を原則としてまず断らず、抱え込んでしまうため、竹下のスケジュールは分刻みとなった。それが依頼者の信頼に昇華していく。

弁護士として三年目に入った一九八六(昭和六一)年からは、そんな姿勢が口コミもあって伝わったのか、京都法律事務所に「竹下先生でお願いします」と指名を受けての依頼が急増した。拘置所の中からも、被告人同士が情報を交換する中で評判を聞きつけ、「是非、竹下先生に」との依頼も届くようになった。盲人協会を中心とした障害者団体からの依頼も急増した。障害者の民事事件を多く取り扱うのは竹下ならでは、ともいえた。

盲人が交通事故に遭った、聾唖者が交通事故に遭った、といった事実にしても、健常者と異なる要素が生じてくる。歩行者である盲人、聾唖者がどのようにして交通事故に遭遇したのか、を説明してもらい、事故を記録することがまずもって難しい。ましてや、歩行者が重症の場合に、目撃者がいなかったりでもすれば、聞き取り調査も難航する。この場合は「歩行者に過失はないか?」という検証が難しい。従って、和解や示談の交渉を進めるのにも、時間を要することになる。

逆に、障害者が犯罪者になる場合もある。ある聾啞者が窃盗事件を起こし、拘置所に入れられた。竹下は国選弁護人になり、検察記録を見ると、その聾啞者は家庭の事情もあり、小学校三年生までの学校教育しか受けていない、とわかった。障害者団体の協力も得て、竹下は接見で手話通訳を介して状況を把握しようとしたが、手話がなかなか通じないこともあった。

法律事務所における弁護士の成績は、どのくらい売り上げを事務所に入れたか、である。一定の基準値を下回るようでは職務怠慢と見なされる。竹下の売り上げは三年目以降、京都法律事務所ではトップクラスとなり、基準値を下回ることはなく、大きく上回る活動量を維持した。事務所の協力を得て、アシスタントをもう一人確保した。一人は事務所に常駐させて電話番と資料作成を、もう一人は竹下と共に同行して記録を取る。

一九八八(昭和六三)年の四月、京都市民の関心を呼んだ口頭弁論があった。京都市在住の永井という夫婦は自営業を営んでいたが、夫が重度の聴覚障害者、妻が健常者だった。

一九七九(昭和五四)年に夫が二四歳、妻が二三歳で長男が誕生した。収入が厳しい中、二人は児童扶養手当の受給資格があったが、当時、手当の存在を二人は知らなかった。

一九八四(昭和五九)年に児童扶養手当の存在を知り、京都府に長男の誕生時に遡っての支給申請をしたが、遡及部分は却下された。同手当を知らなかった夫婦の責任とする見方もあろうが、一方で、障害者に対する行政の指導不足もないとはいえず、一九八四年七月に夫婦は支援団体の力を得て、「支給せず」の処分の取り消しを求めて提訴した。

一九八八年の四月に口頭弁論が京都地裁で開かれたが、竹下は原告側の弁護士(訴訟代理人)として、この裁判を担当した。

裁判のポイントは、まず障害者の生活の苦労、必要な情報が健常者に比して手に入れにくい実態を伝えることにある。

竹下は口頭弁論で、聴覚障害者である京都市聾唖協会事務局次長のBさんに証言台で証言してもらう。当初、福祉関係者は驚いた。障害者同士でも、盲人と聾唖者ではコミュニケーションが最もとりづらいからだ。Bさんの横には手話通訳者がおり、手話の証言内容を口頭で竹下や裁判官に伝え、それを受けた竹下の尋問を手話通訳者が

Bさんに伝えてゆく。

京都新聞の事前の報道もあったことで、市民の関心も高く、傍聴席には約三〇人の市民が見守っていた。聴覚障害者もおり、ここにも手話通訳者が一人置かれ、法廷の発言内容を随時伝えてゆく。手話通訳を介して全盲の訴訟代理人が、聾唖者を証人尋問するのは全国初の試みだった。傍聴した市民は「障害者の生活がいかに大変か」を法廷で知った。同時に、障害の違いを乗り超えて関係者が結束したことが感動を呼びもした。

「永井さんの裁判は長かった」と揶揄されるほど、この裁判は長かった。一審は勝訴、二審は敗訴して上告、舞台は最高裁判所に移された。最高裁の判決が下ったのは一九九八(平成一〇)年九月一〇日。二審の判決が維持された。しかし、約一五年にわたる裁判で、福祉行政の変化を原告側は確実に感じ取った。制度ができたら、当事者や家族に周知徹底させるべく、ポスターやパンフレットを作成して配布、説明会を開催するのが行政の当たり前の姿勢になったのである。裁判をした意義は十二分にあった。

第8章　泣き寝入りはさせへんで

1　バブル全盛時の陰で

一九九四(平成六)年五月、竹下は一〇年間在籍した京都法律事務所から独立して、同じ京都市内に竹下法律事務所を構えた。

弁護士活動も一〇年。竹下なりに手ごたえを感じての独立だった。蓄えた金を事務所開設のために投じる格好になったが、そんな中で竹下が意識した点が二つあった。

まず、竹下は事務所をビルの一室に借りるのではなく、平屋建ての一軒屋を丸ごと借りたことだった。自宅と兼用ではなく、一軒屋がすべて法律事務所だった。

全盲の弁護士が事務所を構えるのは、日本史上初のことだ。「全盲の弁護士」の法律事務所に対する世間一般のイメージを、竹下は「明るいものではないんやろうな」ととらえていた。ビルの一室よりも、一軒屋に事務所を構えた方が明るいイメージが持てるし、新しい船出にあたって、竹下自身の気分も昂揚する、と熟慮した結果だった。

勤務弁護士を雇う経済的余裕はまだない。雇えるのは事務員でもあるアシスタント二人までだが、竹下にとって心強いのは、次女の佳那が一〇歳になったことで、アシスタントのほかに妻・寿子が今までのように自宅で手伝うだけでなく、事務所に出て竹下を手伝ってくれることだった。

もう一点、竹下が決めたことは、総会屋、示談屋、サラ金、暴力団関係の仕事はやらない、であった。

業界では、弁護士事務所が開所されれば、まさに〝その筋〟から電話が頻繁に入り、「先生、事務所の開設、おめでとうございます。ところで、是非とも、ウチの顧問弁護士を務めて頂けないでしょうか。つきましては毎月の顧問料は……」などと勧誘してくることが珍しくない。

独立して金銭も入り用の中、飛びついてしまう弁護士はいないわけではない。竹下は裏社会を手助けする仕事は絶対に引き受けるつもりはなかった。案の定、事務所の開所と同時に〝その筋〟からの電話が頻繁にかかってきた。中には関西における〝その筋〟の大物が直接、電話をしてきて、

「竹下先生のお名前はよく存じております よ。是非……」

電話口で竹下を口説こうとしたときもあった。

竹下は一通りの話を聞き、毅然と大きな声で、

「私はお宅らの仕事を手伝うことは絶対ありません。もう電話せんといて下さい」

とその都度、断った。

竹下がそう言うのも、当然だった。竹下は独立前に〝大仕事〟をなしえ、関連分野の裁判の仕事が全国から殺到していたからだった。

「人間裁判」とも形容され、「人間にとって生きる権利とは何か?」を問う根源的な意味がある「生活保護争訟」の分野で、である。

そのきっかけともなったのは、一九九〇(平成二)年四月一三日に提訴された柳園《やなぎその》訴訟だった。現在、社会保障を扱う教科書でも頻繁に取り上げられているが、この訴訟の原告弁護団長を務めたのが竹下だった。

生活保護争訟に関わったのは、一九九〇年まであと一〇日ほどという一九八九年の年末、

「竹下さん、不遇な男性がおるんやけど、何とかならんやろか?」

と、知人の医療ケースワーカーが相談にきたのが、きっかけだった。

柳園、とは男性原告の氏名・柳園義彦に由来する。柳園は一九三一(昭和六)年に九州で生まれ、一八歳の頃に京都府宇治市にやってきた。土木建築の日雇い労働者で、関西方面で飯場暮らしをするが、糖尿病や結核など複数の病気の悪化から、一九八九年三月に宇治市に戻り、入院した。柳園は生活保護を給付されていた。

住民票は知人のC氏宅にあるが、居住はしていない。白内障の治療のため、一時的に別の病院に転院したが、その治療が終わり、以前の病院に再入院しようとしたが、満床のために空きベッド待ちとなる。

通院治療に切り替えるも、宇治市の福祉事務所は「白内障を治療した」ことを退院扱いとし、「傷病治癒」の理由で、一二月一五日に生活保護を突然、廃止した。「退院したら即生活保護廃止」が行政では慣例、が理由だった。生活保護があれば、医療は無料で受けられる。柳園の場合は、日常生活の金銭にも事欠く状況であって、国民健康保険にも未加入であった。

弟が和歌山県にいたが、経済的理由、健康的理由から柳園の面倒は見られない。柳園は知人で母子家庭のE氏宅で寝起きするも、定まった住居がない。

この社会境遇は「ホームレス」と呼ばれる。柳園の窮状を知った福祉に携わる人間から「なんとかならんやろか?」と同情の声が上がっていた。しかし、宇治市の福祉事務所が決めた方針に抗うことはできない。「なんとかならんやろか？」の声がさらに広まり、竹下の知人にも届いたのだった。

柳園は一二月二〇日から、宇治市の隣の城陽市にある国立療養所の結核病棟にいる、という。国立療養所で診断を受けたところ、結核の排菌が見られ、強制入院となった。肝硬変、糖尿病も極度に悪化しているらしい。

「結核は法定伝染病や。隔離する国の規定があるにしても、結核が落ち着いたら、強制的に退院させられる。入院と同時に現住所をそこにして、今は生活保護を受けている格好になっているけど」

こう述べる知人は、

「竹下先生、なんとかしたってや。お願いするわ」

と改めて頭を下げた。

「弁護士が代理人になって、京都府知事宛てに審査請求を提出して、宇治市の福祉事務所の真意を問いただせばええ。その成り行き次第で提訴や。まず、柳園さんに会わせてや」

竹下は、この場合は柳園本人に面会して希望を聞く必要もある、と断って簡単な見通しを話した。年末の多忙な中ながら、竹下は早速、結核病棟にいる柳園と面談した。

竹下は柳園の話を聞くまで、

（ホームレスって、働けるのに働こうとしない奴が多いのやろ）

と偏見を持っていないわけでもなかった。

当時の日本はバブル経済の真っ只中。世の中は景気のいい話で沸き、異常な拝金主義がはびこっていた。働きたくても、病気で働けない中、最低限の生活しかできない柳園との面談で、竹下は、

（今の日本の豊かさなんて見せかけのものや。〝病気になったのは自己責任、金が無いのは自業自得〟と粗末にするような福祉で何が〝国際化〟や。〝世界に通用する国に〟や）

と憤ることになったのである。

結核病棟に入院する前、柳園は宇治市の福祉事務所に相談のため何度も訪れていた、という。

「格安のアパートを宇治市内で探してもらえませんか？」

と懇願するも、職員は黙殺した。柳園にとって頼る場は福祉事務所しかない。

日を改めて訪ねるも、

「何しにきたんだ！」

「ウロウロするな！」

と、厄介者扱いの罵声を浴びせられて追い返される有り様だった。

「弟がいる和歌山にとっとと行かんかいッ！」

とすら言われた。

（弟さんが面倒を見られない事情を知っていながら、福祉行政が宇治市から柳園さんを追い出そうとするなんてあんまりや！　退院したら即保護廃止は、行政の判断として当たり前に通用しとるわけやな。〝傷病治癒〟や〝居住実態不明〟を表向きの理由にして）

竹下にとって、柳園の怒りや無念が自分の怒りに昇華した。さらに、

（京都は福祉の街、と誇っておるはずやないか。それなのに、こんなことになっとるなんて。あの宇治市が何でここまで冷酷な仕打ちをするんや）

と疑問も抱いていた。

あの宇治市、と竹下が考えたのは、宇治市は全国初の一人暮らしの老人会である「宇治市一人暮らし老人の会」を一九七七（昭和五二）年三月に組織し発足させたことを誇っていたからだ。一人暮らしのお年寄りを地域や福祉行政が支え、かつ、お年寄り同士の横のつながりを密にして、生き生きと暮らすための組織として、「京都府内

のみならず、全国各地に今や広がる、一人暮らしのお年寄り支援活動は宇治市が原点」と常々、宇治市は広報していたのである。

（このギャップはなんなんや！）

竹下はそう思いもした。

「竹下先生、右手を貸してや」

柳園は自らの右手で竹下の手を取り、自らの腹に乗せた。極度に膨らんでいるのが竹下の手に伝わった。肝硬変による腹水が溜まっていた。

「毎日一升、腹水を除去せなならんのや。一升瓶一本分や。苦しいで」

肝硬変の末期であることが、竹下にはっきり伝わった。

「自分の不節制の責任もあるけど、〝何しにきたんだ！〟と言われたときは、本当に悔しかった。殴りたかった。でも、引き下がらなければならなかった。みじめなもんですわ。竹下先生、自分のようなみじめな者を二度と作らないでほしいんですわ」

柳園は涙声になって、そこまで言ったのである。

竹下は柳園と出会っているこの時間、自分の生き方そのものが変わったような気がした。国際貢献などと言って世界に開発援助金を投じる日本の足元には、こんな寒々とした現実もあるのだ、と。

竹下は、

「京都府知事宛てに審査請求を求めたい、と思っています」

柳園に審査請求とはどんなものか、を説明し、ケースワーカーらと早速詳細を詰めた。竹下は自ら訴訟代理人、つまり弁護団を結成して、弁護団長に収まった。

弁護士の仕事は、依頼人の裁判を有利にし、裁判に勝つことにある。だが、報酬の問題もある。手つけ金とも言える着手料はじめ、いつ終わるのかわからぬ裁判を遂行していく上で、諸々の費用が果たして支払われるのか、といった心配がある。

このとき、竹下は報酬については考えなかった。あるのは、

「福祉が生活弱者を足蹴にするとは何事や！」

という怒りだけだった。

勤務先の京都法律事務所に許可を取ってから、竹下は仕事に取りかかる。仕事納めの一日前にあたる一二月二七日、柳園は竹下を訴訟代理人として、京都府知事に対し、宇治市福祉事務所の対応に対する審査請求を行った。

年が明けた一月一八日、宇治市福祉事務所は柳園の保護廃止処分こそ取り消したものの、廃止理由を変更した。生活保護の廃止理由を「居住実態不明」とし、「傷病治癒」とする先の主張を覆したのである。これでは詭弁に等しい。

「病気で働けず、収入がないのに生活保護廃止は、憲法で定める基本的人権と生存権(憲法第二十五条の「すべて国民は、健康で文化的な最低限度の生活を営む権利を有する」)に反する。自己の権利を不当に侵害された」

として、損害賠償請求訴訟を起こすことを竹下は柳園らと相談して決めた。

この訴訟には、「傷病治癒」や「居住実態不明」を表向きの理由とした、「退院したら即保護廃止」の行政の慣例を問いただす意味があった。竹下による病床での柳園への「臨床尋問」も始まり、支援団体「柳園人権裁判を支援する会」が発足し、カンパで裁判費用を賄うことにした。

臨床尋問で竹下は、生活保護を打ち切られてから国立療養所に入院するまでの三五日間、E氏宅での柳園の状況も把握した。「迷惑はかけられない」と柳園は自覚し、一日平均一食、それも食パン一切れ程度しか食べず、何も食べなかった日が三、四日あったのだった。医師から「糖尿病のため規則正しい食生活をするよう」と指導されながらのこの食生活は、自殺行為そのものであった。

一九九〇(平成二)年四月一三日、柳園は憲法で定める人権と生存権を不当に侵害されたとして、宇治市福祉事務所と国に対し、生活保護施策に対する損害賠償を求める提訴に踏み切った。

法曹界で柳園訴訟の成り行きは注目を浴びた。

それには勝訴を勝ち取るかだけではなく、

「竹下は売名行為のためにやるんやな。報酬ゼロの仕事やから」

との中傷も含まれていた。竹下の耳にも入る。竹下は、何とでも言いや、と思いながらも、

（そう言うのなら、どうしてこれまで、同じ弁護士でもアンタらは看過してきたんや？　おかしいとは思わなかったのか？　ワシは泣き寝入りは絶対させへんで！）

と言いたくなった。

六月から口頭弁論が二カ月に一度のペースで始まった。一日一食の証言はじめ、竹下の臨床尋問の結果も随時、法廷で公開されてゆく。

「支援する会」の仲間が、約八〇ある法廷の傍聴席に詰めかけ、裁判官に無言の圧力をかける。「傍聴こそ最大の弁護人だ」と「支援する会」の仲間は学習したのだった。

だが、審理中の一九九二(平成四)年一月、柳園は逝去する。享年六〇であった。

その後、支援団体が訴訟を引き継ぎ、一九九三(平成五)年一〇月二五日、京都地方裁判所で、宇治市福祉事務所の生活保護廃止処分の違法性と損害賠償を認める判決を

勝ち取るのである。ただし、宇治市が控訴すれば、裁判は大阪高等裁判所に引き継がれる。

宇治市は「控訴断念」を発表した。京都地裁判決が確定、全面勝利となった。三年にわたった裁判は、ホームレスに対する差別的な行政実務の違法と不当性を争った「歴史的な完勝」の判例として、後世に語り継がれることになったのであった。

2 〝寄せ場〟から保護行政を問う

一九九六(平成八)年の一月のある日曜日。京都に雪が降った。竹下は、寿子と共に午後から事務所で資料作成や書類の整理をしていた。

夕刻の五時少し前。外が暗くなる中、

「本格的に降ってきたわ。大雪になりそうや」

寿子が窓の外を見ながら言った。自宅までは車で一〇分ほどの距離である。竹下は、

「そろそろ引き揚げんとな」

と寿子の言葉に応じた。

それからしばらくして……。突然、玄関を叩く音がした。

「こんな時間に誰やろ？」

竹下が反射的に言うと、寿子が玄関まで行き、開けると……。

傘も差さず、防寒具も身につけず、作業着姿で頭や肩に雪を被った状態の、小柄な五〇代半ばの男性が立っていた。どちら様ですか？　と寿子が口にする前に、男性が、

「名古屋の林です。竹下先生、いますか？」

と言った。

「えっ、林さん？　一体、どうして？」

竹下は一体何事があったのか、と思い、玄関に出た。寿子は林が雪を被った状態で訪れていることを話した。

早速、林を事務所の中に招き入れ、暖を取らせ、熱い茶を出した。

「大阪の知り合いとこに行くついでですわ」

林は竹下に来所の意を伝えた。

「こんな雪の中を、そら、まあ」

竹下はそう言ったが、内心では、

（林さん、名古屋から新幹線に乗る金銭的余裕なんてないはずやが？）

と疑問に思った。そう思うなら、聞いてみるしかない。竹下はそれとなくたずねると、

「いいえ。新幹線なんか乗れませんわ」

と言葉を置いてから、

「名古屋から京都まで歩いてきました」

林は平然とこう言った。

竹下と寿子は言葉を失った。名古屋から四日、野宿をして京都に辿り着いた、と言うではないか。二人が驚く間合いを縫うようにして、

「竹下先生、一万円、貸してもらえませんか?」

と林は手を合わせた。竹下は社会保障関係の訴訟の仕事をするのにあたり、報酬が払われなかったり、交通費は自腹を切ったり、カンパしたりするのは苦にしないが、原告や依頼人からの借金の申し出に関しては拒否してきた。返済してもらえないのが明らかであるからだが、今の林の一言には、拒否する気持ちは起きなかった。

「寿子、一万円を渡してや」

竹下はそう言った。何度も頭を下げ、礼を述べた林は、

「大阪まで急ぎますから」

と言って立ち上がった。玄関口で、

「林さん、傘も持っていってや。傘は返さなくともかまへんから」

と竹下は言うが、

「平気、平気」

と明るく笑いながら、雪の中に出た。寿子の差す傘に入って竹下は林を見送る。ナイロン製の傘に降る雪が当たる音を耳にし、本当に傘がいらないのか、と思っているとき、林は、

「じゃ、先生、また、名古屋で」

と明るく笑いながら、雪の道を大阪に向かって歩いていった。

「まだ、角を曲がらへんよ」

寿子の視界には、街灯に照らされる林の姿が映っているらしい。

「憎めない人やろ、林さんて」

「そやね。〝平気、平気〟って言ったとき、ニコッとしていたけど、なんか人懐っこさを感じたわ」

竹下は寿子の言葉にうなずき、

「みんな、あの人懐っこい人柄にひかれたんや。だから、ワシも野宿者問題に真剣に取り組むようになったんや」

と言ってから、

「長く〝寄せ場〟で暮らし、野宿生活も余儀なくされた林さんには、これぐらいの雪は何の苦にもならへんのやろな」

と正直な心持ちを寿子に伝えた。

〝寄せ場〟とは、日雇い労働者の簡易宿泊所が集まっている地域である。

竹下が林勝義と出会って、約一年の歳月が経とうとしていた……。

「柳園訴訟、勝訴」は、日本全国各地で同様の訴訟と闘っていた支援者らに大きな勇気を与えた。柳園訴訟の勝利後、自らの法律事務所を開設した竹下の元には、全国各地で活発化した生活保護争訟への協力要請が相次ぐことになる。その中に名古屋からの協力要請があった。一九九四(平成六)年五月九日、名古屋地方裁判所に提訴された林訴訟がそれだった。同年五月末、「林訴訟を支える会」の事務局長である藤井克彦らが竹下を訪ねてきて、協力を要請した。

話を聞き、竹下は当初、戸惑った。柳園訴訟の勝訴は嬉しかったが、正直な話、生活保護争訟の勝訴への道のりは長く険しく、そして、しんどい。

とはいえ、協力要請があれば、自分にできることはしたい、という希望を持っている中、事務局長の藤井の情熱に竹下は動かされることになった。

林は一九八四(昭和五九)年頃から、建設関係の日雇い労働者として、〝寄せ場〟が集まる名古屋市中村区の名古屋駅に近い笹島の周辺で仕事をしてきた。毎朝の路上求人で、その日の仕事をする生活を続けていたが、希望者は多く、常に林に仕事が回ってくるわけではなかった。

バブル期は仕事に困ることはなかったが、バブルがはじけた一九九二(平成四)年には仕事にアブレる状況に陥った。さらに悪いことに、林は一九九二年一〇月にオートバイとの接触事故で、両足を痛めてしまう。ひき逃げされた状態で、まともな治療も受けられなかった。それでも働き口があれば、懸命に働いたが、一九九三年七月に入るや、両足は痙攣を伴い、仕事ができない状態になった。生まれて初めて野宿生活を強いられた。

働くに働けない中では、食事をする金も底をつく。公園の公衆トイレで水をガブ飲みしては、空腹を満たす生活を続けざるを得なかった。足の筋肉が固まり、元に戻すだけでも一苦労の状態となりながらも、朝の路上求人に並んで仕事をもらおうとしたが、足が悪い点もあって、仕事は回ってこなくなった。体は動いても、仕事につけない仲間の姿も林は見つめざるを得なかった。不況とはどういう状況なのか？ を林は社会の底辺から見つめていたのだった。

働きたくても仕事には携われない。仕事がないために、食べるものも食べられず、倒れかかっている――。

林は〝最後の手段〟として、名古屋市中村区の社会福祉事務所に生活保護の申請を行った。林が福祉事務所を訪れるのは、これが生まれて初めてだった。

このとき、林は医療扶助は認められたものの、医師の「就労可能(働ける)」とした診断結果があったことで、生活費や住宅を援助する生活・住居扶助は認められなかった。つまり、「診療費は必要ないが、野宿生活を続けながら働け」との意味であった。

林は納得がいかず、七月三〇日までの一カ月のあいだに、のべ四回も福祉事務所を訪ねて、保護申請を懇願するも、それは徒労に終わった。

福祉事務所の職員は林を、

「林さんはまだ働けますから。頑張って下さい。倒れて働けなくなったら、面倒を見てやるからね」

と突き放した。

無念と失意の林は藤井に連絡を取り、相談した。藤井は、ボランティア医療組織である「笹島診療所」のメンバーの一人だった。当然ながら、笹島の労働者の状況に明るい。

「倒れて働けなくなったら面倒を見てやる、と言われたのはショックやった」

と悔しさを顔に浮かべて林は述べた。

結果的に林にとって、笹島診療所の藤井の存在を知っていたことは大きかった。

名古屋市の福祉事務所では、野宿やドヤ(簡易宿泊所)で生活する労働者が失業して生活に困窮し、生活保護を申請しても、医師が「働ける能力はある」と診断すれば、保護は認められなかった。つまり林の例が示すように、病院で診療を受けたいときは診療は受けられても、医師が「稼働能力はある」と診断すれば、診療を受けた費用は「医療扶助」として認められても、生活扶助と住宅扶助は認められない。

生活保護法では、住居がなくても現在地保護によって保護は受けられるはずで、稼働能力があるから保護は受けられない、と記載されてはいない。従って、違法行為との見解が成立する。とはいえ、これが行政では慣例のごとく行われていた。

藤井が支援活動を行っているのは、こういう福祉行政に対する疑問からであり、「稼働能力はある」と診断されながらも、実際は働くことができない者の生活保護を権利として獲得するための活動に取り組んでいたのであった。藤井が支援活動に取り組めたのは、〝寄せ場〟のある笹島で活動をする笹島診療所が、医療関係者ながらも、この点を問題視しており、法的に争う必要があるという姿勢を見せたからだった。

一九九三(平成五)年春から野宿生活者を集めて、福祉事務所に集団保護申請をすることを呼びかけた。しかしながら、呼びかけるだけでは行政には届かず、藤井は法的に争う訴訟の必要性を痛感した。実際問題として、日雇い労働者が保護行政から排除されている現実問題を乗り越えない限り、彼らに野宿生活を強いることにもなりかねない。

偶然ながら、保護申請を拒否された林が藤井に相談に訪れたとき、藤井は「訴訟をどう行うか?」を考えていた。訴訟の前に、県知事に対して審査請求を求めねばならない。その結果次第で、訴訟となるが、訴訟を起こそうにも「誰を原告にして訴えるか?」と、法的に争う人物が野宿生活者にいなければならなかった。

林が笹島診療所に相談したことは、過去に一度しかなかった。それは一九八八(昭和六三)年の一月のことだった。藤井は一カ月に四度も福祉事務所に行かねばならなかった様子を聞き、林の身体的、精神的、経済的状況の切迫の度合を確認した。藤井はこれまでの自らの活動状況や訴訟の必要性を、林にわかりやすく伝えた。林は藤井の話を聞き、突然、

「よし、じゃあ、県庁に行こか」

と言い出した。藤井は、準備も何もしとらんのだから、と制止したが、これが林訴訟のはじまりとなるのだった。

藤井を申請代理人として、九月一日、愛知県知事に対して、行政不服審査法に基づく、不服申し立ての審査請求を行った。専門書を藤井が熟読して、審査請求を書き綴った。申請人は林となる。

野宿生活を強いられるということは、憲法第二十五条の定める「健康で文化的な最低限度の生活」の要件を満たしておらず、生活保護の要件を満たしているはずである。生活保護法は第一条、第二条に憲法第二十五条に規定する理念の実現を謳い、こう記している。

第一条《この法律の目的》この法律は、日本国憲法第二十五条に規定する理念に基づき、国が生活に困窮するすべての国民に対し、その困窮の程度に応じ、必要な保護を行い、その最低限度の生活を保障するとともに、その自立を助長することを目的とする。

第二条《無差別平等》すべて国民は、この法律の定める要件を満たす限り、この法律による保護を、無差別平等に受けることができる。

これらの主張が審査請求の理由となった。

野宿生活者ゆえ、住所不定のままの申請だった。審査請求において、住所不定のまま申請するのは異例なことだった。名古屋の「野宿労働者の人権を守る会」など、志を同じくする者で「笹島連絡会」も構成された。藤井は笹島の労働者の生活環境に関心のある大学教授らにも、審査請求した旨を手紙で送り、協力を要請した。協力を得るのは難しくはなかった。そうした縁から、藤井は京都で柳園訴訟という訴訟が提訴され、係争中であることを聞かされることになる。

一〇月二一日、愛知県知事から、

「住居の定まらない者、住所不定者に資産があるかどうかは調べられず、生活保護の適用は不可能である」

と林の審査請求を棄却する連絡が、笹島連絡会に届いた。

原則として生活保護は日本国民の誰でも受けられる。しかし、住所不定の国民は、その生活状況は何ら顧みられず、住所不定という点だけで一律に生活保護からは切り捨てられる――と、状況はさらに重大となった。

笹島連絡会が困惑している中、四日後の一〇月二五日、笹島連絡会は朗報に沸く。この日、柳園訴訟が勝訴したのである。

宇治市が控訴するか、はこの日はまだわからなかったが、柳園訴訟の勝利が笹島連絡会に大きな勇気を与えたのは疑うまでもなかった。そして、宇治市は控訴を断念、柳園訴訟は完全勝訴となる。

笹島連絡会は林と何度も相談し、善後策を練る。ここまでくれば、林は問題の意義も十分に把握していた。日雇い労働者が全面的に生活保護から締め出されてしまう状況を打開するために、自らが日雇い労働者の代表として前面に立って闘わねばならないのだ、と。

毎年、名古屋では野宿生活者が多数、路上死している。名古屋に「野宿労働者の人権を守る会」という組織があるが、同会の記録によるとバブルがはじけた一九九二(平成四)年、名古屋中心部の野宿労働者は二八九人、一九九三年は三八二人、一九九四年には四三四人と増えていった。しかも、毎年十数人は路上死していた。これは、林と同様、福祉事務所に生活保護を申請するも、「働けますから、働いて下さい」と追い返され、相談する相手もおらず、泣き寝入りを強いられての落命とも言えなくもない。

林は、全国で同様に苦しむ仲間の代表として頑張る意欲を支援者に見せた。裁判が長期化するかも、苦しい闘いになるかも、と指摘されても、林は明るさを失わなかった。それが、支援者らにとって「救い」にもなった。

一一月一八日、林は今回の裁決に対する不服の申し立てとして、厚生大臣に対して再審査請求を行ったのだった。この二日後には、名古屋で「寄せ場から生活保護行政を問う全国連絡会議」を初開催し、定期的に勉強会を執り行うようになった。

厚生省からの裁決書は年が明けた一九九四(平成六)年二月九日付けで届いた。それは、さらに苛酷な見解を示していた。

厚生大臣の裁決書では、林は就労が可能であり、生活保護の適用は必要なしとし、さらに名古屋市の医療扶助の適用も本来はおかしい、と書いてきたのであった。結果とすれば、不満はあるにせよ、名古屋市の対応はまだ温情があることになるが、これで、名古屋市の福祉事務所の応対を不服とした提訴にいよいよ踏み切ることにした。

支援者が集まって「林訴訟を支える会」が結成され、訴訟費用を各方面からの寄付などで集め、八人の弁護士による弁護団が結成された。弁護団長は名古屋の弁護士である。

一九九四年五月九日、名古屋市長と福祉事務所所長を相手にして、名古屋地方裁判所に処分の取り消しを求め提訴。あわせて、非人間的な対応を受けたことに対する慰謝料として、一〇〇万円の損害賠償も盛り込まれていた。

全国で係争中の生活保護争訟は当時九件。野宿労働者に対して生活保護決定を行わないことを争った訴訟は、この林訴訟が全国で初となる。

提訴する直前、裁判所前で支援者、野宿労働者の約七〇人が集会を開き、林を激励してから送り出した。その二〇日後には「林訴訟提訴記念集会」と銘打って、関係者が集まって林訴訟の社会的意義を確認する講演やシンポジウムを開いた。

提訴早々、林は苦境に立たされた。このとき、林はとある建設業者と数日間の雇用関係を結んでいたが、テレビで林訴訟が取り上げられ、それを見た建設業者は、林を解雇した。林は解雇された日から、また、野宿生活を余儀なくされたのである。

事務局長の藤井らは一九九四年五月、開設されたばかりの竹下法律事務所を訪れた。協力要請のため、何度も京都と名古屋を往復する藤井の熱意に折れ、竹下は、

「じゃあ、仕事の初めとして、林さんに会わせてくれへんか」

と返答した。

竹下は名古屋の弁護団と共に林に会った。柳園とは違うタイプだった。柳園との初対面は柳園が死の床にあるという切実さがあったが、林は非常に稲和な性格だった。

野宿生活をするのは人それぞれに理由はあろうが、林の話を聞いているうちに、竹下は、

（誰もが好き好んで、野宿生活をするものではない。社会的条件や人間関係が野宿

生活を強いる大きな要因になっているんやな。誰だって、その境遇にならないとは限らない）

と理解した。六月から弁護団の一人として、柳園訴訟でも共に闘った京都の弁護士も仲間に加えて闘いに加わった。

竹下は側面から支えるが、定期的に開催される打ち合わせや勉強会の席で、柳園訴訟での経験を踏まえての意見は、仲間らにとっては行政の慣例を打ち破った、大きなより所になってゆく。

自分のようなみじめな者を二度と作らないでほしい――柳園の一言が自らを裁判へと駆り立て、柳園の怒りが自分の怒りになり、自らを支えたことを竹下は伝えた。

同時に竹下は林が、働きたくても体がいうことをきかない、しかも仕事もないのに働けと言われ、倒れたら面倒を見てやる云々と福祉に携わる職員から言われたことを知り、

「林さんが福祉事務所の職員に追い返されたときの言葉は、法廷での口頭弁論で裁判官にはっきりと伝えないけません。どれだけ林さんがみじめな思いをしたか、どれだけ今後に不安を抱いたのか、を裁判官の心に訴えなければいけません。それがこの訴訟の最も大切な部分ではないか、と思います。林さんの無念さを私たちは怒りのエ

ネルギーに変えなくてはいけません。それを弁護団が裁判官に伝えることができなければ、名古屋市や愛知県、国の施策を問い直すこともできない。壁は厚く高い、と私たちは日々、気を引き締めて共に闘いましょう」

竹下は自らの経験に基づく、〝作戦〟を伝授した。とにかく前向きに考えるように、と竹下は願っていた。とはいえ、

（もし、敗訴したら……）

との心配を抱えていないわけがなかった。敗訴したら、判例となってしまう。全国で同様のケースの訴訟は、もはや勝ち目はなくなる。とすれば、判決が出るまで、「林訴訟を支援する会」の仲間らは日常的に地域社会で地道に「運動」を展開していく術しかない。

野宿労働者にとって「訴訟」といっても、裁判がどんなものなのか、わかりにくい。そのため「林訴訟を支援する会」の仲間らは説明会を催したり、また、世間ではあまり知られていない野宿生活者の生活実態の聞き取りをしたりした。

林のみならず、自分たちの生活が懸かる大問題であるという理解が生まれた意義は大きかった。名古屋地裁での口頭弁論の約八〇ある傍聴席には、野宿労働者が多く詰めかけ、法廷を見守るようになったのである。林にすれば、法廷での仲間たちの無言

の応援は心強い。裁判官にしても、満席の傍聴席が気にならないわけがなかった。

「林訴訟を支える会」に集った者らが一枚岩になったのは、何よりも活動家でもない、野宿生活者の林の存在にあった。「林訴訟を支える会」が動き出したからといって、支援者の誰かが林に住居を提供し、生活の面倒を見ているわけでもない。体調のいいときは、林はわずかな日銭を稼ぐために働いた。生活は苦しいはずでも、「林訴訟を支える会」の仲間らに会うと、味方を得た喜びのためか、いつもニコニコしているのだった。ホームレスという言葉は当時、社会的にまだ定着していなかったが、野宿生活者＝怠惰とか我がままとのイメージは林にはまったくなく、誰もが「林さんのために頑張ろう！」の気持ちになれたのであった。

家族のいない林にとって、各地の弁護士、大学教授、支援者と面識ができ、親しくなれたことは嬉しい様子だった。

3　油断と慢心

林訴訟が提訴された五月は、竹下法律事務所が開設した時期と一致していた。

竹下は、自らの仕事とは何か？を客観的に考える思いだった。自ら一国一城の主として、法律事務所を開設した以上、事務所の経営も考えねばならない。その点で考えれば、生活保護争訟に関わることは、手弁当は当たり前、時間も取られるわけである。数社のサラ金の顧問をしていた方が楽だが、そこには竹下にとって、(何のために自分は、多くの人に支援してもらって、司法試験の点字受験を実現してまで弁護士を目指し、なったのか?)ということの意義は見出せない。

独立開所して、思う存分に生活保護争訟に取り組める半面、これまで以上に民事、刑事を問わず仕事をし、事務所を維持するしかない。土曜、日曜、祝日も返上となった。

実際、事務所開設から一年半後の一九九五(平成七)年一〇月、竹下は「全国生活保護裁判連絡会」を立ち上げ、自ら事務局長に就任する。全国各地の生活保護争訟の本部としての役割を司り、会報を随時発行し、関係者同士の横の連携を緊密化する意図があった。京都市で全国各地の関係者を集めて、結成集会と交流集会が行われ、分科会で「林訴訟を支える会」の報告が行われた。

こうしたネットワーク作りは意味が大きい。林訴訟を支える人たちの輪が全国に広がった。訴訟費用のカンパへの協力もあったし、「林訴訟を支える会」の事務局では会報や資料集を作成し、それぞれ購読要請、販売を行った。支援者は事務局の運営費の確保に積極的に協力すべく、財布の紐を緩めてくれたのだった。全国各地で福祉行政による同様の応対が取り上げられ、審査請求や提訴に踏み切ることが多くなってゆく。また竹下もそうした支援団体に講演に招かれ、そのまま弁護団の一人として加わるケースも多くなっていった。

この間に、司法試験の同期合格者で、司法研修所でも同じ釜のメシを食った青山がオウム真理教の教団弁護士となり、「オウムの青山弁護士」として世間を騒がせた。「オウムの青山弁護士」と知られる前から、京都法律事務所の竹下宛てに麻原の著書が青山から度々送られてきていた。

オウム真理教に息子、娘が入団し、親が面会を求めても叶わないと相談されるケースが多くなっていると全国各地の弁護士のあいだで問題となる中、青山と友人付き合いもしてきただけに、今後が竹下には心配だった。だが、心配は杞憂であってほしいという願いも虚しく、人類史上初の化学テロである松本サリン事件、続く地下鉄サリン事件など世界の犯罪史に名を刻んだ教団の弁護士として、満天下に「青山吉伸」の名前は知られることになった。

一方、林であるが、一九九四年の一一月、支援者の配慮もあって、名古屋市中村区の格安のアパートに入居した。体調が優れない中、ガードマンの仕事などできる仕事を続けていた。

一九九六(平成八)年五月、林は体調を崩し、入院する。本人には告知はされなかったが、大腸ガンであった。闘病生活が始まった。アパートが現住所となり、生活保護が適用され、六月初旬に手術を行い、六月下旬に退院した。

「林訴訟を支援する会」の仲間の運動は、お膝下の名古屋市の職員から自分たちの活動に対する理解を得ることにも力を注いだ。竹下は柳園訴訟を振り返り、

「柳園訴訟では、被告は宇治市福祉事務所の職員を訴えているわけで、宇治市の職員労働組合は当然のように提訴に対しては不快に思っていた。被告側の職員を守るために、原告である柳園さんに対する支援はなかった。職員内での署名活動の動きも創出できなかった。今回の林訴訟では、名古屋市の職員が組合の中での署名に応じてくれたりするような流れができれば……」

と説明をした。

名古屋市の職員には、名古屋市職労と自治労名古屋の二つの労働組合があった。

単なる感情論では話は進まない。支援する側の意見に名古屋市の職員の耳を傾けさせるためには、これまでの野宿労働者の聞き取りの結果をまとめたものを二つの労働

組合の本部に持参して、理解の創出と支援の要請を請うほかはない。二つの組合にすれば、この頼みは虫のいいものだが、秋、一〇月に入るや、自治労名古屋が署名運動を行ってくれたのだった。

そして、一〇月三〇日、名古屋地裁で一審判決が下される。満員の傍聴席。傍聴席に入れなかった支援者、野宿労働者が外で判決を待つ。

裁判長は、こう言った。

「働く意思があっても、具体的に働く場がなければ、稼働能力を活用していないとはいえず、生活保護の受給要件を満たしている。野宿労働者に対しても、生活保護法第四条にある《補足性の原理》が正しく適用されるべきである」

竹下は法廷で、この判決を耳に入れるや、

(完璧や！　画期的な判決や！)

と拳を握り締めた。

(働く能力はあっても働く場がなければ生活保護は認められる、との初めての司法の判断や、これは！)

名古屋市の決定を違法とする、林の勝訴であった。損害賠償については、二五万円を支払うようにも言い渡した。

廷吏により扉が開けられるや、傍聴席から支援者の一人が、あらかじめ用意していた、折り畳んだ紙を手にして、判決を今や遅しと待つ、外にいる仲間の元に向かって走る。走りながら、紙を広げてゆき、一同の前で立ち止まるや、口から言葉は発せず、

「全面勝訴！」

の文字を高く掲げて見せた。

一同は、歓喜を爆発させた。

しばらくすると、傍聴席にいた支援者が続々と集まり、やがて弁護団らに囲まれて、上下濃紺の作業着、青の作業帽を被った喜色満面の林がやってきた。再び「全面勝訴」の紙が掲げられ、弁護団も加わった一同は万歳！の快哉を叫ぶ。テレビカメラ、新聞社のカメラが林を取り囲む。支援者が林の右手、左手を上に挙げて、勝ち名乗りのポーズをとる。

林はこの後、名古屋市中区の名古屋弁護士会館で記者会見を行った。

「支援してくれたみなさんのおかげで、何とか勝つことができました」

林は照れ臭そうに第一声を発した。そして、

「少しでも野宿している仲間への名古屋市の対応が変わってくれたら」

とも話した。

会見を終える頃、支援者らはいささか冷静さを取り戻していた。今日は勝った。一審は勝ったが、名古屋市が控訴して、控訴審となる可能性は強い。敗訴した名古屋市の職員は記者の質問に応じ、「控訴するかどうかは慎重に検討する」「判決は意外」と述べたりした。

福祉関係者、各種の団体の反響は大きく、支援の輪はより強まった、と思われた。控訴の断念を――と「林訴訟を支援する会」は願い、名古屋市当局にそうした旨を綴った手紙を手渡しにも行った。しかし、控訴を阻止することはできなかった。

一九九七(平成九)年の四月、竹下は京都弁護士会の副会長に就任する。

林訴訟の控訴審に向けて、「林訴訟を支える会」の動きも、一審のときと変わらず、活発に活動していた。控訴審の口頭弁論も、一審と遜色ないほどの熱がこもっていた。

同年の八月八日、名古屋高等裁判所で控訴審の判決が下された。弁護団を含めた「林訴訟を支える会」の面々は、控訴審も一審と同じく勝訴だ、と信じていた。ところが、予想外の判決が下された。

「原告(＝林)の姿勢、態度にも問題がある。職業安定所に行っていれば、職は見つかったはずである」

林は逆転敗訴を言い渡された。

この結果を現実に突きつけられて、竹下はじめ弁護団は、歴史的な勝訴を一審で勝ち取ったという満足感が結局は油断につながった、と猛反省させられたのである。職業安定所に行っていない、という事実を裁判官は調べ、その点を衝いてきたのだ。こう指摘されれば、なぜ職業安定所に行けなかったのか、と林の当時の体調や生活から口頭弁論で語るべきだった、福祉事務所に四回訪れたわけだから、四回すべてに審査請求するべきだった、など支援者らは反省させられた。

「不当判決だ」と林らを囲む支援者は憤った。林は判決に納得できない姿勢を示し、弁護団の全面協力のもと、上告理由書の作成に取りかかり、八月一九日、林は最高裁に上告をした。

上告審は控訴審とは違い、裁判官は新たな証拠調べはしない。最高裁の判決は、高裁での判決を維持することが多く、最高裁での逆転勝訴を勝ち取るのは並大抵のことではない。逆に見れば、一審判決で敗訴しても、控訴審で逆転勝訴をすれば、最高裁はまず問題ない、となるのが日本の裁判制度なのだ。

（このままでは……）

竹下は打開策はないものか、と思案に思案を重ね、弁護団にひとつの提案をした。

「どうやろか、弁護団に東京中央法律事務所の新井章先生に加わってもらうのをお願いしては」

弁護団一同は、新井章と聞いて顔色が変わった。

「最高裁で大逆転するには、新井先生のお力こそが必要やと思う。憲法論からの弁論をお願いしたい、と思うとるんや。どんなもんやろか？」

一同は反対する者はいなかった。

新井は、日本初の生活保護争訟となり、当時の日本社会に大きな問題提起を投げかけた、あの朝日訴訟、そして、「第二の朝日訴訟」と形容された堀木訴訟の弁護団の一人として闘った生き証人である。道なき道を切り開こうとした、朝日訴訟の弁護団は法曹界では広く知られ、日本の弁護士で新井章の名前を知らない者はいない。

竹下にしても、司法試験浪人を続けているとき、そして、今も「新井さんのような社会問題に真剣に取り組む弁護士になりたい」と敬意の念はいささかも失われてはいない。新井に弁護団に加わってもらうことは、最高裁の裁判官に対しても、名古屋市当局に対しても、強く睨みをきかせることにもなる。

問題は、新井が賛成してくれるかだったが、快諾してくれた。竹下にすれば、訴訟という背景があるにせよ、「憧れの弁護士」と共に仕事ができるのは、まさに自分にとっても弁護士としてこれ以上の生きた勉強はない、と正直思えた。

（新井先生ならば、何とかこの苦境を打開してくれるだろう）

と、竹下は強く信じていた。

第三者から見れば、柳園訴訟を勝訴に導き、しかも宇治市が控訴を断念した手腕を発揮したことで一目を置かれていても、竹下本人にすれば、自らを新井と比較して、足元にも及ばないと正直思える。なんといっても、柳園訴訟を提訴できたのは、朝日訴訟という画期的な判例があったればこそ、と心からそう思っていた。

弁護団の打ち合わせ会議は、東京で頻繁に開かれる。ガンを抱えながらも林は仕事をし、かつ上京して支援者と共に打ち合わせにも加わった。弁護団や「林訴訟を支える会」の事務局関係者にすれば、林の体調が気になった。林本人はガンの告知をまだ受けてはいない。今は体調が良くても、再入院、再手術となったとき、果たして回復が見込めるか？　といった心配はある。

朝日訴訟、柳園訴訟は、原告が裁判の途中で亡くなった。柳園訴訟では、支援団体が訴訟を引き継いで、勝訴を収めたが、林の場合も、この点を話し合う必要があった。万一の後の裁判の継続は、本人にすれば無念のまま死ぬことを意味する。そんな話をするのは気分的に重くなるものだが、再入院となった場合には、体調の急変も考えられるため、ガン告知と共にこの点をはっきりとさせておかなければならない。

そうなったとき、裁判は苦しくもなる。原告が死去となったときは、本人にはもはや不利益は何もないことから、上告審も敗訴となる可能性は大きくなる、と考えられないことはないし、最高裁が承継を果たして認めるか、といった問題も出てくる。損害賠償の支払いも承継する必要がある。

朝日訴訟においても、最高裁に上告後、上告人たる原告の朝日茂の死亡に伴い、養子が訴訟を承継することにはなったものの、最高裁は上告人の死亡により本件訴訟は終了した、との旨の判決で締めくくってしまった歴史がある。この判決は生活保護争訟の前例がないとはいえ、今もって批判が根強い。弁護団にすれば、林に万一のことがあれば、それだけ不利になる覚悟をしておかなければならなかった。

最高裁の判決が先に出るか、それとも、林が再入院となるか……。

控訴審での敗訴、そして、最高裁への上告から一年一カ月後の一九九八(平成一〇)年九月二五日、林は再入院した。一〇月の再手術の前、ガン告知が行われた。万一のときの裁判の継続についても、話し合いがもたれた。林との話し合いは至ってスムーズにまとまった。林は事務局長の藤井に託すことを何ら厭わなかった。

「同じような境遇に置かれている、仲間たちのためにも頑張ってほしい」

林はそう言って、微笑んだ。

手術後の経過は思わしくなかった。退院の見通しは立たず、一九九九(平成一一)年と年が改まった。二月には、担当医が「余命数カ月かもしれません」と藤井らに伝えた。

林さんが入院し、ガンと闘っている——というニュースは「林訴訟を支える会」の会報を通じて、全国の支援者に伝わった。林のベッドには全国から励ましの手紙やはがきが毎日、届いた。林はそれらの手紙の束を打ち合わせを兼ねた見舞いに訪れる弁護団や「林訴訟を支える会」の仲間に、誇らしげに見せていた。

竹下も林から手紙、はがきの束を渡され、その厚さを手で感じていた。

「余命数カ月かも」との医師の見立てに反し、林は夏を迎え、夏を越えた。毎日届けられる手紙やはがきが林を支え、

「東京では自分のために打ち合わせを何度もしてくれとる。自分も行かないと」

と繰り言のように言っていた。

最高裁の判決がいつ出るか、という見通しが立たない中、秋を迎えた。林の体力も気力も、遂に限界に達するときがきた。一〇月二二日の午前一〇時一〇分、林は支援者らに見守られて死去した。享年六一であった。

「藤井さんに裁判を引き継いでもらいたい」

が林の遺言であった。

林の死に伴い、林訴訟の焦点は、最高裁での判決もさることながら、最高裁が林から「林訴訟を支援する会」の代表である藤井の承継を認めた上での判決を出してくれるかどうか、との点にもあった。

「林訴訟を支援する会」の仲間が、それこそ手弁当で葬儀を執り行い、各地からの支援者も参加した。裁判の承継手続きを行い、今後の活動について一同は確認することになった。

林の死後の一年後の二〇〇〇(平成一二)年一一月二五日、名古屋で弁護団や支援者が集まり、「林生存権訴訟の最高裁勝訴をめざすシンポジウム」を開催することになった。愛知県下において、社会保障運動を行っている団体という団体に声をかけるわけだが、これまでつながりのない団体には、協力を強く要請することになった。

愛知県や名古屋市には全国組織の各種団体の支部が多くある。支援と理解を求めることで、さらに全国各地で林訴訟に対する関心を喚起させることが狙いである。無論、マスコミの関心も高くなるはずで、新聞、テレビを通じて一般への認知度を高めることは、司法に対する世間の注視にも直結することになる。

一六〇人の参加者でシンポジウムは盛況だったが、同時に緊張感も生まれた。というのも、最高裁において林訴訟を担当している主任裁判官は、二〇〇一(平成一三)年の四月二二日が定年であり、定年前に判決が下される可能性が極めて高い、との情報をシンポジウムの開催の直前に、弁護団が把握したからだった。

上告を承継した藤井は、シンポジウムを開催する前に、「訴訟手続受継申立書」と「訴訟手続受継に関する上告意見書」を弁護団と相談の末に作成し、最高裁に提出していた。社会保障に対する国民意識、司法改革への機運が高まり、「市民のための司法」が叫ばれている現在では、朝日訴訟における人権意識は到底受け入れられないものであり、訴訟の承継はもちろんのこと、名古屋市の処分に対する取り消し請求についても、訴訟の承継を認めるべきである、ということなどが法律的な見解も加えてまとめあげられていた。

シンポジウムでは、最高裁宛ての署名活動として「林訴訟の〃公正な判決を求める各界共同声明〃賛同のお願い」を展開することを決め、弁護団が折々に提出する最高裁宛ての上告意見書に随時、添付していくことにもなった。

二〇〇一年二月一三日、最高裁は判決を下した。

藤井が主張する訴訟の承継問題については最高裁は触れることはせず、生活保護の受給権は訴訟の継承人に対して相続性は認められず、名古屋市の処分取り消しの請求は、林の死亡に伴って終了している、損害賠償については控訴審の判断に違法性はなく支払う必要はない等を述べ、名古屋高裁の判決を維持し、上告を棄却した。

林訴訟は、敗訴のかたちで終わったのである。控訴審での油断を弁護団、支援者は悔やむも、

「司法改革が叫ばれる中、朝日訴訟と同じく、上告人の死去を理由にした司法の判断は、市民が期待する最高裁判所の役割を放棄していることに等しい」

との見解を持つに至った。

林訴訟の立ち上げから最高裁の判決までに要した収支は、収入として、会費、会報購読費、カンパ、資料販売費、集会参加費など約一〇三〇万円。集会参加費は約七万五〇〇〇円であり、一〇〇〇万円以上がこの訴訟に関心を寄せる人々の善意に支えられていた。

支出は約一〇四三万円だった。そのうち、訴訟費用は約二七四万円、弁護士への報酬はほとんどないが、代わりとなる交通費の負担が約四五四万円だった。

第9章　山口組との闘い

1　大阪・釜ヶ崎の闘い

「竹下先生、みんな、自分のとこ、相手にしてくれへんのやろか？　七時からの会議いうても、いつも八時から始まるんやし」

がっちりとした体型と裏腹に、上下作業着姿の六六歳の佐藤邦男は竹下にそう心配そうにたずねた。声色から、佐藤が困惑し、強く不安を抱いているのが竹下にはわかった。

定刻午後七時に始まる予定の定例の弁護団による打ち合わせ会議には、竹下を含めて弁護士は六人が出席する。しかし、七時を過ぎても、会場にきている弁護士は弁護団長である竹下だけであった。

残る二〇代、三〇代の若手弁護士四人、竹下と同世代の四〇代の弁護士一人は遅刻である。

竹下は、佐藤に今、指摘されて、正直、

（しまった……）

とバツの悪さを感じた。

（確かにいつも一時間遅れで始まってる。それも、若手が遅刻してくるからや）

と気づき、竹下自らも〝弁護士の悪い癖〟を黙認していたことを恥じた。

佐藤はいつも午後六時半には、会場にきている。会議が始まるまで、佐藤は席に座ったまま待つ。京都から移動のため、竹下は定刻の前には会場に入っている。佐藤を支援する仲間も定刻前にきている。

佐藤は難聴である。佐藤にとって、竹下の大きな声は聞くのに都合がよく、茶を飲みながら雑談をして、若手の面々が集まるのを待っていた。

〝弁護士の悪い癖〟とは「自分は弁護士である。多忙な身なのだ。依頼された仕事をやってあげている」といったプライドが悪い方に出て、種々の打ち合わせや会議に遅刻することに罪悪感がない弁護士がけして少なくないことだ。罪悪感を覚えないのは、弁護士という強い特権を持った仕事に対して、注意をする人、できる人がまずいないからでもある。

竹下とて、その悪い癖がまったくない、とはいえなかった。

会議を重ねること十数回。定刻に始まったのは初回だけで、いつも一時間遅れで始まる状況に、佐藤は、こんなことで訴訟がうまくいくのか、と不安になったのか、竹下にたまりかねて、「みんな、自分のとこ……」と口にしたわけだった。

竹下は、会議が定刻に始まらなかったことを佐藤に詫び、その日の会議後、若手弁護士を残らせて、佐藤の帰宅後、たとえ目が見えずとも、大きく目を見開き、睨みつける形相で注意を促し、最後にこう言い放った。

「ええか、当たり前のことを当たり前にできなくて、この裁判を乗り越えることができるわけないで！　依頼人や支援の仲間が時間通りきているのに、弁護士が定刻にいない。遅れてばかりでは、依頼人や支援の仲間に信頼されへんで……。次回からは定刻通りに集まれ。佐藤さんは心からウチら弁護団を信頼しとらんぞ。佐藤さんが心から信頼してくれんと、この裁判、勝てるわけあらへんぞ！　提訴してもう一年や！　弁護団が当たり前のことを当たり前にやらんと、勝てるわけない！」

若手弁護士は、竹下の怒りに頭を垂れるほかなかった。

この裁判とは、一九九八(平成一〇)年一二月二日、大阪地方裁判所に提訴された佐藤訴訟である。竹下が弁護団の一人として関わっていた佐藤訴訟は、「釜ヶ崎の闘い」

とも関係者らには称されていた。大阪市西成区の釜ヶ崎、それは東京の山谷、名古屋の笹島と共に、世間に広く知られる、日雇い労働者の集まる〝寄せ場〟の地名である。

林訴訟の一審の全面勝訴は、全国の〝寄せ場〟に大きな影響を与えた。各自治体による、不当な生活保護法の運用の下で、やむなく野宿生活を強いられている労働者に希望を与えたのだった。

「釜ヶ崎の闘い」と称される佐藤訴訟は、林訴訟なくしては提訴はあり得なかった。林訴訟にしても、柳園訴訟の完全勝訴がなければ提訴もなかったわけで、竹下が佐藤訴訟の弁護団の一人に是非にと声をかけられ、加わったのは当然の成り行きともいえたのだった。

ホームレスという言葉が九〇年代後半になって世間に定着しつつある中、林訴訟、佐藤訴訟はホームレスの支援対策をどうすべきか？　を世に問うてもいた。

佐藤は釜ヶ崎で日雇い労働に従事していたが、バブル経済後の長引く不況のために失職して、収入が途絶える状況に陥り、野宿生活を強いられていた。

大阪市は独自の福祉対策として生活保護法とは別に、釜ヶ崎における生活保護の実施機関である大阪市立更生相談所が設けているプレハブ施設の「臨時宿泊施設」に野宿生活者を一時入所させる方針を立てていた。

佐藤も過去に二回、臨時宿泊施設に入所したことがある。二回、というのは仕事が見つかったから退所したわけではなく、佐藤が難聴のため、施設内でのコミュニケーションが思うように取れず、かつ、そこでの生活がなじめるものではなかったためだ。

雨風を凌げる施設を提供する大阪市の施策は、野宿生活者の多い地域性を鑑みたものではあるが、大人数が収容され、プライバシーはないに等しい。また、管理する大阪市立更生相談所は、収容者に対して個々人の悩みや相談などケアに応じることはしない。早く仕事を見つけよ、と「自立」を求め、早く退所する方向に仕向ける。結局、入所者は臨時宿泊施設にいづらくなり、野宿生活に戻らざるを得ないのである。野宿生活をする労働者を収容こそするが、野宿生活に二度とならないように全面的に支援する、というものではなかった。

佐藤は臨時宿泊施設で世話になった後、再び野宿をするようになり、また臨時宿泊施設に世話になるという、悪循環を繰り返した。大阪市立更生相談所の施策の欠点ともいえた。

一九九八年一〇月、佐藤は大阪市立更生相談所に、

「難聴のため、臨時宿泊施設では意思の疎通がうまくいきません。私の収入で入居が可能なアパートでの生活保護を何とかお願いします」

と保護申請をした。申請をしたものの、大阪市立更生相談所は過去二回、佐藤が臨時宿泊施設を退所した理由を考慮せず、また、アパートでの生活保護が可能なのか、といった個別の事情や希望を何ら顧みず、三度目の臨時宿泊施設での保護を一方的に決定しただけだった。

佐藤はこの決定を不服とした。

野宿労働者が溢れる釜ヶ崎においては、様々な団体、あるいは個人が支援活動を行っていた。これは長引く不況によって野宿労働者が思うように仕事に携われない背景もあるが、同時に大阪における野宿労働者への襲撃事件や嫌がらせを防止するための監視の目的もあった。

一九九五(平成七)年一〇月には、釜ヶ崎で働く六三歳の男性労働者が、青年の襲撃を受け、道頓堀川に突き落とされ、死亡する事件が発生した。

一九九八年六月には、釜ヶ崎にほど近い兵庫県西宮市で野宿生活をしていた労働者が、青年の襲撃を受けた。労働者は自衛のため反撃、青年の一人を殺害する痛ましい事件が起きた(この事件は、一九九九年一〇月末に判決が下され、懲役一〇年が言い渡された)。

竹下はこうした事件を聞き及び、また、林訴訟の打ち合わせで林と会い、

（好き好んで野宿生活をする者はまずおらん。行政が野宿生活を回避するための対策を立てなければ、襲撃事件は繰り返されてしまう。行政側には〝そりゃ、野宿生活をしている方が悪い〟という偏見を持った者も多いんやないやろか）

と思っていた。

佐藤にとって幸いだったのは、様々な団体、個人が釜ヶ崎での支援活動を行っていたために、相談ができたことであった。積極的に釜ヶ崎で支援活動をする人たちだから、名古屋での林訴訟の経緯や動向にも注目していた。生活保護に関する法律論にも当然詳しく、佐藤の相談を聞き、弁護士さんに相談するべき大問題、と認識されたのである。

柳園訴訟、林訴訟での竹下の活動が知られていたため、竹下のもとに照会があった。

生活保護法は居宅保護が原則とされる。施設における保護は、居宅保護の目的を達成できない場合に行うものである。同時に、収容保護は本人の意思に反して強制はできない。とはいえ、大阪市での施策は、野宿労働者やホームレスに対して、施設に収容する施策しか行えないというのが行政の慣行となっているわけで、それ以外の施策はなかったことになる。だが、施設生活の不便さは野宿労働者やホームレスには口コミで広がっており、「そんな所で生活するなら野宿がいい。所詮、自分たちは救われないのだ」と諦めを含めた意識を持たざるを得なくなっていたのであった。

佐藤は難聴とはいえ、仕事があれば、収入の範囲内でドヤやアパートでの生活を営むことができる。収容保護決定を不服とし、大阪市、大阪府を相手取っての裁判は十分に可能、という見通しが竹下はじめ組織された弁護団との打ち合わせで迅速にまとまったのだった。

問うべき点は四つあった。まずは、野宿者に対する保護の開始時に、住居を有していないからと一律に施設に入れればいい、居宅保護は無理なのだ、と判断することに対し、申請者の希望や事情を考慮するべきこと。

二つ目は、最初の点を考えれば、居宅保護を行う場合、申請者が敷金をもし用意できなければ、たとえ相手が野宿者であるとはいえ、直接敷金を支給して居宅を確保させることもできるはずである、と問い合わせたが、この点は拒否された。しかし、生活保護法ではそのように限定は何らしていない。野宿者に対しても、敷金の支給は可能ではないか、ということ。

三つ目は、施設に被保護者を収容する場合、被保護者が収容決定に従わないとすれば、収容の実施機関である大阪市立更生相談所は、被保護者である佐藤に理由を聞き、被保護者の実情を調査して、保護の変更を考える措置を取るべきではないのか。

四つ目は、施設での生活から再び野宿生活に戻っているケースが多いが、退所希望者が居宅保護を希望する場合には、保護変更の申請権を保障し、それを説明する義務があるということ。

保護申請を行った一九九八(平成一〇)年一〇月末から約一カ月後の一二月二日、佐藤は大阪地方裁判所に提訴した。「野宿から居宅保護は無理なのか?」を問い、「生きる権利とは何か?」も問う佐藤訴訟が始まったのだった。

林がガンを再発して再入院していたときである。竹下は名古屋、東京、大阪、さらに金沢、福岡など全国各地を飛び回る格好で、生活保護争訟の弁護団に携わっていた。二〇〇一(平成一三)年二月、最高裁に舞台を移していた林訴訟は敗訴に終わったが、林訴訟の弁護団の一人として関われたことは、竹下の中に、

(野宿者問題にもこれからは取り組んでいかんとな。そう思うようになったのは、林さんと出会えたからや。生活保護法の本旨に基づいた保護の適用を推し進めて、居宅保護を実施する後押しとして、アパートへの入居にあたって、保証人を確保する活動に取り組まないと。あるいは保証金の基金を設立するかや)

というアイデアが芽生えていた。

不況の影響で、野宿生活者は増えている。地域社会の中で、ホームレス=働かない

人、という偏見が強く、林のような事情は何ら顧みられず、ホームレスを地域から追い出そうとする動きもよくある。追い出すことに意義があり、彼らが追い出されてどこに行くのか？　は考慮されていないことが多い。

バブル崩壊後は、終身雇用制度の崩壊と多重債務から、住宅ローンが払えなくなった人が、やむなくマイホームを手放し、ホームレスになるケースも現れつつあった。住宅ローンは二〇年、三〇年と長期にわたっての安定した雇用による収入が前提条件である。仕方なく、消費者金融を利用して、ローンを払おうとするが、間もなく、多重債務者から自己破産へ、最後にはマイホームを手放す、というパターンに陥ってしまう。

この後者の例も今後は大きな社会問題になる、と竹下は危機意識が強い。それだけに、

（林さんが裁判で最後まで求めた願いを、まず京都から始めないと）

その誓いに偽りはなかった。以後の竹下は、京都で野宿者問題に取り組むようになる。野宿生活者の生活の場を歩いて、野宿者と直に話し合い、彼らが何を考え、行政や福祉に何を求めているのか？　に耳を傾けるようにもなったのである。

野宿者は収入が苦しいときは、居酒屋はじめ各飲食店の残飯を貰い受けて、食べる

ことがある。竹下がなるほど、と教えられたことは、野宿生活者は体調を崩したら仕事ができなくなることから、体調には気を遣い、残飯が生モノであった場合は、けして生では食べず、必ず火を通して食べることだった。仲間とあれこれ持ちよって、鍋で雑炊を作って分け合っている場に、竹下は居合わせたこともある。それは生活の知恵と称するより、必要に迫られてのものなのだ。

二〇〇一年一一月に「第四四回日弁連人権擁護大会」が都内で開催された。これは日弁連(日本弁護士連合会)の年間の最大行事で、全国から一〇〇〇人以上の弁護士が集まる。竹下は、ここで障害者の差別をテーマにしたシンポジウムを開催し、委員長を務めた。長い同大会の歴史においても、「障害者差別」をテーマにしたのは意外なことに初であった。

二〇〇二(平成一四)年二月、竹下が中心となり、日弁連に「障害のある人に対する差別を禁止する法律に関する調査研究委員会」が設置され、竹下が委員長となった。

翌月、約四年間の時間を要して、佐藤訴訟の判決が下された。原告・佐藤の完全勝利であった。特筆すべきは、先の四点についてすべて地裁が原告の主張を支持したのである。

生活保護争訟史上において、最高裁レベルで勝訴判決を得るケースも二一世紀になって相次いだ。この史上初の快挙が、二〇〇三年七月に言い渡された金沢高《たか》訴訟であった。続いて二〇〇四(平成一六)年三月に中嶋訴訟(福岡学資保険裁判)でも勝訴判決を勝ち取った。両訴訟とも竹下は弁護団の一人だった。

金沢高訴訟は、金沢市在住の四五歳の高真司が提訴した訴訟だった。高は脳性小児麻痺による重度障害のため、二四時間の介護を要するものの介護保険の適用外だった。生活費と介護人をつけるために必要な費用は、月額七〇万円であった。介護保険が認定されれば、高の障害は「要介護五」と最も重度として認定されるのはまちがいなく、月額約三〇万円は保障される。

話は前後するが、高は一九九四(平成六)年三月末まで、生活保護費は月額一四万七三八〇円を支給されていたが、これが二万円の減額がなされ、一二万一〇〇〇円しか認められなくなった。高の母親が生前、心身障害者扶養共済年金をかけていたが、二万円が毎月支給されることになり、これが収入と認定されて生活保護費が減額されることになったのだ。

高は、共済年金は介護料を補充するために用いるべきものであり、収入認定とするのは不当であり違法、介護費は生活費を圧迫することになる、という訴えを支援者の力を得て、金沢市社会福祉事務所を相手取って、一九九五(平成七)年七月、金沢地方裁判所に提訴した。金沢市社会福祉事務所を相手取ってはいるが、一律の支給をする国の保護施策を問う裁判だった。

四年後の一九九九(平成一一)年六月に一審判決が下った。高の生活実態を踏まえた上での判決だった。現在の生活保護による給付は介護費を賄うには不十分であり、共済年金の収入認定は違法である、として高の勝訴を言い渡した。この訴訟では、共済年金の意味は何か、生活保護の受給者の希望をどこまで反映しなければならないか、などの争点があった。

被告となった金沢市社会福祉事務所は控訴した。控訴審は、二〇〇〇年九月に判決が下された。一審判決に続いて、高裁でも高の勝訴となった。金沢市社会福祉事務所は最高裁に上告したが、最高裁は高裁の判決を維持し、高の勝訴を言い渡した。

中嶋訴訟は、福岡市に住む中嶋豊治の名に由来する。中嶋一家は生活保護を受けていた。両親は自身の不遇な子供時代を顧みて、二人の娘は高校に進学させてあげたい、と生活保護費を節約して、一四年間にわたって学資保険を毎月三〇〇〇円かけてきた。しかし、一九九〇(平成二)年六月、福岡市福祉事務所によって、学資保険を解約させられた。これまでかけてきた五〇万円は返戻金として戻るが、その返戻金を収入認定され、高校進学費としてではなく生活費として使えとして、生活保護費を半年間減額されることになった。

福岡市福祉事務所は、

「高校は義務教育ではないので、生活保護家庭では高校進学は原則として認められない」

との生活保護行政の慣例を主張して譲らない。

これを中嶋は不当な判断であるとし、各方面と折衝し、処分の取り消しと損害賠償を求めて一九九一年一二月末、福岡地方裁判所に提訴した。

地裁の判決は一九九五年三月半ばに出されるのだが、そのあいだに父親が死去し、二人の娘が訴訟を承継した。一審判決は、原告敗訴となった。中嶋家は控訴する。

福岡高等裁判所は、中嶋家の生活実態、一般の高校進学率、生活保護世帯の高校進学の困難さを約三年半にわたって調査し、一九九八年の一〇月初め、判決を下した。判決は、逆転勝訴だった。生活保護争訟において、高裁で逆転勝訴となったのは日本初のことだった。福岡市福祉事務所は最高裁に上告する。最高裁の判決は二〇〇四（平成一六）年三月に出されるが、最高裁は高裁の判決を維持したのだった。

2　和解案、受け入れられず

二〇〇四(平成一六)年一一月一二日の金曜日、東京・三宅坂の最高裁判所。午後一時、第二小法廷に入るバーを押し、弁護団長である竹下は原告側の弁護団席に歩を進めた。

靴から伝わる分厚い絨毯の感触は、地方裁判所、高等裁判所では体感できないものだ。

(ああ、最高裁にきとるんやな……)

と気持ちは昂揚する。廷吏による場内の点検後、裁判官が五人入る。「起立」と廷吏が言った。弁護団席、傍聴席の一同は起立し、礼をする。

「着席」の言葉はないが、目が見える者は裁判長が着席したのに合わせて座る。だが、竹下は全員着席したのがわからず、起立したままだった。隣の弁護士が袖を引っ張り、竹下も着席した。地裁や高裁では床から伝わる感触で、周囲が着席したかどうかも把握できるが、厚い絨毯ゆえに竹下にはそれがわかりかねたのだ。裁判長が判決を読み上げる。

「上告人・渡辺芳則ほか、被上告人・藤武《ふじたけ》……ほか。主文、本件上告を棄却する」

竹下は「勝った」と小さくつぶやき、右の拳を握り締めた。法廷は以上で閉廷された。判決は時間にして一分に満たない。一分に満たない判決を勝ち取るために、提訴から約六年を要した。事件の発生からは、約一〇年の歳月が流れていた。

（本当に勝てたんや！　藤武さん一家が諦めなかった成果や！）

竹下は目頭が熱くなった。最高裁は法治国家・日本の最後の法の番人である。同時に、最高裁の判決は新しい知見、解釈を創り出し、世の新しい常識を生み出す。

今、下された判決は、まさに歴史的なものだった。

渡辺芳則、とは日本最大組織の暴力団で、組員数三万人、三万五〇〇〇人超ともいわれる山口組(本部・神戸市)の五代目組長である。

竹下は人権や社会保障制度に関する仕事が多かったが、裁判の発端となる京都事件(マスコミは山口組下部組織の警官誤射殺と称した)の発生後、無念の遺族と面会した。

面会後、竹下は、

（絶対に泣き寝入りしたらあかん。民法第七百十五条の使用者責任を適用すれば、トップを被告として責任が問えるはずや）

と力説した。しかしながら、多くの弁護士が首を捻った。

「渡辺を被告にする？　提訴しても、ウチらが勝てる見込みはまずない。判例もない。発想そのものが前代未聞や」

「ええか、竹下さん、地方の営業所の平社員の責任を東京のど真ん中にある本社の社長、会長の責任に帰するなんて無理や」

「理論的なだけではあかん。提訴して敗訴すれば、それが悪しき意味での判例になるし、被告以下を勢いづかせる。暴力団の活動を容認することになるで、竹下さん」

と消極的だった。これらを聞き及んだ竹下は、

「誤射された藤武さんがそれじゃ可哀想や！　ピラミッドの組織があるからこそ、藤武さんは亡くなった。頂点に君臨する者を、被告として責任を問えないなんておかしいで。提訴には社会的意義が十分にあるはずや！」

と一喝し、持論を曲げなかった。

京都事件は、一九九五(平成七)年八月二四日の深夜に起こった。京都市内の繁華街・祇園で警視庁指定暴力団である山口組の三次組織にあたる山下組の組員が口論の末、同じく指定暴力団の会津小鉄会(本部・京都市)系山浩組の組長を銃撃し、重傷を負わせる事件が発生した。シノギを巡る争いからの発砲事件であった。

発砲事件から約五時間後の二五日未明。京都府警下鴨署の藤武剛巡査部長(当時四

四歳)が、京都市左京区の山浩組事務所の前で警戒中、山下組の組員二人が藤武巡査を山浩組組員と誤認して発砲した。三発の銃弾を浴びた藤武巡査は即死。誤射殺した組員と運転手をしていた組員は、翌二六日に出頭して逮捕され、後日、それぞれ一八年と七年の懲役が確定し、服役となった。

この暴力団抗争に巻き込まれた遺族の無念に耳を傾けるうちに、竹下はとても静観できなくなった。「実行犯二人、二人を指揮する山下組組長に損害賠償を求めるのは当然のこと。でも、この事件は民法第七百十五条の使用者責任を適用すれば、山口組組長の渡辺の責任は問える」と竹下は判断した。

民法第七百十五条は、運送の事故などの判例が多い。たとえば、ラーメン屋の従業員がバイクで出前中、人をはねて死亡させたとき、経営者は被害者の損害を償う責任がある。近年の医療ミスでは、勤務医を訴えると同時に病院側も損害賠償を求められるケースが多く、これも「使用者責任」の範疇にある。

ただ、今回の場合、トップのトップである渡辺が、末端組織の三次団体の実行犯二人に直接、発砲を命じたと考えることは難しいし、顔や名前も知るわけがない。

暴力団抗争に巻き込まれた遺族による民事訴訟において、その暴力団のトップの責任を問う裁判は全国各地にあれど、それは組員数数百の規模に過ぎない。組員万余という全国規模、しかも、全国最大組織の山口組のトップの使用者責任を問う裁判は、警察庁の記録を見る限り前例はない。

遺族側が勝訴しても、民法第七百十九条の「共同不法行為者の責任」のみを認め、直接指揮した下部組織団体の組長にのみ賠償を命じた判例が大半だった。

この「壁」を乗り越えることは無理である、と多くの弁護士が考えるのも無理からぬものがあった。判例に従えば、消極的にならざるを得なくなる。しかし、だ。遺族の無念に耳を傾け、藤武の妻が何度も「人の命の重さ、尊さだけはわかってほしい」と口にするのを竹下は聞かぬ振りはできなかった。遺族の悔しさが自分の悔しさになり、遺族の怒りが自分の怒りに変わった。

(泣き寝入りはあかん。藤武さんだけでなく、全国に同様の苦しみを抱えている人もいるはず。これは日本の社会全体に問うべき問題のはずなんや)

「竹下は目が見えへんから、組員が目の前にいてもわからへんしな」

と揶揄されるようになった。確かにこの指摘は的を射ていなくもない、と竹下は苦笑いしていた。

週刊誌やスポーツ新聞では、「山口組五代目・渡辺芳則」の顔写真はおなじみである。日本の暴力団の組長で、一般に顔と名前が最も知られている人物だ。竹下は渡辺の顔や体格はわからない。

「渡辺は昭和一六年生まれやそうやけど、どんな容姿なん?」

と人にたずねたりするが、

「ヤクザ映画の中の高倉健という感じではないな。健さんは背が高くてスリム。渡辺は横幅もあるし、胸板も厚そうで、恰幅がいい。髪はスポーツ刈りよりちょい長めだな。山口組組長、という前提で見てしまうからかもしれないが、重厚な貫禄がある。スーツも似合うし、和装も似合う」

失明前には健さんの映画ぐらいは観てるやろ、と推測されてか、こう解説されることも多かったが、竹下は高倉健の名前こそ知っているが、容姿はまったくわからない。子供の頃に観た、アメリカ映画のギャングのイメージでもなかった。

日本一有名な暴力団組長だ。若い弁護士ならば、プレッシャーで潰れる可能性がある。本人が命の危機を感じるだけではない。家族に危害が及ぶ心配もある。家族から「そんな危険な仕事をしなくても」と反対され、ほかの仕事もできなくなりかねない。竹下はそんなことは気にしなかった。

大きな裁判では当たり前だが、ケガや病気、さらには不測の事態に巻き込まれる可能性も考え、複数の弁護士で弁護団を編成する。京都で起きた事件でもあり、生活保護争訟や障害者問題が専門ではあるが、最初から提訴を強く主張した竹下が弁護団長に就任し、実に七二人の弁護士で弁護団が結成された。民暴(民事暴力被害救済活動)を専門とする弁護士ばかりの弁護団だ。七二人のうち四〇人が常任弁護団として活動することになった。

暴力団組織の生命線は、傘下団体の「シノギ」と形容する資金獲得活動だ。下部組織を大きくし、本家本流である「直系」に取り立てられるためには、上部組織に上納する「シノギ」がモノをいう。下部組織は資力がないだけに、「シノギ」も楽ではない。弁護団は、議論の末、その「シノギ」こそ「暴力団の事業」と解釈した。

上部組織に下部組織が、みかじめ料を筆頭に上納する「シノギ」のシステム。山口組においてそれを可能ならしめるのが、有名な「山菱の代紋」である、と竹下ら弁護団は結びつけた。

(資力のない下部組織にすれば、「山菱の代紋」を掲げ、〟山口組の者や。わかっとるやろな〟と睨みをきかして、「シノギ」をするわけや。これは疑うことができない事業システムや)

三次組織が起こした事件でも、「シノギ」は山口組のトップが君臨しているからこそ行われており、総帥である渡辺の使用者責任は成立する、と弁護団は釈義した。

使用者責任を問う裁判で原告側が問われるのは、まず、暴力団の組織内での指揮系統を立証すること。今回の事件では、末端組織の組員に直接、命令の指示を出していない渡辺組長を「使用者」として認定させることだ。そして、「シノギ」が暴力団の「事業」であり、山口組においては「山菱の代紋」を掲げることが事業を可能ならしめていることを裁判で原告側は申し立てるのである。

一九九八(平成一〇)年八月、山口組の渡辺芳則組長、実行犯二人、実行犯の直属の山下組組長の計四人に対し、遺族四人(藤武の妻と三人の子供)が京都地方裁判所に約一億六〇〇〇万円の損害賠償を民法第七百十五条に基づいて求める提訴をした。

一九九八年一〇月二六日を最初として、毎月のように法廷での口頭弁論が双方の弁護団により始まり、双方の証人、京都府警の捜査員らも出廷して証言してゆくのだが、前例のない裁判となるため、京都地裁としても困惑を隠しきれない色を帯びてゆく。

原告側は被告渡辺の本人尋問を強く求め、被告の山口組側は当たり前ながら「法的責任はない」との見解を続けていた。

提訴から丸三年となった二〇〇一年七月九日、第二一回の弁論期日において、京都地裁の裁判長は原告、被告の双方に、

「職権で和解を勧告する。次回期日は八月一〇日」

と伝えた。これは「原告、被告が八月一〇日に和解の席に着く」ことを意味する。遺族側の意向を預かる竹下をはじめとした原告弁護団、さらに被告側とも、和解勧告は裁判所の早期解決への意向の表れ、と受け止めざるを得なかった。

原告弁護団がそのあたりを斟酌すれば、山口組側が法的責任を認める誠意ある対応次第となる。遺族、弁護団を納得させるものを示してくれるのならば、和解に応じないわけではない。そのあたりを踏まえて、遺族、弁護団は協議を重ねた。とはいえ、

（和解も簡単にはいくもんやない。八月一〇日は第一回の和解期日に過ぎない。一億六〇〇〇万円の請求を減額する理由はこちらにはないにせよ、この金額に準じる見舞金を支払うというのならば、和解は有り得る話や）

と覚悟しつつも、譲れない立場についても竹下は考えた。

八月一〇日、午後一時半、京都地裁。原告側、被告側、それぞれ交替で入室する。裁判と異なり、和解は非公開で行われる。

原告側は竹下ら一二人の弁護士がまず入って裁判長、裁判官に和解内容を伝え、この後、被告側は渡辺、山下、実行犯二人の代理人である弁護士が入室し、原告側の和解内容を教えられて、自らの意見を裁判長、裁判官に伝えるのだった。

原告側の意見は、次のようなものだった。

（1）被告の渡辺に謝罪をしてもらいたい。
（2）請求額を減額する理由は当方にはなく、この点については応じられない。
（3）実行犯らは自らの罪を認め、「哀悼の意」を遺族に伝えてはきたものの、被告渡辺の法的な責任を認める認識は生まれていない。山下らにも自らの法的な責任の重さを認めてもらわなければならない。

一方、渡辺の代理人の意見は、謝罪に応じるかどうかは即答できないという方向を示すものだった。

法的責任を認める誠意ある謝罪をするなら和解に応じる、が竹下ら弁護団の姿勢である。一〇月一日、一一月一九日にも和解期日を設けたが、被告側は法的責任は何ら認めず、結果的に、裁判所は和解を打ち切るほかなくなった。口頭弁論に戻す手続きを行い、次回期日を明年二〇〇二(平成一四)年の二月六日と定めたのだった。前例がないことが被告の弁護団を強気にさせている、といえた。巨大組織としての奢りがそこにはあった、ともいえた。

3　最高裁での思わぬ再会

一審判決は二〇〇二年九月。判決は、

「渡辺組長と実行犯らとのあいだには、実質的な指揮監督の関係があったとは認められない」

として使用者責任については原告側の訴えを退けた。

前例のない裁判ではあるが、この判決は竹下ら弁護団の期待を裏切るものであった。逆に、一審でその判決が出ることを多くの弁護士は予想していたから、当初は消極的にもなったのだ。

もはや和解の方策はない。一審判決以後の闘いを見据え、使用者責任は問えるとの展望から「これからが正念場」と覚悟の時空に身を置く。

二〇〇三(平成一五)年一〇月三〇日、大阪高等裁判所。遺族の思いで動かされてきた竹下ら弁護団の執念は、二審判決で遂に実った。判決は、

「渡辺組長の使用者責任を認め、実行犯二人と直属の組長、四人連帯して総額およそ八〇〇〇万円の支払いを命ずる」

であった。新聞報道では、警察庁の記録に照らし合わせ、暴力団抗争をめぐる民事訴訟で全国最大組織の山口組のトップの使用者責任が認められたのは全国初、と強調した。

「組員の抗争を巡る同様の訴訟に大きな影響を与え、暴力団組織の責任追及に弾みがつきそうだ」

と記した全国紙もあった。渡辺組長側は判決に対して上告し、舞台は最高裁判所に移る。

最高裁の判決がいつ出るか？　二〇〇三年内か、それ以降か。最高裁の判決は、高裁判決を維持する場合が多いにせよ、最高裁が使用者責任を認めるかどうか？　はやはりわからない。

そんな中で、政府はじめ法務省が、原告弁護団の動きとあたかも連動するかのように、二〇〇四年四月から施行される法改正を行った。警察庁が認定する全国二四の指定暴力団の抗争に巻き込まれた被害者が、簡易な立証で上部団体トップの組長に損害賠償責任を問える、という改正暴力団対策法の施行だった。次の三つだけで立証が可能になったのだ。

(1) 指定暴力団間で抗争が発生した。

(2) 対立に伴い、凶器を使った暴力が振るわれた。

(3) 加害者が指定暴力団の組員であった。

暴力団の抗争による巻き添えの被害について、指定暴力団トップの責任を追及する際の被害者側の立証責任が軽くなったのだ。

最高裁の判決がどうなるか？　警察関係者、法曹関係者が注目するのは、トップの組長の使用者責任が判決で認められれば、下部組織の末端組員のみかじめ料の取り立てにおける暴力行為でも、トップの指揮権を使用者責任として問うことが可能となることだった。改正暴力団対策法よりも適用範囲は広く、被害者の救済も円滑になり、暴力団は壊滅的な打撃を受ける。

竹下にすれば、ここまでこられたのは遺族の粘り強さだと思えた。壁を乗り越えようと弁護団を信頼し、身の危険を考えて「もう、いいです」と弱音を吐かなかったことが大きい、と思った。

藤武の遺族には「警察からの見舞金だけでなく、まだ金がほしいのか！」、弁護団には「売名行為するな！」などの中傷も方々からあった。だが、全国最大のヤクザ組織を相手にしているのは事実上、藤武の遺族で、竹下ら弁護団は側面から支えているに等しい。

使用者責任が認められて被害者の救済が円滑になっても、誰もが民事訴訟を起こすか、となると難しい。弁護団への費用も莫大なものになりかねない。それでも、使用者責任の判例によって、暴力団同士が抗争をする際、一般市民を巻き添えにする危険性を考えるようになれば抗争の抑止力にもなる。一般市民が使用者責任について見解を持つのは、社会的にも意味が大きい。

残暑厳しい二〇〇四年の九月。藤武の妻の姿をビデオ撮影しようとした山口組系組員が、建造物侵入容疑で逮捕される事件が発覚する。この事件後、竹下法律事務所、竹下の自宅を管轄する警察署は竹下や家族、事務所職員の安全を守る配慮をした。不穏な動きに竹下は、

（最高裁の判決が近いのか？）

と皮膚感覚で感じていた。

最高裁から「一一月一二日金曜日の午後、判決を言い渡す」と竹下法律事務所に連絡があったのは一一月五日だった。

一二日が刻一刻と迫る中、一〇日の水曜日、竹下家は喜びに包まれた。二八歳の長男・博将が司法試験に合格したのである。京都大学工学部で化学を専攻、卒業後は同大学大学院に進むも中退し、司法試験を目指した。司法試験受験専門の予備校に通い、五回目の挑戦で合格を果たした。

博将は小学生、中学生の頃、

「将来は弁護士になるんや！」

と言っていた。だが、将来の進路を考える高校生の頃には、

「弁護士って、人の弱みに付け込んで金を取る商売やな」

と竹下に呟いたことがあった。それが、親父の背中を見て育ったのだろう、大学院の在学中、父と同じ道を歩みたい、と決意する。動物実験を毎日行う研究生活が博将を変えたらしかった。多くの動物の生命の犠牲を伴う科学の進歩。そんな日常から、博将なりに自らの人生を考え抜いた結論が、弁護士を目指すということだったのである。

長女・知里は、かつて竹下が半年間も入院した縁がある京都府立医科大学に進んで医師となり、結婚も控えていた。次女・佳那は大学進学に向け勉強中である。受験予定の大学のひとつに、竹下・寿子の母校である龍谷大学も含まれていた。

家族五人の生活も来年三月までとなり、竹下と寿子は親としての責任を果たしたと思いながらも、いささか寂しくもなったのだった。

そして、一二日午後――最高裁は山口組組長の上告を棄却、「山口組組長の使用者責任」が確定し、原告側の完全勝利となったのだった。八〇〇〇万円の支払いも、事件の翌日から起算するので利子がつく。指定期日までに山口組側は、利子も含め一億円を超える金額を支払わねばならなくなった。

閉廷後の弁護団控室。藤武の妻は遺影を抱いて、泣いていた。歴史的な判決であり、

最高裁判所からほど近い、霞ヶ関の弁護士会館において記者会見が行われる。安全面を考慮し、妻の会見への出席は控えられた。警官の警備を受けて、竹下らは会見に臨んだ。弁護団長として竹下が、

「常に何が起こるかわからぬ不安はありましたが、遺族の固い意志がなければ、今日の集大成はありませんでした」

と会見した。竹下の横に座るほかの弁護士が、藤武の妻のコメントを代読した。

「やっと長い裁判に幕が下りました。主人も自分の命をもって、社会がほんの少しでも良く変わってくれれば、と安堵してくれると思います。目の前に立ちはだかる壁に、少しでも何か届いたのではないか、と確信しています。裁判を決意した日から本日まで、揺れ動く心を支えてくれたのは人の命の重さ、尊さだけはわかってほしい、その一念でした」

閉廷後、最高裁判所では「判決文」が弁護団から、マスコミに配布された。今回はA４判三〇頁の構成だった。

判決は、「①山口組は、その威力をその暴力団員に利用させ、又はその威力をその暴力団員が利用することを実質上の目的とし、下部組織の構成員に対しても、山口組の名称、代紋を使用するなど、その威力を利用して資金獲得活動をすることを容認し

ていた」「②上告人(組長の渡辺)は山口組の一次組織の構成員から、また、山口組の二次組織以下の組長は、それぞれの所属組員から、毎月上納金を受け取り、上記資金獲得活動による収益が上告人に取り込まれる体制が採られていた」「③上告人(組長の渡辺)は、ピラミッド型の階層的組織を形成する山口組の頂点に立ち、構成員を擬制的血縁関係に基づく服従統制下に置き、上告人の意向が末端組織の構成員に至るまで伝達徹底される体制が採られていたことが明らかである」等を明記した。シノギなる資金獲得活動は、民法第七百十五条の使用者責任の対象となる事業に当たることは明白で、資金獲得に不可欠で威信を維持するための抗争も事業と密接に結び付いていることは疑う余地なし、と明示していた。

最終頁には「これは正本である」との奥付が書記官の氏名と共に書かれ、書記官の押印が施されている。弁護士会館に移動前、その書記官が竹下の元にきた。

「竹下さん、お疲れ様です」

と呼びかけられた。竹下も反射的に、

「どうも。お疲れ様でした」

と声をかけた。

「内藤さん、二〇年ぶりですね。あのときは本当にお世話になりました」

竹下は、こう言った。覚えのある声。それは、思わぬ再会、と言ってよかった。

その書記官は、かつて竹下が三〇歳で司法試験に合格後、司法研修所において、全盲の竹下のためにテープの吹き込みや参考書の対面朗読などの専任アシスタントを二年間、務めた内藤だったのだ。

竹下が司法研修所を卒業し、弁護士活動をする中で疎遠となっていたが、一週間前、竹下法律事務所にかかってきた最高裁からの電話は、内藤がかけてきたものだった。

そのとき、こんなやり取りをした。

「最高裁判所の書記官の内藤盛義と申します。竹下義樹先生ですか、来週一二日の金曜日、最高裁判所の第二小法廷で……」

と、判決を言い渡す事務連絡を伝えてきたのだった。

竹下、それに内藤も双方、名前を名乗っても、なにせ二〇年の月日があいだにある。かつて面識があったことなど思いもしなかった。竹下にすれば、いよいよ判決が下されると思うわけであり、内藤にすればしかるべき事務連絡を伝えることに神経が集中している。

一通りの事務連絡を内藤が伝えてから、

「竹下先生、何か、こちらが配慮しておくことはありますか?」

これを受けて竹下は、

「私は一人、アシスタントを連れて行きます。それぐらいですかね」

と答えた。

「アシスタント？」

「はい、ワシ、目が見えへんのですわ」

意識せず、関西弁でこう言ったとき、

「あっ！　もしかしたら、あの竹下さんですか！」

内藤が呼応した。

「覚えてますか？　内藤ですよ」

こう言われて、今度は竹下が、

「もしかしたら、あの内藤さんですか！」

とたずねる番だった。思わぬ再会であった。互いに懐かしみながら、

「司法研修所に入られた頃は、よく壁にぶつかってましたよね」

と言われたとき、竹下は時間の経過の早さを感じるしかなかった。

竹下法律事務所は、勤務弁護士が二人、事務職員が八人、竹下と妻・寿子の二人を含めれば一二人の所帯に成長した。あの頃、自らが法律事務所を構えるのは夢として

も描けなかった。

歴史的な判決の日に、二〇年ぶりの嬉しい再会――。

(こんなことってあるんやなあ。二〇年前は、〝弁護士としてやっていけるんやろか?〟と不安だったけれど。壁にぶつかるように、依頼者の仕事もことごとく壁にぶつかって、〝盲人やから駄目や〟と言われるんやないか、って考えもしたが。一五歳で全盲にはなったけれど、多くの人と出会えたからこそ、司法試験の点字受験も実現でき、今、弁護士として活動できているんやな)

竹下は自己を一瞬の中で顧みたのだった。

山口組組長の使用者責任確定――の最高裁の判決は、当日、翌日のマスメディアで大きく取り上げられた。一三日の京都新聞の朝刊は一面と社会面で大きく報じた。五大紙も一面、あるいは社会面で報じた。日本経済新聞、産経新聞は社会面で詳細を報じ、記者会見する弁護団長・竹下の写真入りで報じていた。京都新聞の社会面は、笑顔で会見する竹下を真ん中にした弁護団の写真を掲載した。

顔写真入りの記事を見た全国の友人・知人が朝早くから竹下の自宅、昼には竹下法律事務所に電話をかけ、歴史的な判決の獲得を祝福した。

山口組の組員数は、各紙で約三万八〇〇〇人と報じられていた。

確定したこの判決は、山口組に衝撃を与えた。また、判決を受けた後の山口組の対応も世間に衝撃を与えた。

一一月二八日、山口組は神戸市の総本部に全直系組長を全国から招集し、「緊急直系組長会」を開いた。山口組は毎月上旬に直系組長を集めての「山口組定例会」を総本部で開いているが、緊急会を開くことは異例中の異例、と山口組の動向を追っているマスコミをも驚かせたが、「使用者責任」の判決への対応を話し合うもの、と当然ながら予想された。

山口組下部組織の警官誤射殺

組長の使用者責任 確定

最高裁が上告棄却 被害者救済 広がる

指定暴力団山口組の三次団体の組員に対立組員と間違えられ射殺された京都府警の警察官の遺族が、山口組の渡辺芳則組長に損害賠償を求めた訴訟の上告審判決が十二日、最高裁第二小法廷（北川弘治裁判長）であった。同小法廷は渡辺組長側の上告を棄却、同組長の使用者責任を認めて計約八千万円の支払いを命じた二審・大阪高裁判決が確定した。

暴力団の下部団体の組員による不法行為について、上部団体トップの使用者責任を認めた最高裁判決は初めて。トップの責任を認めることで被害者救済の道を広げるとと

得活動を山口組の「事業」と認め、「同組長を下部組織構成員の使用者」との判断を示した。

その上で「威力や威信を維持するための対立抗争での構成員の殺傷行為は、山口組の事業と密接に関連する行為といえ、渡辺組長は民法が規定する使用者としての責任を負う」と結論付けた。

今年四月に施行された改正暴力団対策法で、簡単な立証で抗争の巻き添えの賠償責任を指定暴力

判決後、記者会見する遺族側の竹下義樹弁護団長（12日午後）

最高裁の上告棄却の新聞報道．記者会見する竹下の写真が掲載された．
(2004 年 11 月 13 日，日本経済新聞朝刊)

この席上で、山口組の執行部(最高幹部)の一人で、三代目組長の田岡一雄の時代から山口組に仕えている総本部長の岸本才三が、以下のような趣旨の説明をした。

「渡辺組長は、五代目組長を継承して一六年と

いう長きにわたり組織を運営してきたが、今後、山口組は親分の立場を守るために、執行部での組織運営、つまり合議制による集団指導体制へと移行する。山口組の全権を執行部が預かり、親分はこれから長期静養に入る」

山口組に詳しいマスコミも、確かに渡辺組長には腰痛の持病はあるが、果たしてそれが長期静養の理由なのかどうか、はつかめなかったようだった。また、岸本からも長期静養の詳しい理由は明かされなかった。いずれにしても、全権を執行部が預かり、今後、山口組に起こる諸問題の責任はすべて執行部が持つ、ということになった。

「渡辺組長、長期静養」のニュースは、一般紙も取り上げるニュースになった。無論、「使用者責任」の確定判決を考慮しての対応、とも見られた。

とはいえ、五代目山口組組長という地位は何も変わらない。君臨すれども責任はない、という微妙な解釈も可能で、「事実上の引退宣言ではないか？」と憶測した報道もあった。マスコミによって受け止め方は多様だが、組員数約三万八〇〇〇人を誇る山口組にとって、五代目の渡辺はカリスマ的な存在である。「山菱の代紋」と共に、山口組の象徴ともいえる。一九八九(平成元)年に五代目を襲名後、組織力を三万人超の規模にしたのは、渡辺の求心力の大きさを意味した。それが、「使用者責任確定」の判決によって、今後、渡辺が常にリスクを背負わされる立場になったわけである。

換言すれば、三万八〇〇〇人の組員が何か問題を起こしたら、すべて渡辺が責任を取る立場に置かれてしまったのである。

集団指導体制への移行と渡辺組長の長期休養は、「使用者責任」から逃れるための、組内部を引き締めるための措置、さらには「二一世紀に暴力団が生き残るための改革」との推測もされた。

二〇〇五(平成一七)年の七月二九日、山口組は新組長を決定する臨時幹部会を開いた。二九日、翌三〇日、このニュースは報じられた。三〇日の朝刊スポーツ紙は、通信社からの詳細な配信記事を掲載。日刊スポーツや中日スポーツでは、以下の記事が掲載された。

全国最大の指定暴力団山口組(神戸市)が29日、同市灘区の総本部で新組長を決定する臨時幹部会を開催、兵庫県警は警察官約60人を配置し、厳戒態勢を敷いた。県警によると、幹部会には全国から約100人の幹部が集まった。渡辺芳則五代目組長(64)が退き、名古屋市を拠点とする組ナンバー2の若頭、篠田健市(通称司忍)弘田組組長(63)＝銃刀法違反で実刑判決を受け上告中＝を六代目とする決定が伝達された。組長交代は16年ぶり。

過去の組長交代では主導権争いから内部抗争に発展した例もあり県警は警戒を強めている。抗争相手と間違え山口組組員に射殺された県警の遺族が損害賠償を求めた訴訟で昨年11月、最高裁が渡辺組長の使用者責任を認定。同組長は〝休養宣言〟をしていた。

県警幹部は「渡辺組長の体調不良のほか、一線から退くことで今後は使用者責任から逃れようとしているのではないか」とみている。

主要参考文献

竹下義樹『ぶつかって、ぶつかって』かもがわ出版、一九八八年。

堀木訴訟運動史編集委員会編(編集代表・小川政亮)『堀木訴訟運動史』法律文化社、一九八七年。

中川剛『基本的人権の考え方』有斐閣、一九九一年。

柳園人権裁判を支援する会編『泣き寝入りはしない——人権尊重の生活保護行政を』柳園人権裁判を支援する会、一九九四年。

清水寛、良永彌太郎『社会保障法』中央経済社、一九九六年。

生活保護裁判連絡会編『これでわかる生活保護争訟のすべて——生活保護関係争訟資料集』第一巻—第四巻、生活保護裁判連絡会、一九九六—九七年。

山内敏弘、古川純『新版 憲法の現況と展望』北樹出版、一九九九年。

介護保障研究会編(木下秀雄、竹下義樹、中島裕彦、吉永純)『ここまで使える介護保険』あけび書房、二〇〇一年。

林訴訟弁護団・林訴訟を支える会編『すべての人の生存権保障のために——林訴訟の意義と振り返り』林訴訟弁護団・林訴訟を支える会、二〇〇二年。

京都ボランティア協会編『京都福祉史跡&事跡ガイド』京都ボランティア協会、二〇〇三年。

山城紀子『あきらめない――全盲の英語教師・与座健作の挑戦』風媒社、二〇〇三年。

宮澤節生、池添徳明『めざせロースクール、めざせ弁護士』阪急コミュニケーションズ、二〇〇三年。

竹下義樹『いのちくらし生活保護Q&A50プラス1』高菅出版、二〇〇四年。

青年法律家協会弁護士学者合同部会『「平和と人権の時代」を拓く』日本評論社、二〇〇四年。

佐藤毅『日本国憲法の危機』河出書房新社、二〇〇五年。

渡辺治『憲法「改正」』旬報社、二〇〇五年。

『最新日本ヤクザ地図指定暴力団24団体』竹書房、二〇〇二年。

『大激震「菱」の侠たち　山口組2005』日本ジャーナル社、二〇〇五年。


（判例集、事典類、新聞記事、雑誌、パンフレット類などは省略。六法など法律書も省略。法律書については専門書の紹介にとどめる）

あとがき

「支えられて、支える――」

竹下義樹氏のこれまでの人生を一言で表現するのならば、そんなところになるのではなかろうか。竹下氏の歩く後に、日本における盲人の新たな歴史が創られてきたような気がする。その意味では、個人史が日本の歴史とイコールになる希有な人物と言えよう。

竹下氏にエネルギー、バイタリティがあるからこそ、ハンディをハンディと考えぬ積極的な、常に前向きな姿勢があるからこそ、多くの人たちが竹下氏に共鳴し、協力や支援を惜しまないのだろう。言葉遊びかもしれないが、「支えられて、支える――」は共鳴でもあり、竹下氏を中心とした人々との響鳴(ひびきあい)のようにも思えてくる。

竹下氏が点字受験による司法試験の実現を目指した頃は、その象徴的なシーンとも言えよう。当時の大学生、短大生など学生ら若い世代が社会に目を向け、社会を変える当事者であるという状況が健在であったことも十分に理解できる。竹下氏だけでなく、世に多くの盲人がいることをイメージする力も、おそらくはバリアフリーの言葉が社会に定着した現在よりあったに違いない。

竹下氏は幸せだったと思う。古都・京都が、福祉の街としての歴史も重ねていたのは本書でも記したとおりである。バリアフリーの言葉がない時代でも、障害者や高齢者の福祉についての歴史や情報には、全国のどの地域の学生よりも理解があった。

竹下氏が目の治療のために京都の地を初めて訪れてから、京都市を拠点に弁護士として第一線で仕事をする時間の流れ。竹下氏の挑戦にも全面協力してくれた背景を考えれば、運命だったのか、とすら感じられてくる。福祉の街・京都の歴史の延長上に、〝盲人にも弁護士への道を〟の活動があると考えていい。司法試験実現に向けた竹下氏と仲間たちの活動、そして、竹下氏の弁護士としての活動は、京都の福祉の歴史の中にしっかりと刻み込まれていると言えよう。

私が竹下氏を知ったのは、中学生の頃だった。全盲ながらも司法試験に合格した人がいる、とのニュースを小耳にした記憶がある。司法試験は日本で一番難しい試験、と聞いていたが、それ以上の興味はそのとき持たなかった。中学生で司法試験といっても、わかるわけもない。

縁というものは不思議なもの。私が岩波書店から初めての著作（『琉球弧《うるま》に生きるうるわしき人たち』二〇〇四年一月刊）を刊行するにあたり、担当の同書店編集部の坂本政謙氏とあれこれと打ち合わせをする中で、竹下氏の話が突然に出た。刊行する半年も前の二〇〇三年八月のことだ。京都大学の先生方の著作も手がける坂本氏は、毎月、京都に行っていたが、坂本氏の京都の友人が竹下氏の京都における評判をつぶさに話したのである。

その方自身が、とある事件に巻き込まれ、ほとほと困惑していた。いくつかの法律事務所を訪ねて弁護士に頭を下げるものの、どこでも断られた。ある法律事務所では、「そんな仕事を持ってくるな！」と一喝されたが、相談料はしっかりと払わされた。絶望的な中、たまたま竹下氏の存在を知り、訪ねる気になった。ただ、全盲という点が引っかかった。仕事を引き受けてもらっても、果たして解決できるのか、と。心配は杞憂だった。涙ながらに語る事件の顚末に一時間近くも竹下氏は耳を傾け、「ワシがやったるッ！」と依頼を快諾したのだった。地獄に仏だった、という。裁判は三年近く継続しているが、竹下氏に対する信頼はいささかも揺るがない。

そんな一連の話に突き動かされ、坂本氏は同年一一月に竹下氏を訪ねた。

「目は見えなくとも、我々に見えていないものが竹下先生には見えているように思える」

坂本氏は、そう私に伝えてくれた。坂本氏の話を聞き、今度は私も会いたくなった。私が竹下氏に初めてお目にかかったのは、二〇〇四年の一月だった。

表現が的確ではなかろうが、竹下氏にお目にかかって、私は「目が見えているからこそ見えないものもあるし、先入観を持ってしまうこともあるのではないか」との思いを抱いた。個人的なことだが、私は一九九八年、三〇歳のとき、信州大学経済学部の経済システム法学科の三年次に編入学した。法律の勉強が主で毎日、六法全書を用いて学習するわけだが、目にするだけで疲労を誘う細かい文字の世界に圧倒もされた。瑕疵、囲繞地など日常では使わない独特の法律語も並ぶ中、司法試験を受験する気力の持ちようを否応なく想像させられた。

竹下氏に初めてお目にかかったとき、印象的だったのは、

「大学の法学部に入って、そこそこに勉強すれば、卒業すれば弁護士になれると疑わなかった。教育学部を卒業すれば学校の先生に、医学部を卒業すれば医者になれるように」

と語っていたことだ。たら、れば、で語ることは意味があることではないが、竹下氏

は目が見えていなかったからこそ、弁護士を目指したように思える。

　司法試験は日本で一番難しい試験、といった一般的な世間の印象は、ブ厚い六法全書の細かい文字の織り成す世界を見ただけで、とても自分の及ぶ試験ではない、勉強するのもイヤになる、といった先入観を自らの中に植えつけ、挑戦もせず自らの限界を設定してしまうからに違いない。

　竹下氏には、その先入観はなかった。全盲ゆえに持ちようもなかった、と言ってもいいが、「大学の法学部に入って……と疑わなかった」の発想は、ある意味では天才的な感性に私には思える。私自身、そんな言葉は竹下氏以外から耳目にしたことはない。自分の中でも思ったこともない。新しいものに挑戦し、見事に新時代を切り開いた人ゆえに「迷言」も「名言」になる、と言えようか。柳園訴訟の勝訴、山口組組長の使用者責任の確定など、歴史的な判例を勝ち取っただけに、「迷言」は法曹界においては「伝説」となる可能性も高い。

　生い立ち、弁護士としての業績からすれば、竹下氏は一般的に存在が知られていてもおかしくはない。マスメディアへの積極的な露出で、タレント活動も兼ねる弁護士も少なくない御時世であるだけに、だ。竹下氏のもとにも、マスメディアへの出演の要請は少なくないが、その殆どを竹下氏は断ってきた。弁護士の仕事は何か？　依頼者の思いに寄り添うことが第一ではないか。内容はともかく、テレビに出演しているのを依頼者の方が見たら何と思うか？〝自分の依頼を真剣に考えてくれているのか？〟と不安を持たせることにもなりかねないぞ、と考えていたからではないか、と私は思う。大きな声で堂々と渡り合う法廷での竹下氏の姿からもそれを感じた。

そんな竹下氏が私の取材に応じて下さったのは、二つの理由があると察する。

まず、自らの中で「弁護士を志した初心を忘るべからず」の気持ちを抱いたからだろう。京都弁護士会副会長を歴任するなど、弁護士として斯界で確たる地位を固めた中、周囲も当然、一目を置く。ＪＲ京都駅や京都市内からタクシーに乗って「京都地裁近くのここに行きたいのですが」と、竹下法律事務所の所在地が書かれた地図を見せる。竹下法律事務所の名を見た瞬間、運転手さんの顔付きが変わる。「ああ、竹下先生のところですね」と言って、直ぐに車を走らせて事務所に横付けされたことが京都取材では珍しくなかった。私が依頼人ではない、と見抜いた運転手さんが「竹下先生は本当にすごい方ですねえ……」と、京都の街での評判をつぶさに話してくれたこともあった。

京都に竹下義樹あり、ともいうべき中で、竹下氏は「天狗になるまじ。自分が今日あるのは、多くの人が支えてくれたからだ」と、「弁護士になったら一生懸命に働く」

と自らに誓い、司法試験合格を目指した日々の気持ちを絶対に忘れない、とする決意が私の取材に快く応じてくれた背景にはあろう。

そして、もうひとつの理由は、ロースクールこと法科大学院の入学者に全盲の学生が全国に何人かいることを知り、「頑張れ。私にできたのだから、あなたにもできるはずだ」のメッセージを送りたかったのだろう。全盲の学生が竹下氏の存在を知るのは、周囲にいる誰かからの伝達になるが、それが「多くの人が支えてくれている。頑張らないと」という自覚を喚起させることになるに違いない。

あとがき、で記すことになったが、竹下氏の仕事以外での積極性を示す事例をいくつか紹介しておこう、と思う。

竹下氏は弁護士になってからというもの、寿子夫人を伴っての出先や出張先では、時間が空けば、美術館によく行く。誰もが知っている著名な芸術家の展覧会は、竹下氏にとってはとりわけ楽しみだった。目が見えないのに美術館？と不思議に思われがちであろうが、竹下氏にとって、美術館訪問は視力のあった小学校、中学校時代の美術の教科書やテレビ、新聞、雑誌で見たことがある世界の名作と邂逅する機会にほかならない。

今、自分が佇んでいるガラスケースや額の向こうに、かつて子供だった自分が、何らかの媒体で見た作品がある、本物の作品がある——と思えば、頭の中で当時見た作品の輪郭が思い出される、感動する、という。寿子夫人が横で、目の前にある作品の構図や色彩、彫刻ならば立体感を説明する。その説明のひとつひとつを輪郭に結びつけて、竹下氏は自らの頭の中で、作品を完成させる。

かつて競馬に熱中したほどでもあり、ラジオを持参しての球場でのプロ野球観戦、そして、本場所での大相撲観戦、と臨場感を味わう愉しみも、年に一、二度あるかないかの至福の時間である。

こんな笑い話もある。二〇〇四年の一二月。竹下氏は同月六日から一〇日まで、南アフリカのヨハネスブルクで開催された国際連合のNGOの一機関である「世界盲人連合」の総会に、日本代表の七人のうちの一人として出席した。四年に一度開催される同会の総会は六回を数え、当回は世界一一〇カ国から参加があった。英語、フランス語、スペイン語、ロシア語が公用語である。日本語がないだけに竹下氏は、まさに耳を澄まし、英語を聞きもらすまじと翻訳に必死だったらしい。

先進国ではバリアフリーと称するところの福祉行政は国も重視しているが、途上国ではそうした福祉行政はこれから、といった現況が会議では報告された。途上国側は先進国側の情報を多く会議で収拾し、同様の政策が実現できるように自国の政府に対策を促進させるよう強く要請する。竹下氏にすれば、日本の施策も十分とは言えない。だが、途上国にすれば盲人の人権はまだ芽生えていない、ともいうべき状況にも等しかった。

ヨーロッパからの代表者には、弁護士や裁判官ら法曹関係者が多く見られた。逆に言えば、盲人が社会の第一線で活躍しているか、が成熟した福祉行政を社会が構築できているかどうか、という意味合いにもなるのか、と竹下氏は痛感したという。

アフリカ南部の観光といえば、南アフリカの北、ジンバブエにあり、一九八九年に世界遺産に登録されたビクトリアの滝が有名である。アフリカ大陸が誇るこの滝は、南アメリカ大陸のイグアスの滝、北米大陸のナイアガラの滝と共に「世界三大瀑布」と称されてもいる。

美術館で名画を鑑賞するように、ビクトリアの滝の見学に行くのも竹下氏は楽しみだった。中学校の世界地理の授業のとき、教師がビクトリアの滝の教材写真を見せてくれた。本物のビクトリアの滝と向き合える！　と思うだけでも興奮したのも道理だろう。

旅行ガイドブックによると、ビクトリアの滝は最大幅は約一七〇〇メートル、滝壺の最大落差は一〇八メートル。ジンバブエ最大の観光地であり、周囲は公園になっているが、公園内は轟音と共に滝壺に落ちた水しぶきが一五〇メートル近くも舞い上がり、雨となって降り注ぐ状態で、雨具のレンタルもある。カメラはじめ携行品は雨に濡れてもいいように備える必要がある。

観光客が最も接近できる距離にまで竹下氏は傘をさして寿子夫人と近づく。轟音、そして、雨となった水しぶきを顔や手に受けながら、竹下氏は、

「飲み込まれるような迫力や。ここに佇んでいるだけでも楽しめるわ。寿子、どんな感じや?」

と問う。

「落ちる水が真っ白な壁になってるわ。水しぶきが霧のようになってて、なーんにも先は見えんわ。視界は真っ白や」

寿子夫人がこう言うと、

「なーんにも見えへんのか? 水の白い壁はワシにはわからへんけど、見えへんという点ではワシと寿子は同じじゃないか」

竹下氏はこう切り返し、二人で笑い合った……。

何にでも興味を持つ竹下氏にとって、山登りやスキーは最大の趣味かもしれない。

一九九〇年からスキーを始め、一九九二年から山登り、岩登り(ロッククライミン

グ)、マラソンを始めた。友人・知人らに誘われて取り組み、彼らが指南してくれるわけだが、取り組んだら本格化してゆくのが竹下氏の性分であった。冬山登山、冬山スキーにも取り組んできた。

二〇〇二年一一月には、ヒマラヤのアイランドピーク(六一八九メートル)に登頂を果たしている。そして、二〇〇五年四月から五月にかけての約四〇日、同じくヒマラヤで世界六位の高峰であるチョ・オユー(八二〇一メートル)の登頂にチャレンジした。チョ・オユーは、エベレスト(チョモランマ)に次いで、世界各地から登山隊が挑む八〇〇〇メートル級の山である。熟練したシェルパ、固定ロープ、酸素器具などを有効に活用すれば登頂は比較的容易、と言われているが、それは斯界でのこと。

チョ・オユーは、ネパールから入山するルートと、中国、チベットから入山するルートといくつかある。各政府に登山隊が入山者を申請し、許可を得なければならない。八〇〇〇メートル級の山に挑むための入山料は、日本円にして五〇〇万円はする。両政府にすれば外貨獲得の目的もあるが、技術を備えているとは言えない安易な登山者の入山をあらかじめ防ぐために入山料を高く設定し、登山者も選ばざるを得ないのである。

『海外登山』(鈴木昇己著、山と渓谷社刊)によると、チョ・オユーへの登山者は、安全で確実に登るための体力、高度、技術において、以下の基準を満たしていなければならない(最難度は☆が三つ)。登山者自身の実力と言い換えてもいいだろう。

体力=☆☆☆　一〇キログラムぐらいの荷を背負って一日一四時間以上行動できる体力。または、一五キログラム以上の荷を背負って二日以上連続して一〇時間以上の行動。

高度=☆☆☆　八〇〇〇メートル以上の山。六〇〇〇メートル以上の高所経験者。

技術=☆☆　岩、雪、氷のミックスで一部五〇度から六〇度の斜面。グレードは三級以上のクライミングを確実にこなせる技術が必要。

氷、とは氷河のことだ。日本では富士山といえども氷河はないが、海外の高峰では氷河をアイゼンで登ってゆくのが当然である。ちなみに、アイランドピークは、体力=☆☆、高度=☆☆、技術=☆☆である。体力は、一〇キログラムぐらいの荷を背負って一日一〇時間以上行動できる体力。または一五キログラム以上の荷を背負って二日以上連続して六時間以上の行動、となる。

基礎を身につけ、登山者としての実力をしっかりと血肉にしてきたことで、竹下氏はまずアイランドピークに登頂を果たした。高山病にかからず、凍傷にもならず、無事に帰国を果たした。一歩一歩踏みしめる足からの感触、空気の薄さ、冷たさが竹下氏にとって、大きな経験になった。山登りに一区切りつけた、との思いで帰国したが、時間の経過と共に、さらに高い山への登頂へと夢を描き始めたのだった。

チョ・オユーへの登山隊は竹下氏を含めて四人。残念ながら、七九五〇メートルで登頂を諦めた。

悪天候が理由ではなかった。雪が少なく、氷河が露出し、登山隊の登るスピードが落ちていたこと。竹下氏をサポートしてくれる仲間の体調不良。この二点を考慮すると、登頂直前のガレ場(岩場)を乗り越えるのは危険だ、とリーダーが示唆したのである。

決定権は竹下氏に委ねられた。竹下氏に八〇〇〇メートル超の山を体感させるべく集まった仲間たちである。あとわずか二〇〇メートルだ、との感覚はここでは通用しない。

竹下氏の体調はよかった。目が見えない以外にハンディは感じない。状況を鑑み、「降りよう」と竹下氏は断を下した。帰国後、竹下氏はこう私に言った。

「悔しさはあったけれど、自分が八〇〇〇メートルを超える山に登ろうというのはムチャじゃなかった、目指せる能力が自分にあることをヒマラヤで確認できました。それが一番の収穫でした。シェルパが下山後のベースキャンプでこう言ってくれたんです。通訳してもらった内容ですが、「竹下さん一人できてたら絶対に登頂できた。ハンディなんかなかった。もう一度、ヒマラヤにこなくては」と。一人は無理ですが、最高の褒め言葉をもらった気がしました。私は帰国しましたが、登山隊四人のうち二人はチョ・オユーの後にエベレストに挑戦して、見事に登頂を果たしました。「竹下さん、次はエベレストだね」と帰国してから友人らによく言われますが、エベレストともなるとチョ・オユーとは意味合いがまた違ってくる。八〇〇〇メートルを超えて、登頂するまでの残り八〇〇メートルは、一〇〇メートルで命一個と言われるほどの難易度です。それに入山料も桁違いだし。チョ・オユーに行くときも、寿子に猛反対されました。「海外登山はこれが最後。これでピリオドを打つ。納得して帰ってくる」と約束して行かせてもらいましたから。事務所も約四〇日、不在にしてまで」

アイランドピーク、チョ・オユーと高峰に登る竹下氏が、その行程を弁護士になりたいと金沢の盲学校で決意してから、柳園訴訟、山口組組長の使用者責任確定までの半生と重ね合わせていたかどうか、私にはわからない。そうたずねるのは敢えて避けたが、何か共通するものを私は感じないわけにはいかなかった。

全盲の弁護士・竹下義樹は、法曹界においてこれからも厳しく険しい山道を登ってゆくだろう。

本書は、岩波書店刊行の総合誌『世界』の二〇〇四年一〇月号から二〇〇五年五月号まで八回にわたって連載されたものに、大幅に加筆、並びに修正を加えたものである。

本書の刊行にあたっては、『世界』編集部の編集長・岡本厚氏、山川良子氏、岩波書店編集部の坂本政謙氏に様々な御指導を頂戴したことに深甚なる謝意を表したい。

また、京都府においては竹下法律事務所の方々、古田博一氏、さらに竹下氏を信頼している依頼人の方々はじめ多くの人々との巡り逢いがあり、竹下氏について話を聞く時間を持つことができた。紙面の都合上、御芳名を記せないが、熱く御礼を申し上げる次第である。

二〇〇五年九月

小林照幸

平成後期、令和の竹下義樹

――「岩波現代文庫版あとがき」に代えて

1　弁護士として、障害者団体の長として

平成時代は天皇陛下の退位によって二〇一九(平成三一)年四月三〇日で終わり、翌五月一日に皇太子さまが新天皇になられ、令和の新時代が始まった。

本文庫の基となった単行本『全盲の弁護士　竹下義樹』の刊行は二〇〇五(平成一七)年一〇月であった。平成時代の半ばに取材して、刊行していたことになる。二〇〇八(平成二〇)年には韓国で翻訳書も刊行された。書名は『前は見えずとも正義は見える』であった。

改元による皇位継承も行われた一〇連休明け、岩波書店の岩元浩氏から、「それからの竹下義樹、というお話を収載して文庫化したく思いますが」というありがたいお話を頂いた。それからの、とは平成後期、令和元年の竹下氏につ

いて、である。単行本刊行時は五三歳であった竹下氏は、令和元年で六八歳。弁護士生活は三五年を数える。

岩元氏が文庫化を企画した理由は、ネットで「竹下義樹」と検索すると、竹下氏の活動の幅が単行本刊行後、さらに広がっているのがわかるからでもある。

お名前を検索して真っ先に目に入るのは「社会福祉法人 日本盲人会連合」(略称は「日盲連」。事務局・東京都新宿区)の会長としての竹下氏、京都と東京に事務所を置く「弁護士法人 つくし総合法律事務所」の所長としての竹下氏である。

日本盲人会連合は一九四八(昭和二三)年に結成され、現在は全国四七都道府県の県庁所在地を含む政令指定都市に加盟組織を有する会員数約五万人に及ぶ組織で、二〇一八(平成三〇)年に結成七〇周年を迎えた。竹下氏は二〇一二(平成二四)年より第七代会長として重責を担う。会長職に就く前の六年間、副会長職を務めた。後述するが、竹下氏は二〇一九年一〇月一日から日本盲人会連合の法人名を「日本視覚障害者団体連合」(略称は「日視連《にちしれん》」)に変更する歴史的な決断を下した。

その他にも竹下氏は盲学校の校長会をはじめとする視覚障害者の教育、福祉の施設を束ね、世界の盲人団体との国際交流の窓口となる「社会福祉法人 日本盲人福祉委員会」(事務局所在地は前述の日本視覚障害者団体連合と同)の理事長も務めている。

平成後期は、日本の司法を取り巻く環境が大きく変化した。裁判員制度、法テラス、司法試験改革がそれで、「三大改革」とも呼ばれている。いずれも単行本の刊行時にはまだ始まっていなかった。

公共施設におけるバリアフリー化も進んだ。一例をあげるならば、視覚障害者などの転落事故の防止のため、駅にホームドアの設置が進んだことだろう。二〇一三(平成二五)年八月に開催が決定した二〇二〇年の東京オリンピック・パラリンピックによって、障害者との共生に対する社会の関心はさらに拡大し、インフラ整備に反映されてきたといえる。

「障害者」という言葉を「障碍者」や「障がい者」と書くべき、という意見も社会に普及しつつある。「害」という字が持つ負のイメージから、障害者が周囲に害を及ぼしている印象を与えかねないことを慮った意見だ。

こうした諸々の時代の変化の中に竹下氏が身を置き、弁護士として活動していることに岩元氏は興味を覚えたのである。私も同感だった。

竹下氏の「心の目」に、この一五年余がどのように映ってきたか、未来をどう見つめているのか、私も興味を覚えた。

2　東京パラリンピックを控えて

東京にも事務所を構え、さらに多忙となった竹下氏に、私は単行本刊行時以来、初めてお目にかかった。身長は一六七センチメートルのままだが、体重は六五キログラムから六〇キログラムになっておられた。

「ジョギングは健常者の方の伴走を得て走っていますが、もっと走りやすく、と思いましてね。炭水化物の摂取を抑えて、減量した次第ですわ」

竹下氏は笑いながら迎えてくれた。竹下氏は笑うと目が細くなる。笑うと目がなくなる、と言った方がいいだろう。白髪は増えたが、若々しさに溢れている。

ジョギングは四〇代はじめから継続しているが、土、日、祝日を中心に最低でも月に五回、合計で一〇〇キロメートルは走るようにしているという。都内では代々木公園で、一周一・八キロを六周は走る。視覚障害者の伴走、伴歩をサポートするボランティア団体に事前申請しておけば、伴走者が待機していてくれる。竹下氏が右手に握ったロープを伴走者は左手で握って走る。伴走者は視覚障害者の目となり、「右に曲がります」「しばらく真っ直ぐです」「坂道です」などと伝えてくれる。

「私のジョギングは登山への基礎体力維持のためでもあります。友人らと行く山登りの計画は三カ月前には決めていますが、入念にスクワットもして準備します。山に行くと、目が見えないだけに足に力が余計に入って、それが体力の消耗にもつながる。仲間に連れて行ってもらって迷惑を掛けないために、自分ができることといえば体力を維持することぐらいですから」

手土産に私は郷里である信州・長野県の日本酒を持参した。長野県屈指の酒造メーカーのものであるが、酒瓶にラベルやシールではなく、「酒」と直接点字を、さらに化粧箱にも「酒」を表す点字の表記があり、酒の名称なども点字で打たれている。ビールやチューハイの缶には「酒」「ビール」などと点字で入っているが、瓶入りの日本酒や焼酎となると、点字入りのものはまだまだ少ないようだ。費用と手間を要するからだろう。単行本の取材時、缶ビールや缶チューハイを持参して竹下氏に「何と書かれているのでしょうか？」とたずねたことを思い出した。竹下氏に「化粧箱にも点字がありますので」と手渡すと、竹下氏は読み上げてから、こう言った。

「皆さん、私が酒飲みと知っておられて、全国各地の銘酒を頂戴してきましたが、点字入りは思い出せるぐらい少ないですね」

私は竹下氏にたずねた。

「この酒は何々だよ、と人に教えてもらうのと、点字で酒の名前をご自分で把握するのとでは、お酒の味わいも違ってくるものでしょうか？」

竹下氏は瓶の点字にも触りながら、

「お酒の味が云々というよりも」

と言葉を置いてから、

「点字が瓶や箱に入っていると嬉しいものですよ。ほっとするような感じ、と言えばいいでしょうか。「ああ、私ら視覚障害者を意識してくれているのだなあ、ありがたいことだなあ」と素直に感じられるのです」

缶ビールや缶チューハイに点字が入ったのはいつ頃か、正確な時期はわからないが、竹下氏は点字が入るようになった背景を教えてくれた。

「点字が入れられるようになった理由は、アルコール飲料とノンアルコール飲料の区別をつけるためです。視覚障害者の誤飲が問題視された背景もあって、牛乳の紙パックの上部、賞味期限などが書かれている「屋根」と呼ばれている部分には「切欠き」というくぼみが一カ所、入れられるようになりました。他の紙パックの飲み物との区別をはかるものです」

竹下氏は、そうそう、と言いながら、ポケットから交通系ＩＣカードを取り出した。

「障害者割引が適用される視覚障害者用のICカードにも「切欠き」が入れられて、他のICカードやクレジットカードとの区別が図られています。触ってわかるように、といい意味で視覚障害者を意識してくれるようになった時代の流れを感じます。この一四、五年、視覚障害者を意識したユニバーサルデザインによる街づくりが普及したと言っていいはずです」

ユニバーサルデザインとは、年齢や障害の有無、体格、性別、国籍などを問わず、製品、建物、空間などは、最初からわかりやすく使いやすい設計・意匠になっているべきだという考え方である。一九八〇年代にデザインを研究し、自らも障害を持っていたアメリカのノースカロライナ州立大学教授のロナルド・メイス氏によって提唱されたものである。

首都圏や都市部を中心に整備が進む駅のホームドアの普及を竹下氏は歓迎する。

「転落防止柵のホームドアがなかったときのホームの広さ、怖さと言ったら……昭和五七年ですから一九八二年です。その二月、京都市内を走る近鉄丹波橋駅のホームから転落して、肋骨三本にヒビが入ったのは」

当時、同駅のホームには点字ブロックが設置されていなかった。事故を受け、早々に同駅は点字ブロックを設置したが、迅速な対応もそのはず、事故前年の一九八一

（昭和五六）年一〇月に日本初の全盲の司法試験合格者となり、全国区の「時の人」となった竹下氏の転落事故は、鉄道会社とすれば不名誉以外の何物でもない。場合によっては肋骨にヒビくらいでは済まない可能性もあった。転落事故から二カ月後の四月に司法研修所に入所するが、入所までに肋骨は完治したという。

二〇二〇（令和二）年の東京オリンピックとパラリンピックの開催を控えた今、障害者のためのインフラ整備が加速しているのを感じる竹下氏は、日本盲人会連合（現・日本視覚障害者団体連合）の会長として、障害者関連の法律を検討する一〇ほどの政府の審議会にも加わってきた。国土交通省のワーキンググループでは、ホームドアの設置を首都圏や都市部ばかりではなく、地方都市にも広げてゆくために持論を述べた。

「ユニバーサルデザインとは、視覚障害者だけでなく、あらゆる障害者のためになるもの。それを社会全体の進歩に結びつけられれば」

パラリンピックは八月二五日に開幕し、九月六日の閉幕まで、二一会場で行われる。新採用のバドミントンとテコンドーを含む全二二競技、五四〇種目に史上最多となる選手約四四〇〇人が参加する。

竹下氏はパラリンピックとも関係がある。「特定非営利活動法人 日本視覚障害者柔道連盟」の会長も務めているからだ。パラリンピックの柔道は視覚障害者同士で行われる。オリンピック同様に男女別、体重別の階級制だが、全盲や弱視など見え方の異なる選手同士でも、そのまま対戦する。基本ルールはオリンピックとほぼ同じだが、違うのは試合の始め方だ。両選手が互いに相手の襟と袖をつかみ、組み合った状態から「はじめ」となる。組み手と探り合いの時間がないため、試合開始早々、技の掛け合いとなる展開も多く、投げで一本が見事に決まることもある。

中学時代、相撲に親しんだ竹下氏は、石川県立盲学校時代に柔道の経験がある。日本視覚障害者柔道連盟の会長職は日本盲人会連合の会長が兼務するとのことだが、パラリンピック関連の仕事も多くなり、日本代表選手の活躍を補佐する重責も担うことになった。

日本視覚障害者柔道連盟が設立されたのは一九八六(昭和六一)年だ。視覚障害者が古くから個人的に柔道を愛好してきたという話は竹下氏もよく聞いていたという。パラリンピックでは一九八八(昭和六三)年のソウル大会から男子の正式種目となり、二〇〇四(平成一六)年のアテネ大会からは女子も正式種目となった。日本は代表選手を各パラリンピックや世界大会に派遣し、多くのメダリストを誕生させてきた。

「自分は盲学校で短期間、柔道に取り組んだだけで本格的な経験はないのですが、受け身を習ったことは大きかったと思います。日常生活の中で転倒したとき、とっさに受け身に近い身のこなしをしていることも多いですから。「視覚障害者に最も適したスポーツは柔道である」とヨーロッパで言われるゆえんは、まず受け身にある。加えて、組み合った状態から始まるという違いがあるだけで、健常者とほぼ競技内容が同じですし、特別なルールや道具の準備が必要ない。健常者と稽古も試合もできるのです」

日本初の全盲の司法試験合格者となった竹下氏が、日本で初めて開催される柔道のパラリンピックについて、多くの人々に競技の魅力を発信する立場にいることには偶然と思えないものを私は感じてしまう。

竹下氏は月の半分を東京、七日ほどは地方滞在、残りが京都という生活を送っている。新宿御苑前にある東京事務所の開設は、竹下氏が日本盲人会連合の会長として、事務局に毎週足を運び、事務連絡や会議に加わる必要や、全国各地に出張する機会も頻繁になったこと、また、日本弁護士連合会(日弁連)の貧困問題対策委員会の立ち上げメンバーに加わり、会議も何かと多いこと、加えて政府関係の審議会への出席も多いことが決め手となった。

「東京にマンションも持ちましたので、京都にいる時間も少なくなりました。地方出張は宿泊が必要なときは嫁さん(寿子夫人)と、日帰りなら事務員と行っています」

竹下氏は右手を寿子夫人や事務員の左肩に乗せて移動する。

「忙しいときはそれこそ分刻みです。ポケットに入れた白杖を伸ばして、一人であちこち移動するという機会は随分減りました。街歩きをしていて点字ブロックが自転車やオートバイで塞がれていて困惑する、ということは京都でも東京でも激減したなあ、と実感しています。それだけ点字ブロックについて社会の理解が広まったと言えるのでしょう。私が東京で白杖をつかなければならない場所は、今では神宮球場での野球観戦時ぐらいのものですわ」

竹下氏は、大洋ホエールズ時代からの横浜ＤｅＮＡベイスターズのファンである。東京事務所から神宮球場はタクシーに乗って気軽に行ける距離だ。

「ヤクルト対横浜の試合にはできる限り、嫁さんと足を運んでいます。ホームベースに近い席に座ってね。ボールがキャッチャーミットに入った瞬間の音、打球の音、大歓声といった臨場感は、テレビやラジオ越しの音とはやはり違う。球場で生まれる音をじっくり耳で堪能しています。白杖を使うのはトイレで、です。神宮球場は障害者専用のトイレが限られており、ユニバーサルデザイン化が遅れているように思えますが、東京オリンピック後に建て直すということで、そのままらしいですね。トイレの入口まで嫁さんの肩を借り、ポケットから白杖を取り出し、トイレの中に入ってゆく。すると、混雑している中でも「こっちですよ」と誰かしらが声を掛けて誘導をしてくれる。用を足した後も、どなたかが入口まで声を掛けてくれる。ありがたいですわ」

3　点字のペーパーレス化と音声ソフトの普及

単行本刊行後から今日まで一四年、街中のユニバーサルデザイン化と並行して、パソコンの普及による点字翻訳ソフトの進歩、スマホことスマートフォンをはじめとした携帯電話機も視覚障害者の日常生活を支えるツールとなり、視覚障害者のクオリティ・オブ・ライフ(Quality of Life　生活の質・人生の質)の向上に寄与している。

「文字を音声に変換するソフトでメールも耳で聴ける、文字を入れたら点字に変換されるソフトなどは、ごくごく当たり前のツールの時代となりました。誤読が少ない、非常に点訳能力の高いソフトができたことで作業も楽になりました」

竹下氏の口調は感慨と驚きが混じって熱くなる。

「一昔前、自分が裁判に臨むにあたり、資料を点字に直す作業は、八割近く嫁さんがやっていました。事務員は点字がわかりませんからね。その嫁さんがやっていた作業も、今では、点訳ソフトにかければわずかな時間でパソコンの画面に白黒で点字表示されるそうです。嫁さんは誤読がないかどうかを調べて、点字プリンターでプリントアウトします」

一〇〇人余のボランティアが六法全書や裁判の判例を点訳する、カセットテープに録音するなどの労力が注がれた手作りの教材によって、竹下氏は司法試験の勉強ができたが、現代のＡＩ(人工知能)をはじめとする科学技術から見ると、隔世の感がある。

「普通のパソコンのメールは音声でも聞けますが、嫁さんや事務員が自分に必要なメールだけリストアップして、プリントアウトし読んでくれるか、点字ディスプレイ付きの視覚障害者用のメモ機に転送してくれます。それで情報を得ています。これです」

竹下氏は胸ポケットから愛用のメモ機を取り出した。埼玉県にある福祉機器製造専門メーカーであるケージーエス(株)が開発した「点字ディスプレイ ブレイルメモポケット」で、ブレイル(Braille)とは、英語で点字という意味だ。パソコンと接続すればデータの送受信が可能で、点字による読み書きもできる。

「私らはメモ帳とも言っています。読み書きの最も身近なツールですわ」

竹下氏の愛用品は二〇〇七(平成一九)年に発売された。国産メーカーの先駆け商品と言われ、「いつでも・どこでも・すぐ使える」がキャッチコピーだとか。

ディスプレイにはピンが突出しており、点字の表示マスが一六ある。一列に一六の点字が表記されるわけだ。本体は縦一六・八センチメートル、横八センチメートル、高さ二センチメートルで、重さは三〇〇グラム。小型軽量なので携帯に便利で、カバンやポケットに入る手のひらサイズ。着脱自由で約八時間の連続使用が可能なリチウムイオン電池は二個まで使用可能だ。本文の三七頁でも記したが、点字は縦三点、横二点の六つの点の組み合わせから構成され、左から右に指先で読んでゆく。私が単行本の取材をしていた頃、竹下氏はメモを取るときは、点字板に用紙を挟み、点筆で刻印するか、点字用のタイプライターを用いていた。

「点字も紙媒体からペーパーレスにシフトした、というわけですよ。最新式のメモ帳は三〇マス、四〇マス、二列、四列といったようにマスが増え、多機能にもなって、一回りずつ大きくなった。でも、軽さと大きさの点では、これが自分には最適。新幹線や飛行機などでの移動中の読書は、まさにこのメモ帳で、です。内蔵メモリに本のデータを入れておいて点字で読むのです」

ＳＤカードに保存した本のデータを小型プレイヤーでイヤホンをつけて聴くこともある。視覚障害者にとって、読書といえば紙に点字の点訳図書か、カセットやＣＤの録音図書か、の時代から大きく様変わりしたと言える。

「新幹線での移動中に野球や大相撲の中継を聞いていることもありますが、ラジオはトンネルで電波が遮断されてしまいます。その点、スマホでのネット配信は途切れませんから重宝しています。スマホを使いこなしている視覚障害者は本当に多い。自分は通話とメール、ラジオのアプリぐらい、最小限の機能しか使っていませんが」

竹下氏はポケットからスマホを取り出し、「ボイスオーバー(Voice Over)をオンにする」と言った。スマホが「ボイスオーバーをオンにしました」と女性の音声で即答する。竹下氏が画面にタッチすると、どこに触れたか、が知らされる。「一五時二八分」と時計表示が伝えられる。「竹下寿子に電話」と言うと、即座に「竹下寿子さんの携帯に電話を掛けています」と応答がある。着信があった場合でも、登録者の名前を音声が伝えてくれる。

「アイフォンは視覚障害者用に、ボイスオーバーというアプリを基本搭載しているばかりでなく、音声アシスタント機能のSiriも基本搭載している。そういう時代です」

竹下氏の口調には実感がこめられていた。Siriは「今、何時?」「今夜の天気は?」といった利用者のリクエストに丁寧に応じるＡＩである。スマホが見当たらない場合でも「スマホはどこ？」と話しかければ、「ここです」と返事すらしてくれる。

それまで視覚障害者にとって時計といえば、ガラス部分が開閉でき、針に指先で触れることで何時かを把握できる腕時計を意味してきた。竹下氏はこの腕時計を愛用しているが、スマホに触れる、話しかけることでも時間がわかる時代になったのである。

4　点字がなかったら、弁護士にはなれなかった

スマホは「稀代の発明」と称されてもいる。視覚障害者の日常生活を支えている面を鑑みれば、その思いはさらに強まるが、竹下氏は次のようにも力説するのだ。

「音声ソフトが進化したとはいっても、点字の重要性は何ら変わってはいません。紙媒体であれ、ペーパーレスであれ、文章を一字一句まで頭の中に入れたいときは必ず点字です。指先で覚えたものは忘れにくいですからね」

平成時代には、一般社団法人「日本記念日協会」によってさまざまな記念日が認定された。一一月一日は日本式点字の制定記念日こと「点字の日」となっている。

六点式の点字は、五歳で失明したフランスのルイ・ブライユ(一八〇九―五二)が一六歳だった一八二五年に考案された。日本でいえば幕末の文政八年にあたる。点字は

世界各国で採用され、日本でも欧米式ローマ字綴りの点字が使われたが、官立東京盲唖学校校長の小西信八が、日本語の仮名文字にふさわしい日本式点字の必要性を痛感し、教員や生徒に意見を求めた。三案が出され、そのうち教員の石川倉次が考案した石川案が正式採用された。一八九〇(明治二三)年の一一月一日のことであった。

点字の普及活動を行う特定非営利法人「日本点字普及協会」(事務局・神奈川県大和市)が、日本記念日協会に「点字の日」の登録申請を行い、二〇一三年四月に認可された。「点字の日」は制定されてから日がまだ浅いが、石川が考案した日本式点字自体は一世紀を優に超える歴史がある。竹下氏が重い扉をこじ開けて実現させた点字による司法試験の受験も、元を辿れば、ブライユ、石川という二人の偉業があったからこそ、である。歴史は有機的に、劇的につながっている。

「点字がなかったら、自分は弁護士にはなれなかった。いや、「なりたい！　なるんや！」なんて絶対に思わなかったはずです。今や日本社会では、視覚障害者が点字を使用して弁護士をはじめさまざまな職業についている。天国の石川倉次さんが、音声ソフトがさらに進化しても視覚障害者にとって点字の重要性は変わることはない、と知ったら、きっと喜んでくれるでしょう」

絶対に、と竹下氏は力を込めて、点字によって自らの可能性を開いてくれた石川に感謝する思いも語った。

5　志ある仲間が集まって

竹下法律事務所は二〇一一(平成二三)年につくし総合法律事務所と名を改めて業務を拡大し、二〇一二年には新宿区に東京事務所も設立した。二〇一九(令和元)年一一月一日現在、つくし総合法律事務所は京都、東京合わせて一一人の弁護士、一三人の事務員を擁する。

事務所にはベテランから若手まで、竹下氏に敬意を抱く弁護士が集まっている。単行本刊行時は居候弁護士と呼ばれる勤務弁護士「イソベン」が二人だった竹下法律事務所が、つくし総合法律事務所と改称し、中堅規模となった理由は「生活保護、障害者など社会保障分野の仕事を中心に活動したい」という弁護士が竹下氏のもとに集まり、それらの仕事が増えた結果でもある。

柳園訴訟、林訴訟、佐藤訴訟など九〇年代以降の生活保護争訟をリードしてきた弁護士こそ竹下氏であり、竹下氏が手掛けた裁判の判例は現代の貧困問題にも通じているからだ。

「ウチは貧乏事務所ですので、スカウトなんてできない。でも、自分が抱えている案件や日本盲人会連合関係の会議などで、事務所不在も多くなった。イソベンを増やしておかないと依頼者のニーズに応えられない、と考えて、一緒に仕事をしたい、という弁護士を採用していった。つくし総合法律事務所と改称して弁護士は一〇人を超えました」

弁護士が個人で社会保障分野の案件を扱うよりは、経験豊富な弁護士がいる事務所に身を置いた方が仕事はやりやすいように見える。竹下氏はうなずく。

「その方が動きやすいし、外からも見えやすい。弁護士が一人でやるよりも幅広くできるし、依頼者のニーズに対しても事務所で対応できるのでプラス面が大きい」

経営面で言えば、事務所が大きくなって売り上げも倍以上にはなったが、経費も増える。事務所の維持も決して楽ではないが、竹下法律事務所を構えた当時には想像すらしなかった展開に竹下氏にはある種の感慨もあるようにうかがえた。弁護士といえども、社会の変化に対応して、依頼者のニーズに応えていかなければ、生き残ってはいけないのだろう。

「仲間がどんどん集まってきている。自分だけの法律事務所ではなく、依頼者も含めてみんなの法律事務所なのだ」

イソベンが増える中で竹下氏はそう感じ、二〇一一年につくし総合法律事務所と改称した。

「『人に尽くす、の尽くすが、つくしの由来ですか？』とたずねられたこともあります。『植物の土筆《つくし》ですよ。春の野や土手に花を咲かせる、あの土筆です』と答えると、今度は『竹下先生が子供の頃、まだ目が見えたとき、自然が豊かな石川県の郷里で土筆を採って遊んだ思い出に由来するのでしょうか？』と返ってきたこともある。そうした思い出に基づくものでもありません。『弁護士は花言葉への関心が高い人種ですから、土筆の花言葉から採用したのです』と答えています。土筆の花言葉は向上心、努力です。現在は独立しましたが、イソベンをしていた二〇代の女性弁護士二人が私に提案してくれたのです。弁護士は花言葉への関心が高い人種、と言いましたが、それは弁護士バッジをつけている責任感に基づいています。弁護士バッジは向日葵《ひまわり》の花の中心に秤《はかり》がデザインされている。向日葵の花言葉は正義、秤は公平を表しています」

依頼者と弁護士、事務員が一体となって向上心を忘れずに努力を続けることが、裁判においても、人生においても大切である。看板を変えたことは、法律事務所としての原点を常に確認するものともなっている。

「社会保障分野の弁護士が集まっているつくし総合法律事務所で、変わり種は検察庁と法務省でのべ三〇年、検事を務めた後で「弁護士として刑事弁護をやりたい。雇ってくれんか？」と言ってきた司法修習生時代のクラスメイトです。「俺の所じゃ、給料はよう払えんぞ」と釘を刺しましたが、「かめへん、かめへん」と。検事と法務省勤務の経験が生きた弁護士として、京都事務所に二〇一三年から在籍しています」

6　反社会的勢力との闘い

暴力団員の発砲殺人事件で五代目山口組の渡辺芳則組長の「使用者責任」を追及した賠償要求裁判の弁護団長を竹下氏が務め、歴史的な勝訴を勝ち取ったことは本文にある通りである。ひるまずに民暴(民事暴力被害救済活動)に取り組み、暴力団関係者と法廷で渡り合ってきた竹下氏を業界では「武闘派弁護士」と呼ぶ人もいるらしい。

二〇〇八年五月、「改正暴力団対策法(暴対法)」が成立した。使用者責任の範囲を組員が組の威力を示して行う資金獲得活動にまで拡大したものである。

組員が代紋を掲げてシノギ、つまり資金獲得活動をするにあたって、他人の生命や財産に損害を加えた場合、組長ら組織の代表者に損害賠償責任を負わせる、と定めたものだ。組織末端の組員が問題を起こしても、トップの組長に直接責任が及ぶことが司法で取り決められ、これが暴力団に存立基盤に関わるダメージを与えていることと想像できる。日本最大の暴力団組織として鉄の結束を誇った山口組も三団体に分かれた。二〇一五(平成二七)年八月に六代目山口組から神戸山口組が分裂、さらに二〇一七(平成二九)年四月には神戸山口組から任侠山口組が分裂した。三つ巴の対立関係となったが、暴対法の整備も進んだ中で武力衝突の抗争に突入すれば、互いの組織が壊滅に向かう可能性も考えられる。

使用者責任を問うたあの裁判を振り返って竹下氏は言う。

「やるか、やらないか、のどちらかでしか考えられなかった。やるとなったら、やるための理論構築に思考回路が働きますよ。そして、裁判所を納得させられるだけの裏付けとなる資料を警察と連携してどれだけ揃えられるか、に体も動いてゆく。要は提訴する、追及する、という発想で理論構築をしなければ前には進まない、ということです」

駄目、無理と思っては何も進まないのだ。

現在、架空請求詐欺、還付金詐欺をはじめとした特殊詐欺のほとんどに暴力団関係者が関与していると言われている。これは代紋を掲げてのシノギが厳しくなった暴力団が特殊詐欺に目を付けた構図と考えられている。つくし総合法律事務所にもそうした被害の相談が多くある。竹下氏はこう語る。

「使用者責任が認められるようになったからといって、暴力団関係の事案すべてに当てはまるわけではありません。市民を巻き添えにする抗争事件、代紋の威力を示して行う資金獲得活動には当てはまっても、特殊詐欺の裏を取り仕切っている暴力団組織のトップの罪まで問えるかについては別の理論構成が必要となるのです。日弁連の民暴対策の全国拡大協議会などでも議論を続けています」

7　障害者関連法の改善、制定に関わる

単行本の刊行翌月である二〇〇五年一一月、障害者が自立した生活を営めるように支援を行う「障害者の自立支援推進を図る法律」、略称「障害者自立支援法」が公布され、二〇〇六(平成一八)年四月から一部施行、同年一〇月から完全施行された。

障害者自立支援法は身体、知的、精神の障害ごとにばらばらだった福祉サービスを一元化し、その効率化を図るものであったが、出足から評判が悪かった。同法はサービス利用料として原則費用の一割を支払うルールを取り入れたため、収入の低い人や

障害の重い人ほど負担が急増し、サービスの利用を我慢する人が相次いだためだ。二〇〇八年、「この国の障害福祉行政は実態を知っているのか。人権侵害だ」と訴える違憲訴訟が全国一四地裁に一斉に提訴された。この弁護団長を務めたのが竹下氏だった。

「障害者の中でも負担が一番大きいのは視覚障害者と思われるかもしれませんが、実際には寝たきりの人、寝たきりに近い人です。年金生活者か生活保護受給者か、親の援助を受けているか、など境遇はそれぞれですが、仕事もできないからギリギリの生活を強いられている。介護や看護のサービスの費用が月に五〇万、六〇万円というケースも少なくない。その一割負担といえば、五万、六万円になる。障害が軽ければサービスの費用が月に一〇万円でも、一割負担なら月に一万円前後で済むケースもある。年金や生活保護で七万、八万円の収入があっても、サービス利用料の一割負担が五万、六万円はまさに死活問題ではないか、と国と争ったわけです」

裁判を起こす前は、これは厳しい裁判になるぞ、と竹下氏はじめ各地の弁護士も思ったという。

「それでも訴訟に踏み切ったのは、全国各地で障害者の相談を聞き、その怒りに触れた弁護士が力強く立ち上がったからです。障害者の怒りを弁護士が受け止めないのは弁護士のありようとしても考えられない、と。全国の原告が一枚岩となったことにより、マスコミも動かし、政治も動かすことができました」

翌二〇〇九(平成二一)年に政権交代が起こり、民主党政権が誕生するが、総選挙前、民主党が公約に「障害者自立支援法の廃止」を掲げたのは、竹下氏が弁護団長となった全国一四地裁への提訴を重く見たからだった。

政権交代後、障害者自立支援法を問題視していた民主党は、原告団と和解し、同法の廃止と新法の制定を約束した。厚生労働省の講堂で、厚生労働大臣の長妻昭氏、原告団代表の障害者、竹下氏の三人が基本合意書に署名をし、それをもって全国一四地裁での裁判を終わらせた。基本合意書には、新法に障害者サービスの利用負担軽減を盛り込むことが書き込まれた。障害者が利用しやすい福祉にする、特に地方税非課税の家庭については障害者サービスの利用負担はゼロにする、という内容だった。

二〇一一年三月一一日に東日本大震災が発生した。そして、民主党政権は二〇一二年一二月の総選挙で自民党及び公明党に敗れ、政権が交代する。

政府は被災地の復旧を最優先させる中、障害者自立支援法については基本的に維持したが、前述の基本合意書に盛り込まれた負担軽減を反映させる法律改正が行われ、二〇一三年四月から「障害者の日常生活及び社会生活を総合的に支援するための法律」、略称「障害者総合支援法」に生まれ変わった。

「看板の付け替え、と厳しく見る見方もありましたが、地方税非課税の家庭における障害者サービスは医療扶助以外の利用者サービス負担はゼロに改正され、これは今も維持されています。裁判の成果です。全国一四地裁で提訴していなかったら、そこまでは行けなかった。裁判をやった意義はありました。この裁判は、民暴関係の仕事に追われていた自分が、障害者の人権問題に取り組む弁護士として活動していきたい、という初心との邂逅でもあったように感じられました」

時期的には、竹下法律事務所がつくし総合法律事務所と改まった頃にあたる。

他方、厚生労働省は二〇〇三(平成一五)年に社会保障審議会福祉部会の下に「生活保護制度の在り方に関する専門委員会」を設置して、生活保護費の引き下げに向けた検討に着手した。生活保護費が最低賃金や基礎年金の額を上回る逆転現象が一部の地域で出ていることが問題視されたのがきっかけだ。生活保護費の不正受給者も社会問題となったが、受給者は働きたくても病気で働けず、しかも財産がなく、頼れる身内もいない人や、親やきょうだいの介護のために仕事を辞めて経済的困窮に陥った人々が圧倒的に多かった。政府は二〇〇四年度から生活保護費の老齢加算、二〇〇五年度から母子加算の段階的な廃止をそれぞれ進め、二〇〇六年度には老齢加算が、二〇〇九年度に母子加算がそれぞれ廃止された。

生活保護費が「最後の命綱」となっている実態を、竹下氏は生々しいほどに知り抜いている。生活保護費の引き下げで困窮者がさらに困窮し、餓死者や自殺者が相次ぐ恐れは十分考えられる。憲法第二十五条の生存権に照らし合わせても看過できないとして、生活保護費の老齢加算・母子加算の廃止の取り消しを求める訴訟が全国で提訴され、竹下氏はここでも原告団の弁護団長を務めた。母子加算については、二〇〇九年の政権交代により同年一二月、復活した。

その後、二〇一三年に生活保護費の基本となる生活扶助(食費や光熱費などの生活費)の基準引き下げ(平均六・五%)が決められた。二〇一四(平成二六)年にこの生活保護費減額の決定取り消しを求める訴訟が全国で提起され、これにも竹下氏は弁護団に加わっている。

自民党が政権与党に返り咲き、一四地裁の原告ら障害者団体は「障害者総合支援法だけでは不十分だが、もう、これ以上の改善などは無理ではないか」との諦めも抱いていた。民主党に政権交代する前の自民党や公明党の政権与党が整備した障害者自立支援法が障害者総合支援法の前身だったからである。しかし、竹下氏らは諦めなかった。

竹下氏は日本弁護士連合会の人権擁護委員会の委員として、障害者総合支援法は不十分だと与党の政治家に直に訴えた。政治家、障害者団体のリーダーらとも、それこそ何十遍という表現が大袈裟でないほど話し合いの場を重ねたのである。

これが土台となって、「障害を理由とする差別の解消の推進に関する法律」、略称「障害者差別解消法」が二〇一三年に成立し、三年間の周知期間を経て二〇一六(平成二八)年に施行された。障害を理由にサービスの提供を拒否・制限したり、介助者同伴などの条件をつけたりする行為を「差別的扱い」に該当するとし禁止するというものである。同法は、日本が二〇〇七年に署名し、二〇一四年に批准した、約一六〇カ国・地域が締結している国連の障害者権利条約に沿った内容として、行政機関や民間事業者に対し、不当な差別的扱いを禁じるとともに、障害者への「合理的配慮」を求めている。合理的配慮とは、障害者が直面する様々な壁を取り除く対応を意味する。車いす利用者のためにスロープを、視覚障害者のために点字資料を、聴覚障害者のために手話通訳を用意するなど、障害に即した対応を可能な限り広げてゆくのが目的だ。

「われわれが望んだかたちからすれば、決して出来は良くない。点数をつけるならば六〇点ですが、まず法律そのものを作らないことには日本の障害者差別も改善されない、と前向きにもなれました。現に、今年二〇一九年は施行から三年後の見直しがあり、内閣府に設置された障害者政策委員会において論議が行われています」

竹下氏はもちろん、この委員会のメンバーに加わっている。

「法律が作られれば、三年後、五年後に見直しが加えられてバージョンアップしてゆく。最初は出来が悪くても、作ることが大事なのは、見直しの論議も含めてのこと。障害者福祉に関する法律で、最初から理想的かつ万全な法律は難しい。半歩ずつでも、確実に前に進んでいるという手応えは感じています。自民党の国会議員が非公式の場でですが、「障害者ばかり予算が伸びているじゃないか」と言ったぐらいです。社会保障全体は予算が圧縮される中で、障害者福祉の予算は右肩上がりとなっている。これは自民党をはじめ与党から見て、障害者福祉は無視できないもの、という国民的な支持がしっかりあり、仮に予算を削るようであれば、自民党が、与党が国民の支持を失いかねないと意識しているからでしょう」

8　障害者の立場で障害者を支える

現内閣には「一億総活躍社会」に向けた「ニッポン一億総活躍プラン」実現の責任者ともいうべき一億総活躍担当大臣がいる。竹下氏は常々、「障害者も含めての一億総活躍です」と語っている。竹下氏がそのように語る背景として、障害のある人の職業の安定を実現するための取り組みを定めた「障害者の雇用の促進等に関する法律」、略称「障害者雇用促進法」にも触れておかねばならない。

障害者雇用促進法は民間企業や中央省庁、自治体に一定割合以上の障害者を雇うよう義務付けているもので、一九七六(昭和五一)年から随時の改正を経て今日に至っている。

現在、国や自治体の障害者雇用率は「率先して雇用し、共生社会を築き上げる立場」という同法の文言を踏まえ、企業より〇・三ポイント高い二・五%に設定されている。ところが、「雇用率達成ありき」と数字を追う姿勢があったのか、二〇一八年の八月から九月にかけて、二〇一七年六月時点で東京・霞ヶ関の中央省庁の八割にあたる二八行政機関で、三七〇〇人を障害者として算入していた水増し問題が発覚した。

障害者雇用促進法では、本来、障害者手帳を持たない障害が軽度の職員は算入されないが、これらを法定雇用率の算定に含めていたばかりか、退職者や死者まで計上するといった手口もあり、「国が障害者の働く機会を奪っていた」という非難が起きた。雇用が義務化された当初から水増しが行われていた疑いがあるという見方もあった。

障害者雇用率未達成の民間企業は、罰則に近い形で納付金や企業名を公表する制裁に等しい行為を強いられている。障害者を率先して雇用し、共生社会の牽引役たる立場の中央省庁が雇用者数を水増ししていたのは本末転倒と言える。政府は法定雇用率を達成するため、二〇一九年末までに約四〇〇〇人を追加採用する計画であるという。

竹下氏はこの水増し問題で、国会において参考人の立場で複数回、発言をした。

「国会でも国の審議会でも自民党の前でも「水増しは結果的に障害者の雇用を何十年にも渡って奪ってきた大きな国家犯罪だ」とまで私は言いました。ただし、政府の関係者から反省している、再発防止に努める、といった言葉を引き出すよりも、障害者が働きやすい環境の整備、障害者が雇用の場で「自分たちはしっかりと受け入れられている」という実感を得られ、持続する形に結びつけることが自分の仕事だ、とも思って一年間動いてきた。一年余が過ぎて、見違えるほどとまでは言えませんが、水増し問題が発覚する以前には考えられないほどの国の動きが引き出せた、とは思っています」

これは障害者が何人雇われた、という数字の問題ではない。二度と水増し問題があってはならないが、障害者には合理的配慮が必要なのだという声に対し、是正のために迅速に動き出そう、という空気が出てきたということだ。

加えて、竹下氏は元号が改まって間もない六月、試験を受けて国家公務員に採用された一三人の視覚障害者に対し、日本盲人会連合からの案内で声掛けをして交流会を開いた。職場で孤立していないか、職場で言えないことはないかを聞き、それらを監督官庁の厚生労働省に報告して改善につなげ、かつ、集まった彼らが顔見知りとなる交流の場となれば、と考えてのことだった。

竹下氏は厚労省にこのことを報告し、改善案を示すと、「交流会の開催は厚労省ではできない。今後、開催予定があれば、私たちからも告知したい」と言われたという。障害者の立場を理解できる竹下氏なればこそ、の実行力であった。

日本盲人会連合の法人名を日本視覚障害者団体連合に改める決断を下した理由について竹下氏は言う。

「視覚障害者の中でも、盲人という言葉を嫌う人が多くなってきた事情を考慮しました。暗いイメージがある、と。地方支部から「法人名の盲人を視覚障害者と改めて欲しい」という声が一四、五年ほど前から本部に多数届いていたのです。私は盲人に暗いイメージがあるとは思わなかったのですが、多くの方の意見をうかがってみて、理由もわかった。盲学校出身者は盲人という言葉を聞きなれているためか、抵抗感はそうないのですが、病気や事故による中途失明者の方は盲人という言葉に強い抵抗感があるのだ、と」

前会長は、長い歴史のある日本盲人会連合の名称の変更は難しい、という立場だった。竹下氏は中途失明者を多く診てきた眼科専門医にも意見を求めた。患者と今後の生活について話し合う際に、医師が「盲人団体がありますよ」と言っても、患者が抵抗感を示すことが多い、それは「盲人」という言葉を嫌っているからではないか、と伝えられもした。

「視覚障害者であれば抵抗感の少ない、ぎりぎりの選択になるのではないか、と私は考えました。盲人という言葉は明治時代から使われていて、すでに一五〇年近い歴史がある。ただ、ユニバーサルデザインの普及に伴い、障害者福祉への関心も年々高まっている中で、新しい福祉社会像を築いていく上でも、過去の言葉にする必要性もあるだろう、と二〇一八年の結成七〇周年を機に考え、一年間議論をして結論を出そう、と私は会長就任後から話し合ってきました」

結成七〇周年記念も兼ねた二〇一八年の全国盲人福祉大会で竹下氏は名称変更を提唱した。一年かけて組織内で議論を行い、二〇一九年三月の理事会、評議員会で決定したのち、九月に定款変更の認可を厚生労働大臣から受け、一〇月一日から変更された。

障害者という表記に対して、「害の漢字については、平仮名の障がい者を用いるべきでは？」という意見もあったが、竹下氏は障害者差別解消法など法律では「障害者」の語が用いられていることからそのままとした。

「今後、障がい者と平仮名にするのか、難しい字の障碍者とするのかも話し合わねばなりません。一年間、議論をする中で、障害者に代わる言葉って何があるのかなあ、とも感じましたよ。障害者という言葉にも抵抗感がある、という声も随分と聞き及びましたから。障害者に代わる新しい言葉を誰か見つけ出して欲しい、いや、発明してくれ、と言いたくもなりました」

9　裁判員制度の「裁判員の孤独」

平成時代後期に着手された「国民に身近な司法」を目指す司法制度改革の裁判員制度、法テラス、司法試験改革について、竹下氏はそれぞれで何を感じているか。国民になじみのある裁判員制度から見ていきたい。

裁判員制度は、一般市民の感覚(国民感覚)を刑事裁判に反映させる目的で導入されたもので、裁判官三人と二〇歳以上の有権者から選ばれた裁判員六人で審理し、殺人や傷害致死といった重大事件の公判と非公開の評議を経て有罪、無罪及び量刑を決める。同制度は二〇〇九年五月二一日から始まり、新元号となった二〇一九年五月に実施から一〇年を数えた。単行本刊行時には、全国各地の地方裁判所が「平成二一年五月までに裁判員制度が始まります」と広報に力を入れ、裁判員制度について理解を深める市民フォーラムを開催していたのを思い出す。裁判員制度のキャッチフレーズは「私の視点、私の感覚、私の言葉で参加します。」であった。

一〇年の節目を前に最高裁判所が二〇一九年二月末に発表した速報値では、一〇年間の審理数は延べで約一万一〇〇〇件、裁判員や補充裁判員として参加した市民は約九万人に上った。難しい専門用語を平易な言葉に言い換える、写真や図を用いて視覚的にわかりやすくするなど刑事裁判の在り方は確かに大きく変化した。

人間の尊厳を侵害する性犯罪の判決では重罰傾向となり、殺人罪でも「介護殺人」など被告の個別的事情を十二分に酌んでの執行猶予判決が下されるようになったのは市民感覚が反映されている証左、と考えられている。

課題は、裁判員辞退率の高さである。学業や家事、仕事にも穴を空けざるを得ない審理期間の長さや、「人を裁く」という責任の重さ、地域で重大事件となった裁判に関係者として向き合う心理的負担を考えれば、候補者が辞退を選択する気持ちもわかるというものだろう。

同じく最高裁判所の発表では、裁判員候補者に選ばれたものの仕事などを理由に辞退した人の割合は導入時の二〇〇九年には五三・一％であったが、年々増加傾向が続き、二〇一八年には過去最高の六七・〇％に上った。

裁判員経験者は、評議の経過や評議における具体的な意見の内容を家族や友人はもちろん、他人に一切口外してはならないという厳格な「守秘義務」があることが辞退率の高さに影響しているのであろう。この辞退率の高さによって、市民感覚を刑事裁判に生かすという裁判員制度の趣旨が揺らぎかねない問題点も抱えている、と言えそうだ。

竹下氏は辞退率の高さについて一言で指摘する。

「裁判員制度のどこかに問題があるから、でしょうね。最高裁もおそらくそう感じているはずです」

竹下氏は裁判員裁判を担当する研修も受けたが、弁護団の一人として名前を連ねた裁判はいくつかあれど、直接に関わる主任弁護士になったことはないという。

「自分が名前を連ねた裁判の判決、法律雑誌に紹介された判決を見ていても、制度施行から一〇年が経過した裁判員裁判の私の印象は、本当に司法が民主化したとは思えない、ということです。アメリカの陪審員裁判のような、国民の意識として大衆化された、あるいは国民の手によって司法が維持されている、裁判が行われている、といった印象は感じられません。いうなれば、裁判員裁判でも司法がリードしていて、市民感覚が判断しているとは思えないのです」

裁判員裁判を廃止しろ、という意見ではない、と断った上で、こう語る。

「裁判員裁判が始まって裁判がスリム化したか、といえば、全然していない。判決を見ても、市民感覚が反映されたものとなっているのではなく、逆の方向に行っている、と疑問点がどうしても目につくのです」

逆の方向とは、重罰化が進んでいること、「疑わしきは罰せず」とされてきた司法の場が「疑わしきは罰する」となってきたことだ。

「性犯罪の重罰化については、私はその評価については正直なところ、わかりません。市民感情からすれば当然、とする見方はわかる。でも、重罰化によって性犯罪が減るのか、被害者は本当に救済されたことになるのか、がどうしても見えてはこない。性犯罪を防ぐにはどうすればいいか？　正直、自分もその答えは持っていない。ただ、持っていないままで言えることは、性教育も含めた教育ではないか、と思う。性犯罪者の再犯率が高いことも、裁判員裁判での重罰化に影響しているのでしょうが、重罰化によって加害者が本当に反省をしているのか、も疑問です」

教育という司法以前の問題にも竹下氏は思考を巡らせるが、竹下氏の見方は、刑罰の目的が、社会への警告によって犯罪を防止するという「一般予防」と、犯罪者の再犯を防止し、受刑者の改善に力を入れるという「特別予防」の二つにあるということを指摘するものでもある。

「私は一般予防によって性犯罪が押し留められている、とは思わない。特別予防は二度と同様の犯罪に手を染めないよう重い罰を与えるものですが、重罰化されても性犯罪の再犯率は下がっていない。重罰化すれば再犯率が下がるという見方は正しくはないように思えます」

似て非なるものかもしれませんが、と竹下氏は断った上で、死刑制度にも言及する。

「死刑制度があっても重大犯罪は減っていない。だからといって、自分は死刑廃止を唱える気にはなれない。被害者側の感情にも触れてきましたから。では、犯罪予防に必要なものは社会にとって何なのだろうか？　明確な答えは今も見出せません」

重罰化、死刑制度と切り離した犯罪予防は果たして考えられるのか？　と竹下氏は考えてしまうようだ。

「裁判員裁判が国民の意識として大衆化されたものになっていない、と私が思う原因のひとつには、裁判員の守秘義務があります。自分が担当した裁判で感じたことを、残酷さや悲惨さも含めて語れることこそが、裁判員に選任された人とまだ選任されていない人との隔たりを小さくしてゆくはずではないか、と言いたくなるからです。ところが現実には、守秘義務によって重いものを人生に背負わせるかたちになってしまっているのはどうなのか、と思うのです」

裁判員裁判では凄惨な殺人現場の写真を裁判員に見せることもある。その写真に強いショックを受け、精神科に通院せざるを得なくなったという話も伝え聞くところだ。しかし、守秘義務の前提では、そのショックを口外することも許されない。たとえ弁護士でも、たずねることは許されないのである。

「私は目が見えないから、凄惨な殺人事件の現場、殺害後に放置されて腐敗した死体といった写真はアシスタントでもある事務員と見てきたわけです。事務員が写真の状況説明を、自らが感じた恐怖も含めてストレートに語ってくれることで、私は裁判をやってこられた。事務員は語ることによって、凄惨な写真を見ることも我慢できたのではないか、と思う。口にする、人に聞いてもらうことで、恐怖感からどれだけ逃れられるか……こう思うと、普通の日常生活をしている人が裁判員に選任されて凄惨な写真を見せられたら、どれだけしんどいか。「ああ、裁判員に選任された方は孤独だ」と感じますよ」

守秘義務は現実的といえるか、と竹下氏は法曹と社会のあいだで考えてきたようだ。

「怒られるような言い方になるかもしれませんが、そうした凄惨な、目を背けたくなるような殺人現場の写真を裁判員に見せるという刑事司法は、重罰化を望み、目的化しているからこそ見せているように私には思えてならない。そのことと刑事被告人の再犯防止が結びついているのかどうか、重罰を科すことで被告人が反省し、更生することにつながっていくのか、と疑問も抱くのです」

10　時代の変化を物語る法テラス

法テラスは、法律トラブルを抱えた人が利用できる法務省所管の公的なサービスである。司法制度改革の一環として二〇〇六年に設立され、全国に一〇〇カ所を超える事務所がある。業務運営費の約七割は国費だ。

法テラスは愛称で、「法で社会を明るく照らす」「相談者の心を照らす場」などを意味し、正式名称は「日本司法支援センター」である。

常勤弁護士や法テラスと契約した法律事務所の弁護士が無料で相談に乗り、役立つ法制度や適切な窓口を紹介し、解決の一助を担う。相談後、専門の弁護士や司法書士などへの依頼については、経済的に余裕のない人も一定の条件を満たせば無料で、さらに裁判費用の立て替えも可能となっている。

トラブルを抱えながらも法律事務所を訪ねるのはためらってしまう、という人には法テラスはとりわけありがたい存在であろう。二〇一七年度、経済的困窮者を対象にした無料の法律相談は約三〇万件あり、うち一〇万件余が法テラスの常勤弁護士や契約弁護士らが代理人となって実際に裁判などの法的手続きに進み、約六割で勝訴や和解に持ち込んだという。

二〇一八年には日本司法支援センターの改正総合法律支援法が施行され、業務が拡大された。それまでは刑事事件に関する案件は原則対象外であったのを改め、配偶者からの暴力（DV　ドメスティック・バイオレンス）やストーカーの被害者も法律相談を受けられるようになった。そして、地域包括支援センターや社会福祉協議会などとの連携強化によって、福祉機関の職員らが申し込めば、弁護士や司法書士が自宅や施設に出向き、出張相談にも応じる。

法律事務所にとって、法テラスでの仕事には二つの流れがある。法テラスから直接、法律事務所に回される案件と、法律事務所に直接依頼のあった案件において、着手金をはじめ弁護士費用の負担が厳しい低所得者に法テラスに持ち込ませて、法テラスから助成を受ける持ち込み案件である。

しかしながら、法テラスの存在を知らない、という人も多いようだ。法改正によって、法テラスが司法と福祉の橋渡しを担うことになったのは、そうした事情も鑑みてのものであるように思える。

法テラスの存在を知らず、竹下氏のところに駆けこんできた人も何人かいた。「費用は、借金してお支払いしますので」と頭を下げる中、竹下氏は「無理して借金せんでも法律相談できるよ。国が運営する法テラスいう機関や。弁護士費用の立て替えの援助もしてくれて……」などとわかりやすく伝えてきた。

「法テラスが創設されたとき、反対する弁護士グループもいました。法テラスは国の予算を使って行政の指導のもとで動くわけですから「日弁連の権限を脅かすものだ」「新たな弁護士会を作るようなものだ」と。今も批判する声はあります」

竹下氏は振り返った上で、こう言う。

「でも、私は法テラスに批判はない。従来は法律扶助の制度しかなかったものが、法テラスができたことで国民が法律の援助を数段、受けやすい環境が創出されたと評価したいのです。法テラスができる前も、私は低所得の方からの仕事を断ることはしなかった。それこそ一五万円、二〇万円の着手金が一度に払えない方には月に五〇〇

○円、一万円といった分割払いはいくらでもやった。法テラスからの報酬は、われわれ一般の法律事務所に比べたら低くはありますが、法律扶助の制度しかなかった時代と比較すれば、弁護士が安心して低所得者からの依頼に応えられるようになったのですから、これは大きな進歩です」

竹下氏のこれまでの貧困問題への取り組みでは、確かに法律扶助制度はあったものの、弁護士が法律相談を受けた場合、ほとんどが手弁当に等しかった。それが法テラスができたことで、生活保護受給者からの依頼で裁判をやろうが、審査請求をやろうが、一定の金額は必ず法律事務所に入るようになったのである。

法テラスが立て替えた弁護士費用が三〇万円、四〇万円であっても、依頼者の経済状況によっては月に五〇〇〇円、一万円ずつ、返済が何年がかりとなっても許されることがある。生活保護受給者であれば、立て替えた裁判費用が免除されることもある。

破産事件を法テラスに持ち込んだとする。かつてであれば、破産した者は弁護士費用すら用意できないことも珍しくはなかった。法テラスに持ち込むことで依頼者は援助が受けられ、法律事務所には一定の金額が必ず支払われるばかりか、破産した者も社会的再生をはかりやすくなったのである。竹下氏の実感だ。

「生活保護受給者に限らず、低所得者の権利擁護という大きな枠組みが法テラスによって作られ、救済されるようになった。柳園訴訟、林訴訟を闘った頃を思えば、本当に時代が変わったと感じますよ」

11　大きく変わり、さらに変わる司法試験

司法試験改革に基づく新司法試験は二〇〇六年から始まり、合格者の司法修習期間も一年間に短縮された。竹下氏が受験した司法試験は旧司法試験と呼ばれることになり、新司法試験が司法試験と呼ばれる時代となったが、竹下氏の見解をうかがう前に、制度変更について紙幅を割くことをご了解頂きたい。

新司法試験の実施にあたって法務省が「改革の要」としたのが、二〇〇四年に全国各地の大学に設置された専門職大学院のロースクールこと法科大学院である。法学部以外の卒業者、社会人らを含む幅広い人材を集め、法律家に求められる教養や倫理にも重点を置いた法学教育の指導を使命とする。これは二〇〇二(平成一四)年の政府の司法制度改革推進計画を反映するものでもあった。計画は、弁護士、検察官、裁判官の「法曹三者」の人口を大幅に増員することを目指し、司法試験の合格者数を「年三〇〇〇人程度」にする、としたのである。

法科大学院には法学部出身者を対象とした二年制課程、法学部以外の出身者、社会人らを対象とした三年制課程が置かれた。単行本の取材時は、法科大学院がまさに注目を集めていた時期である。

法科大学院を設置したことで、法科大学院の修了者の受験に合わせて司法試験のシステム変更が必要となり、新司法試験が導入されたわけである。

学歴不問だった旧司法試験は、一次試験と二次試験から構成されていた。大学(短期大学は除く)の卒業者は一次試験が免除され、多くの司法試験受験者は二次試験から受験した。二次試験は短答式試験、論文式試験、口述式試験の三部構成。短答式試験に合格しないと論文式試験を受けられず、論文式試験に合格しないと口述式試験を受けられない。

本文でも記した通り、竹下氏は法務省と掛け合って司法試験の点字受験を実現させ、九回目の受験となった一九八一年に、全盲の司法試験受験者として初の合格者となった。この年の司法試験の二次試験出願者数は二万七八一六人で、合格者数は四四六(うち女性三三)人。合格率一・六〇%で、一〇〇人受験して合格は二人に満たなかった。

三部構成による旧司法試験が開始されたのは、一九五六(昭和三一)年である。二〇〇二年に政府が司法試験合格者数を「年三〇〇〇人程度」とする目標を掲げたのは前述の通りだが、司法試験の合格者数が一〇〇〇人を初めて超えたのは一九九九(平成一一)年だった。二次試験の出願者数は三万三九八三人で、合格者数は一〇〇〇(うち女性二八七)人、合格率二・九四%。法科大学院の設置前年となる二〇〇三年の司法試験は、旧司法試験史上最多の二次試験出願者数となる五万一六六人で、合格者数は一一七〇(うち女性二七五)人、合格率は二・三三%であった。

法科大学院設置で導入された新司法試験は「法科大学院の課程を修了していること」が受験資格となった。新司法試験は短答式試験、論文式試験から構成され、口述式試験の実施はない。旧司法試験の最終年となった二〇〇五年までの半世紀余、旧司法試験は年によって受験者数に増減はあるものの、合格率最低は一九七七(昭和五二)年の一・五九%、最高でも一九五八(昭和三三)年の四・八七%にすぎない。合格率五%未満ゆえに、「司法試験は日本で最も難しい試験」と国民に広く周知されていたのも当然である。一〇回以上の受験で合格という例も珍しくはなかった。

一九七三(昭和四八)年から一九八一年に合格するまで九回に及んだ竹下氏の司法試験への挑戦だが、合格率は二・一二、一・八四、一・七〇、一・六〇、一・五九、一・六五、一・七六、一・七〇、一・六〇%と推移した。司法試験が最も難しかった頃と言っても差し支えがない時期に挑んでいたことも、点字受験のハンディを背負った竹下氏の受験回数が九回に及んだ理由か、と考えられそうだ。

とはいえ、竹下氏の弁護士としての活躍を見れば、最難関の司法試験に挑む時間が竹下氏の胆力も鍛え上げた、と言えるのかもしれない。

前述のように、法科大学院の設置によって導入された新司法試験は「法科大学院の課程を修了していること」が受験資格となったが、旧司法試験からの受験者もおり、二〇一一年まで旧司法試験は新司法試験と並行して行われていた。

ただし、二〇一二年以降は新司法試験に一本化されたものの、受験資格が法科大学院修了者のみに一本化されたわけではなかったことは強調しておく必要がある。法科大学院は学費が高いことが問題視され、経済的に法科大学院へ通うのが難しい人、実社会で十分な経験を持っている人にも法曹資格の門戸を開くために「司法試験予備試験」こと「予備試験」が導入されたのである。

予備試験の合格者は法科大学院修了者と同等の資格が与えられ、司法試験の受験が可能となった。つまり、予備試験では旧司法試験と同じく、学歴不問という本質が維持されたわけである。予備試験合格を目指す予備校は花盛りとなり、予備試験突破のためにパソコンやスマートフォン対応の有料配信教材も販売されるようになった。

司法試験は毎年五月に行われ、九月に合格発表がある。合格すれば、一年間の司法修習と試験を受け、法曹三者のいずれかの職に携わるが、司法試験にたどり着くまでのスケジュールは法科大学院ルートと予備試験ルートでは次のようになる。

法科大学院の入学試験は八月から一一月で、翌年四月に入学。法学部出身者は二年、法学部以外の出身者は三年で過程を修了し、司法試験に臨む。法学部出身者であれば、司法試験の合格までには最短で学部四年＋法科大学院二年＋司法試験受験で六年半を要し、法学部入学から司法修習後の法曹資格取得までは最短でも八年となる。

予備試験は五月に短答式試験があり、合格すれば七月に論文式試験、これに合格すれば一〇月の口述式試験に進む。口述式試験合格で予備試験合格者となり、翌年の司法試験の受験資格を得られる。予備試験は二〇一一年に初めて導入されたので、予備試験合格者は二〇一二年に初めて司法試験に臨んだかたちだ。

法科大学院修了者、予備試験合格者ともに、受験資格には受験可能期間も設定された。取得後の最初の四月一日から五年間が可能である。五年以内に合格が果たせず、それでも司法試験の合格を目指すならば、新たに法科大学院を修了するか、予備試験に合格して受験資格を得なければならない。

平成の半ばから行われた司法試験改革はどのような経緯をたどったか。

二〇〇二年の司法試験の合格者数を「年三〇〇〇人程度」とする政府の意向を受け、法科大学院の修了者が初めて司法試験に挑んだ二〇〇六年には、合格者数が初の一五〇〇人超えとなり、二〇〇七年から二〇一三年までの七年間の司法試験合格者は毎年二〇〇〇人を超えた。旧司法試験を廃止し、新司法試験に一本化した二〇一二年は合格率二五・一％（八三八七人受験。二一〇二人合格）で、同様に二〇一三年は合格率二六・八％（七六五三人受験。二〇四九人合格）だった。

法曹人口を増やす、という国の目標には沿ったものの、合格率が旧司法試験時代に比して急上昇。弁護士が軒並み増え、日本弁護士連合会や各地の弁護士会は、弁護士の質の低下や過当競争を危惧、司法修習を終えても仕事が見つからないなどの問題点を法務省に指摘し、改善を求めた。旧司法試験を突破した弁護士たちからすれば、往時のように難関試験としなければ、弁護士の質を維持できないと思ったのは想像に難くない。これを受けて政府の法曹養成制度改革推進会議は二〇一五年六月に「司法試験合格者は年一五〇〇人程度以上」と目標を改めた。

二〇一四年の司法試験は合格率二二・六％（八〇一五人受験。一八一〇人合格）、二〇一五年は合格率二三・一％（八〇一六人受験。一八五〇人合格）、二〇一六年は合格率二二・九％（六八九九人受験。一五八三人合格）、二〇一七年は合格率二五・九％（五

九六七人受験。一五四三人合格)、二〇一八年は合格率二九・一%(五二三八人受験。一五二五人合格)で、新司法試験施行後、最年少となる一九歳の合格者が話題となった。

合格者を減らして弁護士の質を高め、過当競争を避けるという弁護士業界の意図は確かに反映されたが、受験者数が減ったことで皮肉にも合格率が上がり、「司法試験は日本で最も難しい試験」のイメージは「今は昔」となった感が否めない。

問題の本質は、それだけではない。法科大学院の設置から今日に至るまで、法務省は各法科大学院別に司法試験の受験者数、合格者数、合格率も公表してきたが、法科大学院によっては合格者を出せず、撤退や募集停止に踏み切るところも相次いだ。

合格率では、並みいる法科大学院を抑えて、予備試験による合格者が一位に君臨するようになった。二〇一六年の司法試験予備試験の受験者は一万四四二人で合格者は四〇五人、合格率は三・九%で、うち四〇〇人が二〇一七年の司法試験を受験し、二九〇人が合格、合格率は七二・五%である。同様に二〇一七年の司法試験予備試験の受験者は一万七四三人で合格者数は四四四人、合格率四・一%。うち四三三人が二〇一八年の司法試験を受験し、三三六人が合格し、合格率は七七・六%であった。司法試験の受験資格を得るための予備試験の合格率は旧司法試験並みの難易度でも、予備試験に合格すれば、極めて高い確率で司法試験に合格できることが示され、予備試験ルートは「合格への近道」と見られるようになった。

司法試験改革による法科大学院の設置が司法試験受験のメインルートとなるはずであったが、サブルートの予備試験経由での司法試験受験に関心と人気が集中した。合格者を出せない法科大学院が撤退、募集停止の措置を取らざるを得なくなったケースを見れば、平成半ばからの司法試験改革は失敗と言っても言い過ぎではなかろう。

政府は令和に改元して一カ月半後の六月一九日、国会で「法曹コース」を設けた改正法科大学院法を成立させ、令和二年の二〇二〇年四月からの施行を決定した。

法曹コースとは法科大学院と法学部が連携協定を結ぶもので、法学部を飛び級の三年間で早期卒業し、法科大学院への進学を認めるものだ。一定の成績を収めていると学長が認めれば、法科大学院在学中でも司法試験の受験が認められる。在学中に合格しても、法科大学院の修了が裁判所法で義務づけられはするが、修了直後に一年間の司法修習に入ることができる。

法曹コースの導入によって、司法修習まで最短で五年、法曹資格取得まで最短六年となる。現行の法科大学院ルートでは、司法試験合格まで最短で六年半、法曹取得まで八年であるから、それぞれが大きく短縮され、学費や生活費も抑えられる見通しだ。

ただ、予備試験については維持される見通しとなった。法曹コースは志願者の激減で撤退が相次ぐ法科大学院の延命策か、という見方が残るのも仕方あるまい。

令和初の司法試験となった二〇一九年は四四六六人が受験して一五〇二人が合格した。合格率は三三・六％と、旧司法試験を廃止して新司法試験に一本化後、初めて三〇％超えとなった。予備試験合格者による受験者は三八五人で合格者数は三一五人、合格率は八一・八％と、予備試験出身者の合格率が初めて八〇％を超えた。

「司法試験は日本で最も難しい試験」とされた時代を過ごした竹下氏は一連の司法試験改革を俯瞰してどう思うのか。

「私が司法試験合格を目指した頃は、法曹の世界に入ることにステイタスと言ってもいい職業的な魅力と経済的な魅力があったと思います。現在、弁護士の数もどんどん増えて、弁護士の平均所得も下がってきた。合格率から見れば、司法試験合格が決して難しいものではなくなったといえる現在は、弁護士を目指す人の社会的な意義付けも変わってきたのかな、サラリーマン化してきているのかな、とも感じます。法科大学院の設置で合格者を増やしたものの、それによって弁護士を含めた法曹が職業として魅力的なものになるどころか、色あせてきた可能性もあるのではないか、とすら感じられます」

だからこそ、竹下氏はこう言う。

「苦しい中で自分を奮い立たせ、人生を賭ける思いで九回挑戦した経験が、弁護士活動の礎になったのは間違いありません。一〇〇人受験しても二人受かるかどうか、とされたあの時代、「自分なんかが果たして受かるのやろか？」と何度も自問自答した。その不安を抑え込むには勉強しかなかった。でも、司法試験合格に向けた執念といってもいい勉強の時間が、その後の弁護士活動で、疎かな仕事ぶりは絶対に許されないぞ、という責任感と使命感にも結びついたと思うのです」

竹下氏が敢えてそう語る背景には、ここ数年、弁護士の不祥事が桁違いに多くなったという実感があるからである。旧司法試験時代の叩き上げ弁護士による不祥事もあるにはあるが、仕事が争奪戦になり、そこにブローカーが割り込み、様々なトラブルに見舞われているという話が業界でよく聞かれるそうだ。

日本全国すべての弁護士及び弁護士法人は、各地の弁護士会に入会すると同時に日本弁護士連合会に登録しなければならない。本文の二三四頁で略記しているが、竹下氏が弁護士として活動を開始する直前となる一九八四(昭和五九)年三月三一日時点の日本の弁護士数は一万二三七七(うち女性五五四)人だった。二〇一八年三月三一日時点では四万六六(うち女性七四六二)人となっている。

新司法試験に合格して弁護士となった人で、法科大学院修了者か、予備試験合格者かで目立った差異は感じられない、と竹下氏は言うが、司法修習生との面談では、どちらの出身ですか、とたずねてしまうらしい。

「どういう勉強をしてきたか、が気になるわけです。法曹コースの採用でどんなタイプの弁護士が出てくるのだろうか？　とも思います。司法試験受験資格の五回で合格できなければ、一区切りつける人もいるようですが、予備試験合格をまず目指し、六回目の司法試験受験を目指している人の話も聞いています。そうやって人生をかけて司法試験に挑んで合格した人が、弁護士となってからいい仕事をしてくれるのでは、と期待したい」

司法試験史上、全盲の受験者は延べ何人になるのか、は竹下氏にもわからないが、合格者は竹下氏を含めて五人である。現在、四人が弁護士として活躍し、一人は司法修習中である。

12　令和の時代を迎えて

つくし総合法律事務所でイソベンこと居候弁護士を経験してから独立した一人に、

全盲の司法試験合格者として竹下氏から数えて三番目となった大胡田誠《おおごだ》氏もいる。大胡田氏が二〇一二年に刊行した著書『全盲の僕が弁護士になった理由《ワケ》　あきらめない心の鍛え方』(日経ＢＰ社)は反響を呼んだが、大胡田氏が尊敬し、憧れた存在こそ竹下氏であった。二〇一九年八月末までつくし総合法律事務所に五年余り籍を置き、同年九月に都内で「おおごだ法律事務所」を構えた。

大胡田氏は一九七七年、静岡県生まれ。先天性の緑内障で一二歳のときに失明。筑波大学付属盲学校中等部、高等部、慶応大学法学部と進んだ。竹下氏に憧れ、弁護士となることを夢見た大胡田氏は、大学在学中に京都の竹下法律事務所を訪ね、竹下氏の仕事ぶりに密着し、自らの刺激としている。

その後、慶応大学の法科大学院に進学し、五回目の受験となった二〇〇六年の司法試験で合格を果たした。東京第二弁護士会が経営する渋谷区内の法律事務所を経て、つくし総合法律事務所で一般民事事件、企業法務、障害者の人権問題に取り組んできた。独立直前の大胡田氏に話をうかがうことができた。

単行本『全盲の弁護士　竹下義樹』を法科大学院時代に読んだそうで、

「奮起した覚えがありますよ」

と教えてくれた。ありがたい言葉だった。刊行翌年に大胡田氏は司法試験に合格しているから、苦学の中で読んで頂けたことになる。くしくも、『全盲の弁護士　竹下義樹』のあとがきで、全国各地の法科大学院に全盲の学生が何人か在籍していることを受けて竹下氏が「頑張れ。私にできたのだから、あなたにもできるはずだ」と激励しているが、大胡田氏は見事、その激励に応え、法科大学院修了者初の全盲の司法試験合格者となったのである。憧れの存在だった竹下氏と一緒に仕事をする立場に身を置いていることについて、大胡田氏はこう語った。

「近づけば近づくほど偉大さがわかる、といいますか。全盲の弁護士がどうやって依頼者の信頼に応えてゆくか……そのあたり、自分は学ばせて頂いています。自分に自信があるからこそ、依頼者も説得できるのかなあ、とも思う。その自信も、根拠のない自信ではなくて、これまでの経験、スタッフとの連携といったものに裏打ちされているのだなあ、と感じてきました。同時に、竹下弁護士のようにはなかなかなれないなあ、と感じもした。私なりのスタイルを見つけていかなければいけない、と強く思うようになりました」

大胡田氏に憧れ、弁護士を目指す視覚障害者の司法試験受験者もいるはずだ。しかし、司法試験に合格した後、法曹関係者としてどう仕事をしてゆくか、大胡田氏の言葉には含みがあるように思える。

竹下氏は弁護士となって一〇年を超えた大胡田氏に「独立するならば、早い方がいい。私が独立したのは弁護士となって一〇年を超えたときだった」と励ましてきた。自分のカラーを出して活躍するならイソベンでは制限も出てくるし、甘えを抱いてしまうこともある。大胡田氏に憧れる全盲の司法試験受験者、法科大学院生に対して大胡田氏が応えてゆくケースも出てくるわけで、イソベンでは何かと支障も生じてくることも竹下氏は考えたようだ。大胡田氏は、憧れの竹下氏と一緒に仕事をすることを通じて、法律事務所を経営し、維持する難しさも知ったことだろう。

「同じ事務所で五年も仕事をして、厳しさとか個性のぶつかり合いとかの嫌な現実も感じたことでしょう。それも大胡田君の成長には必要なことだったはずですよ」

「憧れの弁護士」は、本文の一一一頁、一二七頁から一二九頁にも記したように竹下氏にもあてはまる。日本の社会保障訴訟において画期的な裁判となった朝日訴訟、堀木訴訟を担当した新井章氏、堀木訴訟を担当した藤原精吾氏は司法試験受験時代の竹下氏が「いつか弁護士になったら、新井先生、藤原先生にお目にかかって、いろいろお話しさせてもらいたい」と思いを抱いた理想の弁護士たちであった。初志を貫徹して弁護士となった竹下氏は、お目にかかって話をするどころか、新井氏には林訴訟の弁護団に加わってもらい、藤原氏とは日本弁護士連合会での委員会をはじめとして多くの仕事を共にしてきた。

「新井先生、藤原先生と憧れた雲の上の先生と仕事をさせて頂いたのは、私にとっては人生で最高の名誉と言ってもいいぐらいです。藤原先生には今でもたびたび仕事でお目にかかっています」

竹下氏は自らの体験に照らして大胡田氏を快く迎え入れ、優しさと厳しさを併せ持って指導し、今後の飛躍を期待して送り出したかたちだ。

令和の竹下氏はどのように歩んでゆくのか。どんな展望を抱いているのか。

「今、六八歳。冗談抜きで七五歳を過ぎて弁護士を続けるのは難しいのだろうなあ、と漠然とは思います。ただ、七〇歳で思い切って一区切り、というわけにはいかないでしょうね。現在、私は一〇〇件を超える裁判を抱えている。これらの裁判は一、二年で終わるものばかりではないですから」

つくし総合法律事務所を経営している立場が言わせるのか、と思ったが、それだけではなかった。

「日弁連の障害者問題における新たなリーダー、日本盲人会連合から名を改めた日本視覚障害者団体連合の新たなリーダーを私はまだ育てていないに等しいのです。後継者を育て、託すには私が七〇代前半まで時間はかかるかな、と思う。「令和という新しい時代を担うリーダーを育てなければ、本当のリーダーとは言えない！」と私は自分にプレッシャーをかける意味もあって、偉そうに言っています」

社会的な立場も竹下氏にはあるのだ。

竹下氏が弁護士を夢見て、石川県から京都府の盲学校に転校し、京都で生活を始めたのは一九六九(昭和四四)年であった。令和元年の二〇一九年は京都生活半世紀の節目にもあたる。

弁護士として、障害者団体の長として、竹下氏は令和に年輪を刻んでゆく――。

本文庫の刊行にあたっては、二〇〇四年一月に私を竹下氏に引き合わせてくれた岩波書店編集部の坂本政謙氏、文庫化のお声掛けを頂き、ご指導を頂いた岩元浩氏ら岩波書店の方々にご教示頂いたことに感謝する次第である。

二〇一九年一一月一日　令和初の「点字の日」に

小林照幸

本書は二〇〇五年一〇月、岩波書店より刊行された。
なお、本文中に登場する人物の肩書き、表記等は、
単行本刊行時のままとした。

全盲の弁護士 竹下義樹

2019年12月13日　第1刷発行

著　者　小林照幸《こばやしてるゆき》

発行者　岡本　厚

発行所　株式会社 岩波書店
〒101-8002 東京都千代田区一ツ橋2-5-5
案内 03-5210-4000　営業部 03-5210-4111
https://www.iwanami.co.jp/

印刷・精興社　製本・中永製本

ISBN 978-4-00-603317-0　Printed in Japan

岩波現代文庫の発足に際して

新しい世紀が目前に迫っている。しかし二〇世紀は、戦争、貧困、差別と抑圧、民族間の憎悪等に対して本質的な解決策を見いだすことができなかったばかりか、文明の名による自然破壊は人類の存続を脅かすまでに拡大した。一方、第二次大戦後より半世紀余の間、ひたすら追い求めてきた物質的豊かさが必ずしも真の幸福に直結せず、むしろ社会のありかたを歪め、人間精神の荒廃をもたらすという逆説を、われわれは人類史上はじめて痛切に体験した。

それゆえ先人たちが第二次世界大戦後の諸問題といかに取り組み、思考し、解決を模索したかの軌跡を読みとくことは、今日の緊急の課題であるにとどまらず、将来にわたって必須の知的営為となるはずである。幸いわれわれの前には、この時代の様ざまな葛藤から生まれた、人文、社会、自然諸科学をはじめ、文学作品、ヒューマン・ドキュメントにいたる広範な分野のすぐれた成果の蓄積が存在する。

岩波現代文庫は、これらの学問的、文芸的な達成を、日本人の思索に切実な影響を与えた諸外国の著作とともに、厳選して収録し、次代に手渡していこうという目的をもって発刊される。いまや、次々に生起する大小の悲喜劇に対してわれわれは傍観者であることは許されない。一人ひとりが生活と思想を再構築すべき時である。

岩波現代文庫は、戦後日本人の知的自叙伝ともいうべき書物群であり、現状に甘んずることなく困難な事態に正対して、持続的に思考し、未来を拓こうとする同時代人の糧となるであろう。

（二〇〇〇年一月）